KB251477

KB251477

精選講義 菜根譚

明 洪應明 著

朝鮮 韓龍雲 講義

新文館發行

叙言

捲環土之秀石喬松。置一曠野。而要使人人往而觀之。宜其厭多
而莫不成讙。攬滿天之風露雪月。延一浩刼。而要使人人往而居
之。宜其苦寒而莫不欲逃。至若離離豐草。漫漫雜樹。當其欝然綠
蓐。俄然黃落之際。忽覩他秀石也。喬松也。則其巉刻之勢。蒼玄之
色。得無起警齋嘆者乎。于若焰焰焦山。洶洶苦海。當其環而岌嶪
望而蕩潏之外。回想他風露雪月也。則其蒼涼之氣。皚晶之光
得無清懷冷襟者乎。一日萬海上人。遊心禪海之暇。選夫還初公
所著菜根譚。而講義之。編錄之。示余於午夢初回之精藍。節屆天
中也。榴花吐紅。熱輪輾空。雛端居龜山嵐綠之中。猶有汗浹之熱
思。況復此山以外。多焦山苦海也。想見病哇觸瘴之去去來來者。
自不爲吾佛如來憐憫勞生。幾希已。乃者開北窗而爽然披讀。則
其初如入山陰之蹊逕。而谷風淒雨。四面圍人。不遑其應接來者

也。已然過半。如登閬風而向蓬萊。其蠱蠱香臺。巍巍銀闕。殆可望
而不可卽也。終焉而掩卷四顧。則泠然清風。覺生于寥一之天。又
不知固將自化巳。
復欲使大界之穰穰熱。熙熙踏湯者。可能回車于水綠山青之
間。對月而一讀。臨風而一讀。撫松而一讀。拂石而一讀。固知向往
列鼎羅珍之意。念。釋然消極。更覩夫忘肉味而復虛根。其在斯與
其在斯與

乙卯之榴月上浣　　石顛山人謹叙

人者人也。非物也。人而役於物者。物之駢拇也。非人也。指之駢者
人執不知其為病。而慨然不樂也。并此有指之身。與知其駢之為
病而慨然不樂之精神。合為一指。駢於物。而不知悲。則又安有是
理。且為物之駢指之人。則歷史上不視以人格。夫既自知其悲。又
歷史上不許為人格。則使人之為指而駢於物者。絕跡於天下萬
世。而其誰曰不可奈之何非徒為指。而惟恐其駢之在後者。滔滔
皆是若能以物役我者。已如鳳毛鱗角。是亦可為不可思議之事
也。夫為非分之威權。而萬折一腰。於頤使目指之下。而無恥者有
之矣。是役於威權。而為駢指也。為不義之福利。而百放雙踵於一
嚬一笑之間。而自安者有之矣。是役於福利。而為駢指也。人各有
情欲。將不勝其情欲。則人且為役。而駢不足恤也。然則觀於人世
百千萬億之衣冠笑語者。儼然人也。其精神。則己屢駢不一駢者
戞如春城落花。急潮殘石。數不勝數。禁不可禁是則拘於情欲。而

自爲物役者。或反是者以萬物爲芻狗。視身命如烟雲以放浪爲大道以踈狂爲至德。往而不返。散而不収者有之矣。是則過於流蕩者。亦烏足以知人道也。若是乎人間世之上。除物之駢指者與過於流蕩者。殆乎寥寥。人世乎人世固若是也。入世間而出世間。出世間而入世間。大聖已言之矣。立於紅塵萬丈之中而已有白雲流水之趣。處於蕭瑟寂寞之濱。而早懷廣濟天下之志。在於困苦慘澹之境。而一任鳶飛魚躍之機。居於威福隆盛之時。而能持臨深履薄之戒。放而不流収而不着。俯仰天地。胸襟夷猶隨地有自由世界。何日非得意時節。若是者。無過曰修養精神而已。近世倡精神修養之說者。踵相接也。實有深意試問朝鮮精神界之修養果何如能免物之駢指否。能免過於流蕩否。隨地有何世界耶。日日爲何時節耶。且修養精神之道。又何如耶。回首空山雲樹茫茫。乃講義菜根譚嗚乎一欝在眼。空華亂墜。朝鮮之精神界修養竟。

乙卯六月二十日　講義者識

凡例

一 此原書ᄂᆞᆫ 明의 萬曆中人 洪應明(字ᄂᆞᆫ 自誠 號ᄂᆞᆫ 還初道人)의 著作이며 卽「淸言」의 一이니 精神修養을 中心으로ᄒᆞ고 儒佛道의 精英을 採取ᄒᆞ야 合成ᄒᆞᆫ者라

一 此書의 名卽「菜根譚」의 解說은 或後人의 異說이 有ᄒᆞ나、洪自誠과 同時의 人 于乳象이 洪氏의 委托을 受ᄒᆞ야 著ᄒᆞᆫ「菜根譚」詞題中에 云ᄒᆞ되「譚以菜根名固自淸苦歷練中來亦自裁培灌漑裡得其頗頓風波備嘗險阻可想」이라ᄒᆞ니 是로 由ᄒᆞ야 觀ᄒᆞ면 洪氏가 自己著書當時의 境遇를 意味ᄒᆞ야 此書名에 寓意ᄒᆞᆷ을 知ᄒᆞ리로다

一 此原書ᄂᆞᆫ 後人의 隨意刊行을 因ᄒᆞ야 廣略의 異本이 有ᄒᆞ되 今此原書ᄂᆞᆫ 淸乾隆間의 僧來琳의 重刊ᄒᆞᆫ 支那廣本을 主ᄒᆞ고 日本現行의 略本을 綜合精選ᄒᆞ야 編輯ᄒᆞ되 各本에 互出

精選講義菜根譚　凡例

二

不同혼字句는 一一히 註示홈

一, 此舊의 講義는 簡易를 主호야 潤色이 無호니 讀者는 其文調
의 乾燥無味호믈 亮호오

隸書三字（篆文）

欲做精金美玉的人品。定從烈火中煆來。思立掀天揭地

的事功。須向薄氷上履過。

ᄒᆞᆯ므로萬事의本이되ᄂᆞ니라

【讀】 精金美玉의人品을做코져ᄒᆞ면定히烈火의中으로從ᄒᆞ야煆來ᄒᆞ
지오天을掀ᄒᆞ고地를揭ᄒᆞᄂᆞᆫ的의事功을立ᄒᆞᆯ을思ᄒᆞ면모루미薄氷의上을
向ᄒᆞ야履過ᄒᆞᆯ지니라

【講】 精金美玉은烈火의中에滿度의煆煉을受ᄒᆞ고琢磨의功을加ᄒᆞᆫ後에
야一點의瑕疵가無히優美ᄒᆞᆫ寶器를成ᄒᆞᄂᆞ니人品을成ᄒᆞᆷ도如是ᄒᆞ야金玉
과如히剛明精美ᄒᆞᆫ品格을做코져ᄒᆞ면반ᄃᆞ시烈火와如히困難危險ᄒᆞᆫ逆境
의中에셔其精神을煆煉ᄒᆞ고志氣를淬礪ᄒᆞ야怯懦麀浮ᄒᆞᆫ情塵을解脫ᄒᆞᆯ지
니故로千秋의忠烈과萬古의節義ᄂᆞᆫ白刃을蹈ᄒᆞ고熱血을灑ᄒᆞᄂᆞᆫ孤苦危險
ᄒᆞᆫ中에서出ᄒᆞ고曠世의英雄과絕代의豪傑은十生九死萬敗一成의困難을
經ᄒᆞᆫ後에得ᄒᆞᄂᆞᆫ지라是에反ᄒᆞ야困難ᄒᆞᆫ逆境을避ᄒᆞ고安逸ᄒᆞᆫ順境만을樂

ᄒᄂ者ᄂ 一種의 懦子鄙夫를 作ᄒᆯ而已라엿지 精金美玉的의 人品을 望ᄒ리

오쯔 天地를 掀動ᄒ고ᄂᆫ 大事功을 立코져ᄒᄂ者ᄂ 每事를 行ᄒ매 반ᄃ시 薄氷

을 履過ᄒ고과가치 戰戰兢兢ᄒ야 謹愼을 極ᄒ지라만 일 行事에 謹愼이 無ᄒ고

疎忽輕躁ᄒ면 事業에 失敗를 生ᄒ야 其功을 成치 못ᄒᄂ니라

一念錯。便覺百行皆非。防之當如渡海浮囊。勿容一針

之罅漏。萬善全。始得一生無愧。修之當如凌雲寶樹。湏

假衆木以撑持。

【讀】一念이錯ᄒ면문득 百行이 皆非ᄒᆯ을 覺ᄒ지니 防ᄒ되 맛당히 海를 渡

ᄒᄂ 浮囊에 一針의 罅漏를 容치勿ᄒᆷ과 如히ᄒ며 萬善이 全ᄒ야샤비도소 一

生에 愧가 無ᄒᆯ을 得ᄒᆯ지니 修ᄒ되 맛당히 雲을 凌ᄒᄂ 寶樹를 모르미 衆木을

假ᄒ야써 撑持ᄒᆷ과 如히ᄒ지니라

【講】人의 行爲ᄂᆫ 自己의 思想을 實行ᄒ미라 故로 一念이 錯誤ᄒ면 百般의

行爲가다 錯誤ᄒᄂ니 錯念을 防ᄒ되 渡海의 浮囊에 一針의 罅漏를 不容ᄒ과

如히호지라渡海의浮囊에一針의罅隙이라도有호면水가漏入호야沉沒의
患을當호지라人의思念도如是호야一念의錯誤가有호면衆惡이發生호야
過失에陷호지니思念을嚴密히防護호야一毫의邪僞도動치못호게호지오

坐人이萬事를行호미一事라도善치못호미有호면一生의缺點이되야自愧
호感호지라故로萬善이完全호야一의不善도無호야사一生에少毫도羞愧
호事가無호지니善을修호되맛당히凌雲의寶樹를衆木으로撑持홈과如히
호지라高直호야雲霄에凌上호는寶樹를衆木으로撑持호야其倒折을防備
호면如何혼風雨가有호야도夭折의患이無호지니善을修홈도謹愼備護호
야萬全을得호면百年의一生을經호야도慚愧혼事가無호지니라

忙處事爲。常向閒中先檢點。過擧自稀。動時念想。預從
靜裡密操持。非心自息。

【讀】　忙處의事爲를늘開中에向호야먼저檢點호면過擧가自稀호고動時
의念想을미리靜裡로從호야密히操持호면非心이自息호ᄂ니라

【講】 煩忙ᄒᆞᆫ時에 行ᄒᆞᄂᆞᆫ事를 爲ᄒᆞᆯ면져 安閒ᄒᆞᆫ中에셔 檢察指點ᄒᆞ야 熟算을
定ᄒᆞ면 過失의 擧動이 稀少ᄒᆞ고 動用ᄒᆞᆯ時에 發ᄒᆞᄂᆞᆫ 念想을 미리 寂靜ᄒᆞᆫ理에
셔 操養修持ᄒᆞ야 志向을 確立ᄒᆞ면 非道의 心이 自息ᄒᆞᄂᆞ니 是에 反ᄒᆞ야 事爲
를면져 開暇ᄒᆞᆫ時에 檢點치아니ᄒᆞ고 忽地에 紛忙ᄒᆞᆫ事에 當ᄒᆞ면 慌忙顚倒ᄒᆞ
야 過失을 生ᄒᆞ고 念想을 미리 寂靜ᄒᆞᆫ中에 操持치아니ᄒᆞ고 卒然히 動用ᄒᆞᆯ時
를當ᄒᆞ면 情欲이 散亂ᄒᆞ야 非道의 心이 發生ᄒᆞᄂᆞ니라

爲善。而欲自高勝人。施恩。而欲要名結好。修業。而欲驚
世駭俗。植節。而欲標異見奇。此皆是善念中戈矛。理路
上荊棘。最易夾帶。最難拔除者也。湏是滌盡渣滓。斬絶
萌芽。纔見本來眞體。

【讀】 善을 爲ᄒᆞ되 自高ᄒᆞ야 人을 勝코져ᄒᆞ며 恩을 施ᄒᆞ되 名을 要ᄒᆞ고 好를
結코져ᄒᆞ며 業을 修ᄒᆞ되 世를 驚ᄒᆞ고 俗을 駭코져ᄒᆞ며 節을 植ᄒᆞ되 異를 標ᄒᆞ
고 奇를 見코져ᄒᆞ면 此ᄂᆞᆫ 皆是善念中의 戈矛오 理路上의 荊棘이라 가쟝 夾帶

ᄒᆞ기 易ᄒᆞ고 가쟝 拔除ᄒᆞ기 難ᄒᆞᆫ 者ㅣ 湏是、渣滓를 滌盡ᄒᆞ고 萌芽를 斬絶ᄒᆞ야 졔오 本來의 眞體를 見ᄒᆞᆫ니라

【講】善을 爲ᄒᆞᆫ 美事ㅣ나 其善을 憑藉ᄒᆞ야 自高勝人코져 ᄒᆞ면 是ᄂᆞᆫ 威望을 發揮코져 ᄒᆞᄂᆞᆫ 私欲이니 反히 僞善을 成ᄒᆞ고 恩을 施ᄒᆞᆫ 美事ㅣ나 其 恩을 利用ᄒᆞ야 名譽를 要ᄒᆞ고 好誼를 結코져 ᄒᆞ면 是ᄂᆞᆫ 恩을 賣ᄒᆞ야 名譽와 好 誼를 買ᄒᆞᄂᆞᆫ 商買의 釣利的 營爲와 同ᄒᆞ고 業을 修ᄒᆞᆫ 美事ㅣ나 世道上의 當 然ᄒᆞᆫ 事를 行치 아니ᄒᆞ고 반ᄃᆞ시 世俗을 驚駭ᄒᆞᄂᆞᆫ 奇事를 求ᄒᆞ면 是ᄂᆞᆫ 人生分 內의 義務를 盡ᄒᆞ미 아니라 人에게 特別ᄒᆞᆫ 嘆賞을 受코져 ᄒᆞᄂᆞᆫ 榮譽心이오 節 義를 植ᄒᆞᆫ 美事ㅣ나 特異를 標ᄒᆞ고 奇恠를 見코져 ᄒᆞ면 是亦 名聲을 要 ᄂᆞᆫ 好奇의 私情에셔 出ᄒᆞᆷ이니 故로 爲善、施恩、修業、植節은 다 善良ᄒᆞᆫ 思 念이오 正理의 向路ㅣ나 自高勝人、要名結好、驚世駭俗、標異見奇ᄂᆞᆫ 戈 矛와 如히 善念을 損傷ᄒᆞ고 荊棘과 如히 理路를 妨碍ᄒᆞᄂᆞᆫ 者라 가쟝 夾滯ᄒᆞ기 易ᄒᆞ고 가쟝 拔除ᄒᆞ기 難ᄒᆞᆫ 者ㅣ니 모루미 그 渣滓를 滌盡ᄒᆞ고 萌芽를 斬 絶ᄒᆞ야샤 비로 全 純善純理의 本來 眞體를 見ᄒᆞᆯ지니라

能輕富貴 不能輕一輕富貴之心 能重名義 又復重一重
名義之念 是事境之塵氣未掃 而心境之芥蔕未忘 此處
拔除不淨 恐石去而草復生矣

【讀】 能히 富貴를 輕히ᄒᆞ되 能히 一의 富貴를 輕히ᄒᆞ는 心을 輕히ᄒᆞ지 못ᄒᆞ며 能
히 名義를 重히ᄒᆞ되 又復 一의 名義를 重히ᄒᆞ는 心을 重히ᄒᆞ면 是는 事境의 塵
氣을 掃치 못ᄒᆞ미오 心境의 芥蔕를 忘치 못ᄒᆞ미니 此處에 拔除ᄒᆞ야 淨히 못ᄒᆞ
면 石은 去ᄒᆞ되 草가 復生ᄒᆞᆯ써 恐ᄒᆞ니라

【講】 人이 能히 一世의 富貴는 浮雲과 如히 輕히예기되 其富貴를 輕히예기
는 心은 自重ᄒᆞ야 輕히예기지못ᄒᆞ며 能히 名節義慨를 重히예기되 其名節義
慨를 重히예기는 念을 自負ᄒᆞ야 重大히 知ᄒᆞᄂᆞ니 然ᄒᆞ면 是는 事境의 塵氣을
掃치못ᄒᆞ미오心境의 芥蔕를 忘치못ᄒᆞ며 何故오富貴의 榮華를 輕히ᄒᆞ믄
浮世의 名利를 謝ᄒᆞᄂᆞᆫ 淸高曠達ᄒᆞᆫ事ㅣ오名節義慨를 重히ᄒᆞ믄 塵俗의 情欲
을 離ᄒᆞᄂᆞᆫ 剛明磊落ᄒᆞᆫ志ㅣ라 然이나 其富貴를 輕히ᄒᆞᄂᆞᆫ心과 名義를 重히ᄒᆞ

精選講義菜根譚　（修省）

八

눈念을恒常、胷中에留ㅎ야自重自負의意를持ㅎ면是는曠明ㅎ事境을碍ㅎ는塵氣와如ㅎ고淸淨ㅎ心境을濁ㅎ는芥蒂와如ㅎ니如此ㅎ處에塵氣와芥蒂를拔除치아니ㅎ면其塵氣와芥蒂가漸漸蔓延ㅎ야心事의境을壅蔽ㅎㄴ니田園을淸潔ㅎ되土石을祛ㅎ고草根을除치아니ㅎ야草가復生ㅎ고如ㅎ지라人은맛당히富貴를輕히ㅎ되其富貴를輕히ㅎ는心셔지輕히여기며名義를重히ㅎ되其名義를重히ㅎ는心은重히여기지말지니라

紛擾固溺志之場。而枯寂亦槁心之地。故學者當棲心元默。以寧吾眞體。亦當適志恬愉。以養吾圓機。

【讀】　紛擾는진실로志를溺ㅎ는場이나枯寂도쏘한心을槁ㅎ는地니故로學者는맛당히心을元默에棲ㅎ야써吾의眞體를寧ㅎ고亦當히志를恬愉에適ㅎ야써吾의圓機를養ㅎ지니라

【講】　名利榮華의紛雜擾亂ㅎ處는진실로志槪를沉溺ㅎ는場이나너무枯寥冷寂ㅎ處도쏘한心思를槁渴ㅎ는地니紛擾와枯寂이다偏着의弊가有ㅎ

지라故로學者는맛당히心을渾元寂默에棲守ᄒ야吾의本寂ᄒ고眞體를寧靜

히ᄒ지니是는紛擾에志를溺ᄒ는弊를免ᄒ며又志를恬喜愉快에適調ᄒ

야吾의活潑ᄒᆫ圓機를養ᄒ지니是는枯寂에心을槁ᄒ는病을祛ᄒ미니라

無事。便思有閑襍念想否。有事。便思有麤浮意氣否。得

意。便思有驕矜辭色否。失意。便思有怨望情懷否。時時

檢點。到得從多入少。從有人無處。纔是學問的眞消息。

【讀】 事가無ᄒ미문득思ᄒ되閑襍ᄒ念想이有ᄒ가否아ᄒ며事가有ᄒ미

문득思ᄒ되麤浮ᄒᆫ意氣가有ᄒ가否아ᄒ며意를得ᄒ미문득思ᄒ되驕矜ᄒ

눈辭色이有ᄒ가否아ᄒ며意를失ᄒ는怨望ᄒ는情懷가有ᄒ가

否아ᄒ야時時로檢點ᄒ야多로從ᄒ야少에入ᄒ며有로從ᄒ야無에入ᄒᆫ

處에到得ᄒ면纔是, 學問的의眞消息이니라

【講】 人이應接ᄒᆫ事物이無ᄒ閑居ᄒ時에ᄂ念想이開逸放雜ᄒ기易ᄒ

니此時에ᄂ猛省ᄒ야開襍ᄒ念想의有無를省察ᄒ며應接ᄒᆫ事物이有ᄒ

야其事爲를執行홀時에는心思가迷亂ᄒ야精細히謹愼을加치아니ᄒ고蠹浮ᄒ客氣로聲勢를虛張ᄒ기易ᄒ니此時에는回思ᄒ야麤浮ᄒ意氣의有無를省察ᄒ며功成事遂ᄒ야萬事가如意홀時에는驕傲誇矜ᄒ기易ᄒ니此時에는引退ᄒ야驕矜ᄒ는辭色의有無를省察ᄒ며所志所事가着着失敗ᄒ야萬事가意를拂ᄒ는時에는沉鬱苦悶ᄒ야天을怨ᄒ고人을尤ᄒ기易ᄒ니此時에는自己에反求ᄒ야怨望情懷의有無를省察ᄒ야如是히時로檢察點定ᄒ야만일開襟、麤浮、驕矜、怨望의過失이有ᄒ거든旋即悔改ᄒ야多過로從ᄒ야少過에入ᄒ며有過로從ᄒ야無過에入ᄒ야純善無過의人을成ᄒ면是가學問的의眞實호消息이니라

士人有百折不回之眞心。纔有萬變不窮之妙用。

【讀】 士人이百折ᄒ야도回치아니ᄒ는眞心이有ᄒ여야게오萬變ᄒ야도窮치안눈妙用이有ᄒ니라

【解】 首折不回의眞心이라ᄒ면我에對ᄒ外物의反動力이繼續强勁ᄒ야

我를屈折코져하미百回의多에至하되其反動力으로因하야生하는困難을忍耐하야一定한初志를挽回치아니하고益益勇進하는眞心을謂하미오萬變不窮의妙用이라함은一定한目的을達하기爲하야萬般의權變을施하되窮盡치아니하는妙用을謂하미니士가世에處하야事業을成코져하미반다시百折不回의眞心을有하을지니困難과魔障의百折을遇하되少毫도回屈치아니하는眞心이有하면可히永遠偉大한經綸을有하을지오其永遠偉大한目的을達코져하면前程이遼遠하고時期가長久하야其間에相當한權變을應用치아니치못하지라故로百折不回에眞心이有하여야萬變不窮의妙用이有하미나人이一定한立志가無하면一定한目的이無하고眼前의利害를追逐하야蟲浮한客氣와鄙陋한情欲이乍起乍滅하고朝變夕改하지니一定한目的을達하기爲하야應用하는萬變不窮의妙用이有하리오

立業建功。事事要從實地着脚。若少慕聲聞。便成僞果。
講道修德。念念要從虛處立基。若稍計功效。便落塵情。

【讀】業을 立호고 功을 建호메는 事事에 實地로 從호야 脚을 着호를 要을지니만일조곰이라도 聲聞을 慕호면문득 僞果를 成호며 道를 講호고 德을 修호호메는 念念에 虛處로 從호야 基를 立호를 要호지니만일져 功效를 計호면문득 塵情에 落호느니라

【講】功業을 建立호눈 人은 事事에 實事를 履行호눈 地로 從호야 進步의 脚을 着호지니 만일 實地를 離호야 少毫라도 聲譽名聞의 虛榮을 慕仰호면 眞實호 功業을 成치 못호고 문득 虛僞의 結果를 成호며 道德을 講修호눈 人은 念念에 負欲이 無호 虛明호 處로 從호야 基本을 立홀지니 만일 心思를 謙虛치 아니호고 功利效果의 所得을 計較호면 反히 道德을 背호야 塵俗의 情欲에 落호눈니 功業을 圖호눈 者눈 먼져 名譽의 心을 除호고 道德을 修호눈 者눈 반다시 功效의 念을 斷호지니라

一點不忍的 念頭。是生民生物之根芽。一段不爲的 氣節。是撑天撑地之柱石。故君子於 一蟲一蟻。不忍傷殘。一縷

一絲를勿容貪冒。便可爲民物立命。天地立心矣。

【讀】 一點의忍치못ᄒᆞᄂᆞᆫ的의念頭ᄂᆞᆫ是가民을生ᄒᆞ고物을生ᄒᆞᄂᆞᆫ根芽오
一段의爲치아니ᄒᆞᄂᆞᆫ的의氣節은是가天을撑ᄒᆞ고地를撑ᄒᆞᄂᆞᆫ柱石이라故
로君子ᄂᆞᆫ一蟲一蟻에傷殘을忍치못ᄒᆞ고一縷一絲에貪冒를容치아니ᄒᆞᄂᆞ
니라可히民物에命을立ᄒᆞ고天地에心을立ᄒᆞ며될지니라

【講】 殺害를忍치못ᄒᆞᄂᆞᆫ一點의念頭ᄂᆞᆫ卽是, 民物을生成ᄒᆞᄂᆞᆫ根芽와如
ᄒᆞ고非理의行을爲치아니ᄒᆞᄂᆞᆫ一段의氣節은天地를撑持ᄒᆞᄂᆞᆫ柱石과如ᄒᆞ
지라故로道德을修ᄒᆞᄂᆞᆫ君子ᄂᆞᆫ一蟲一蟻의微命도傷殘치아니ᄒᆞ고一縷一
絲의薄物도貪冒치아니ᄒᆞᄂᆞ니是가民物을爲ᄒᆞ야生命을立ᄒᆞ고天地와如ᄒᆞ
히眞心을立ᄒᆞ미라何故오一蟲一蟻를傷殘치아니ᄒᆞ믄至微ᄒᆞ事ㅣ나是ᄂᆞᆫ
惻隱의心이라仁에셔生ᄒᆞᄂᆞᆫ根芽니此를培養ᄒᆞ야大仁을擴充ᄒᆞ면足히濟
人利物의慈善을成ᄒᆞᆯ지오一縷一絲를貪冒치아니ᄒᆞ믄極細ᄒᆞ行이나是ᄂᆞᆫ
羞惡의心이라義에셔生ᄒᆞᄂᆞᆫ端緒니此를履行ᄒᆞ야正義를圓成ᄒᆞ면足히撑
天撑地의氣節을立ᄒᆞᆯ지니엇지民物에生命을立ᄒᆞ고天地에仁心을立ᄒᆞ미

學者動靜殊操。喧寂異趣。還是煆煉未熟。心神混淆故耳。湏是操存涵養。定雲止水中。有鳶飛魚躍的景象。風狂雨驟處。有波恬浪靜的風光。纔見處一化齊之妙。

아니리오

【讀】　學者가動靜에操를殊히ᄒᆞ고喧寂에趣를異케ᄒᆞ면還是、煆煉이熟치못ᄒᆞ고心神이混淆ᄒᆞ故라湏是、操存涵養ᄒᆞ야定雲止水의中에鳶飛魚躍的의景象을有ᄒᆞ고風狂雨驟의處에波恬浪靜的의風光을有ᄒᆞ면纔히處一化齊의妙를見ᄒᆞ리라

【講】　道를學ᄒᆞᄂᆞᆫ者가動靜의時를隨ᄒᆞ야操守를變ᄒᆞ고喧寂의境을因ᄒᆞ야趣味를改ᄒᆞ야喧動ᄒᆞ時에ᄂᆞᆫ煩忙複雜ᄒᆞ고寂靜ᄒᆞ時에ᄂᆞᆫ沉潛昏暗ᄒᆞ야外境을隨ᄒᆞ야內守를變ᄒᆞ면是ᄂᆞᆫ妄念客氣의煆煉이完熟지못ᄒᆞ고心神이混雜淆亂ᄒᆞ故라모루미心神을操存涵養ᄒᆞ야定雲止水의寂靜ᄒᆞ中에心神이魚躍의活潑ᄒᆞ景象을有ᄒᆞ고風狂雨驟의喧動ᄒᆞ處에波恬浪靜의淨濫ᄒᆞ風

光을 有ㅎ고면 是는 寂靜ㅎ中에 喧動의 理를 見ㅎ고 喧動ㅎ 處에 寂靜의 理를 見ㅎ야 動靜에 殊操ㅎ고 喧寂에 異趣ㅎ는 偏着을 除ㅎ미니 百處가 同一ㅎ고 萬化가 齊等ㅎ 妙理가 是에 在ㅎ니라

心是一顆明珠。以物欲障蔽之。猶明珠而混以泥沙。其洗滌猶易。以情識襯貼之。猶明珠而飾以銀黃。其滌除最難。故學者不患垢病。而患潔病之難治。不畏事障。而畏理障之難除，

【讀】 心은是、一顆의明珠니物欲으로써障蔽ㅎ믄明珠에泥沙로써混홈과猶ㅎ야其洗滌이猶易ㅎ되情識으로써襯貼ㅎ믄明珠에銀黃으로써飾홈과猶ㅎ야其滌除가最難ㅎ니故로學者는垢의病을患치말고潔의病의治키難ㅎ믈患ㅎ며事의障을畏치말고理의障의除키難ㅎ믈畏을지니라

【講】 心은湛虛靈明ㅎ야少毫의缺點이無ㅎ一顆의明珠와如ㅎ니心을物欲으로障蔽ㅎ야昏暗愚鈍ㅎ믄明珠에汚泥沙土를混雜홈과如ㅎ야其洗滌

이오히려容易ᄒᆞ지라物欲을隨ᄒᆞ야本心을蔽ᄒᆞ미一時의昏暗愚鈍을成ᄒᆞ나一朝에其非를覺悟ᄒᆞ야反省自修ᄒᆞ면可히昏暗을變ᄒᆞ야明哲을作ᄒᆞ고愚鈍을改ᄒᆞ야智慧를成ᄒᆞ지니是ᄂᆞᆫ明珠에混ᄒᆞᆫ沙土를洗滌ᄒᆞᆷ과如히容易ᄒᆞ미오情識의知解로襯付貼着ᄒᆞ야曲解誤信을生ᄒᆞ면明珠에白銀黃金으로裝飾ᄒᆞᆷ과如ᄒᆞ야滌除ᄒᆞ기가장困難ᄒᆞ미라學者ᄂᆞᆫ物欲의垢濁ᄒᆞᆫ病을患치말고情識의清潔ᄒᆞᆫ病을患ᄒᆞ며事物의障蔽를畏치말고理解의障蔽ᄒᆞ지니區區ᄒᆞᆫ情識으로幽遠ᄒᆞᆫ玄理를苛察曲解ᄒᆞ야渾元ᄒᆞᆫ本心의眞體를興ᄒᆞ미學者의大病이라可히戒치아니치못ᄒᆞ지니라

軀殼的我。看得破。則萬有皆空。而其心常虛。虛則義理來居。性命的我。認得眞。則萬理皆備。而其心常實。實則物欲不入。

【讀】軀殼的의我를看得破ᄒᆞ면곳萬有가皆空ᄒᆞ야其心이常虛ᄒᆞᄂ니虛ᄒᆞ면곳義理가來居ᄒᆞ며性命的의我를認得眞ᄒᆞ면곳萬理가皆備ᄒᆞ야其心

이 常實ᄒᆞᄂᆞ니 實ᄒᆞ면 곳 物欲이 入치 못ᄒᆞᄂᆞ니라

【講】 人이 未生의 前을 思ᄒᆞ야도 我의 軀殼이 無ᄒᆞ고 旣死의 後를 思ᄒᆞ야도
我의 軀殼이 無ᄒᆞ고 生存의 現在를 思ᄒᆞ야도 紅顏이 白髮로 變化ᄒᆞ고 衰病이
康健을 保치 못ᄒᆞ야 我의 軀殼을 一定치 못ᄒᆞᆯ지라 軀殼的의 我가 虛妄ᄒᆞ야 眞
實치 아니ᄒᆞᆷ을 看破ᄒᆞ면 萬物의 形質이 쏘한 我의 軀殼과 가치 空虛ᄒᆞ야 拘碍
가 無ᄒᆞᆯ지라 人이 自의 肉體를 爲ᄒᆞ야 ᄂᆞᆫ 故로 種種의 物欲을 生ᄒᆞ야 本心을 障蔽
ᄒᆞᄂᆞ지라 만일 軀殼의 我를 看破ᄒᆞ야 萬物의 皆空을 知ᄒᆞ면 一切의 物欲이 斷
絶ᄒᆞ야 其心이 恒常 虛明ᄒᆞᄂᆞ니 心이 虛ᄒᆞ면 公明正大ᄒᆞᆫ 義理가 來居ᄒᆞ며 쏘
軀殼的의 我ᄂᆞᆫ 如何히 變遷ᄒᆞ야도 本性의 眞理ᄂᆞᆫ 天地보다 先ᄒᆞ야 其始가 無
ᄒᆞ고 天地보다 後ᄒᆞ야 其終이 無ᄒᆞ야 衆理를 具ᄒᆞ고 萬事를 應ᄒᆞᄂᆞ니 如是ᄒᆞᆫ
性命的의 我를 眞實히 認得ᄒᆞ면 萬理가 森然皆備ᄒᆞ야 其心이 恒常 眞實ᄒᆞ고
心이 眞實ᄒᆞ면 物欲이 闖入치 못ᄒᆞᆫ지라 世人이 性命的의 我를 知치 못ᄒᆞ고
軀殼的의 我를 貪愛ᄒᆞ야 種種의 物欲에 纒縛되야 本心의 體性을 迷ᄒᆞ니 可哀
ᄒᆞ도다

我果爲洪爐大冶。何患頑金鈍鐵之不可陶鎔。我果爲巨
海長江。何患橫流汚瀆之不能容納。

【讀】　我가참洪爐大冶가되면엇지頑金鈍鐵의可히陶鎔치못ᄒ믈患ᄒ며
我가참巨海長江이되면엇지橫流汚瀆의能히容納지못ᄒ믈患ᄒ리오

【講】　洪爐大冶는能히頑金鈍鐵을陶鎔ᄒ고巨海長江은能히橫流汚瀆을
容納ᄒᄂ니人도如是ᄒ야盛大ᄒᆫ威德이洪爐大冶와如ᄒ면頑金鈍鐵과가
ᄎ愚惡ᄒᆫ者라도엇지感化치못ᄒ며廣達ᄒᆫ度量이巨海長江과如ᄒ면橫流
汚瀆과가ᄎ驕逸詐曲ᄒᆫ者라도엇지容納지못ᄒ리오事物이心을違ᄒ거든
人을怨치말고己에反求ᄒ지니라

白日欺人。難逃淸夜之愧赧。紅顔失志。空貽皓首之悲
傷。

【讀】　白日에人을欺ᄒ면淸夜의愧報을逃ᄒ기難ᄒ며紅顔에志를失ᄒ면
부질업시皓首의悲傷을貽ᄒᄂ니라

【講】白晝ㄴ外로複雜ㅎ고事物을接ㅎ고內로種種의情欲을起ㅎㄴ時오淸夜ㄴ事物이俱寂ㅎ고情欲이頓息ㅎ야心靜氣淸ㅎ時라白晝에物欲의牽制를被ㅎ야人을欺誑ㅎ고萬籟가俱寂ㅎ야淸夜에情欲이不動ㅎㄴ本心을捫ㅎ야自思ㅎ면慚愧千萬ㅎ야顏色이變賴ㅎ지며血氣力이康健ㅎ고且精神이淸明ㅎ야紅顏의時節에志를失ㅎ야德業을成치못ㅎ면衰老昏暗ㅎ야頭髮이皓皓ㅎ야末路에無用의後悔를不堪ㅎ야한갓慘澹ㅎ야悲傷을貽ㅎㄴ니人이淸夜에志를失치말지니라

以積貨財之心。積學問。以求功名之念。求道德。以愛妻
子之心。愛父母。以保爵位之策。保國家。出此入彼。念慮
只差毫末。而超凡入聖。人品且判星淵矣。人胡不猛然轉
念哉

【讀】貨財를積ㅎㄴ心이요로써學問을積ㅎ고功名을求ㅎㄴ念으로써道德

을求ᄒᆞ고妻子를愛ᄒᆞ는心으로써父母를愛ᄒᆞ고爵位를保ᄒᆞ는策으로써國家를保ᄒᆞᆯ지라此에出ᄒᆞ고彼에入ᄒᆞ믄念慮가다만毫末을差ᄒᆞ나凡을超ᄒᆞ고聖에入ᄒᆞ믄人品이ᄯᅩ한星淵을判ᄒᆞᄂᆞ니人이엇지猛然히轉念치아니ᄒᆞ리오

【講】貨財를積ᄒᆞᆷ과功名을求ᄒᆞᆷ과妻子를愛ᄒᆞᆷ과爵位를保ᄒᆞ믄世情의私欲이오學問을積ᄒᆞᆷ과道德을求ᄒᆞᆷ과父母를愛ᄒᆞᆷ과國家를保ᄒᆞ믄人理의常道라然이나世人은私欲이正盛ᄒᆞ야常理를忘ᄒᆞᄂᆞᆫ者ㅣ多ᄒᆞ니맛당히一念을反ᄒᆞ야貨財를積ᄒᆞᄂᆞᆫ心으로學問을積ᄒᆞ며功名을求ᄒᆞᄂᆞᆫ念으로道德을求ᄒᆞ며妻子를愛ᄒᆞᄂᆞᆫ心으로父母를愛ᄒᆞ며爵位를保ᄒᆞᄂᆞᆫ心으로國家를保ᄒᆞᆯ지라此의私欲에出ᄒᆞ고彼의常理에入ᄒᆞ면반드시凡夫의境을超ᄒᆞ고聖人의域에入ᄒᆞᆯ지니私欲에出ᄒᆞ고常理에入ᄒᆞᄂᆞᆫ念慮는毫末의差에不過ᄒᆞ나凡을超ᄒᆞ고聖에入ᄒᆞᄂᆞᆫ人品은天地의隔을判ᄒᆞᄂᆞ니人이엇지猛然히毫末의一念을轉ᄒᆞ야聖境에入치아니ᄒᆞ리오

塞得物欲之路。纔堪闢道義之門。弛得塵俗之肩。方可挑聖賢之擔。

〔讀〕 物欲의路를塞得ᄒ야샤纔堪히道義의門을闢ᄒ고塵俗의肩을弛得ᄒ야샤方可히聖賢의擔을挑ᄒ지니라

〔講〕 事物의私欲과公道의正義는幷行치못ᄒ고塵俗의冗務와聖賢의責任은混濟치못ᄒᄂ니故로道義의正門을開闢코져ᄒ면먼져物欲의私路를杜塞ᄒ고聖賢의擔任을挑荷코져ᄒ면반드시塵俗에染着ᄒ야虛負ᄒᄂ鎔肩을解弛ᄒ지니라

融得性情上偏私。便是一大學問。消得家庭內嫌隙。便是一大經綸。

〔讀〕 性情上의偏私를融得ᄒ면便是一大學問이오家庭內의嫌隙을消得ᄒ면便是一大經綸이니라

〔講〕 性情上의偏私를融化ᄒ야公平케ᄒ믄近世所謂德育이니人이智育과體育을如何히學成ᄒ야도德育을圓成치못ᄒ야用心處事에偏私가多ᄒ

면是는 根本이 無한 枝葉的의 學問이라 故로 德育을 務하야 性情上의 偏私를
融得하면 是가 一大學問이오 쏘國을 治하고 天下를 平하는 經綸도 家를 齊하
며 始하나니 家族社會의 平和를 保하야 家庭內의 思嫌間際을 消融하면 是가
一大經綸이니라

才智英敏者。宜以學問攝其躁。氣節激昂者。當以德性融
其偏。

【讀】　才智가 英敏한 者는 맛당히 學問으로써 其躁를 攝하고 氣節이 激昂한
者는 맛당히 德性으로써 其偏을 融할지니라

【講】　才智가 英敏한 者는 知解와 果斷이 敏速하야 每事에 輕躁를 기易하나니
맛당히 學問을 博涉하야 其輕躁를 攝制하고 氣節이 激昂한 者는 俠氣와 義概
가 過高하야 每事에 偏急하기易하나니 맛당히 德性을 培養하야 其偏急을 融化
할지니라

雲烟影裡。現眞身。始悟形骸爲桎梏。禽鳥聲中。聞自性。

方知情識是戈矛.

[設] 雲烟의 影裡에 眞身을 現ᄒᆞ면 비로소 形骸가 桎梏되믈 悟ᄒᆞ고 禽鳥의 聲中에 自性을 開ᄒᆞ면 바야흐로 情識이 是戈矛이믈 知ᄒᆞ지니라

[講] 人의 無形ᄒᆞᆫ 眞身은 區區ᄒᆞᆫ 肉體에 限ᄒᆞ미아니라 時間을 通貫ᄒᆞ야 永劫에 變滅치아니ᄒᆞ고 空間에 充滿ᄒᆞ야 遍치아니ᄒᆞᆫ 處가 無ᄒᆞᄂᆞ니 故로 白雲蒼烟의 影裡에도 足히 眞身을 見ᄒᆞ지라 만일 此理를 悟ᄒᆞ야 雲烟의 影裡에 眞身을 現ᄒᆞ면 形骸가 桎梏와 如ᄒᆞ믈 悟ᄒᆞ지니 肉體의 形骸를 因ᄒᆞ야 種種의 情欲을 起ᄒᆞ고 種種의 苦痛을 生ᄒᆞ야 無限ᄒᆞᆫ 不自由를 感ᄒᆞ미 人에게 桎梏홈과 如ᄒᆞᆫ 故오 人의 情識도 自性에셔 出ᄒᆞ미아님은아니나 寥廓冲虛ᄒᆞ야 象跡이 無ᄒᆞᆫ 自性의 本體ᄂᆞᆫ 區區ᄒᆞᆫ 情識에 限ᄒᆞ미아니라 空空色色에 露出치아니ᄒᆞᄂᆞ니 凡禽小鳥의 聲中에도 足히 自性을 開ᄒᆞ지라 만일 此理를 悟ᄒᆞ면 情識이 戈矛와 如ᄒᆞ믈 知ᄒᆞ지니 情識은 物欲과 妄情이 交藏ᄒᆞ야 喜怒哀樂等의 差別이 轉相衝突ᄒᆞ야 種種의 煩惱를 生ᄒᆞ미 戈矛相敵ᄒᆞ야 人을 殘傷홈과 如ᄒᆞᆫ 故라 此等의 句語에ᄂᆞᆫ 如何히 明白ᄒᆞᆫ 解釋을 加ᄒᆞ야도 自得의 妙境

이 無ᄒ면 其趣味를 玩賞치 못ᄒ지라 尋常히 放過치 말고 其玄妙ᄒᆫ 理趣를 喫緊히 면 修養의 眞趣味를 得ᄒ리로다

人欲從初起處翦除。便似新蒭遽斬。其工夫極易。天理自乍明時充拓。便如塵鏡復磨。其光彩更新．

【讀】 人欲을 初起ᄒᄂ 處로 從ᄒ야 翦除ᄒ면 문득 新蒭를 遽斬ᄒᆷ과 似ᄒ야 其工夫가 極易ᄒ고 天理를 乍明ᄒᄂ 時로 自ᄒ야 充拓ᄒ면 문득 塵鏡을 復磨ᄒᆷ과 如ᄒ야 其光彩가 更新ᄒ니라

【講】 人欲은 一人의 私欲이오 天理ᄂ 事物의 公理니 人欲을 過ᄒ고 天理를 存ᄒ문 人道의 當然ᄒ 工夫라 人欲과 天理의 別이 一念의 差에셔 生ᄒᄂ니 人欲을 그 初起ᄒᄂ 處에셔 一念을 回ᄒ야 翦除ᄒ면 新生ᄒᄂ 蒭草를 急遽히 斬ᄒ과 如ᄒ야 그 工夫가 極히 容易ᄒ고 如何히 頑愚ᄒ 人이라도 往往히 本心의 天理가 自然히 發明ᄒᄂ 時가 有ᄒ니 天理를 그 乍明ᄒᄂ 時로 自ᄒ야 擴充開拓ᄒ면 塵垢가 戲ᄒ 鏡을 磨ᄒᆷ과 如ᄒ야 其光彩가 다시 新鮮ᄒ니라

事理因人言而悟者。有悟還有迷。總不如自悟之了了。意興從外境而得者。有得還有失。總不如自得之休休。

【讀】 事理를人言에因ᄒᆞ야悟ᄒᆞᄂᆞᆫ者ᄂᆞᆫ悟가有ᄒᆞ되되히려迷가有ᄒᆞ야自悟의了了ᄒᆞ만如치못ᄒᆞ고意興을外境으로從ᄒᆞ야得ᄒᆞᄂᆞᆫ者ᄂᆞᆫ得이有ᄒᆞ되되히려失이有ᄒᆞᄂᆞ다自得의休休ᄒᆞ만如치못ᄒᆞ니라

【講】 人이事理를悟ᄒᆞ되他人의言說에因ᄒᆞ야悟ᄒᆞᄂᆞᆫ者ᄂᆞᆫ悟가有ᄒᆞ되되히려迷가有ᄒᆞ야自悟의了了ᄒᆞ만不如ᄒᆞ니何故오他人의說明을開ᄒᆞ야事理를覺悟ᄒᆞᄂᆞᆫ者ᄂᆞᆫ人의說明을開ᄒᆞᆯ時에ᄂᆞᆫ悟解ᄒᆞ나人의說明이無ᄒᆞ면迷失ᄒᆞ되自心으로硏究ᄒᆞ야覺悟ᄒᆞᆫ者ᄂᆞᆫ人의說明의有無를不關ᄒᆞ고恒常了了明覺ᄒᆞ며坐意趣與味를다만外境으로從ᄒᆞ야得ᄒᆞᄂᆞᆫ者ᄂᆞᆫ外境이至ᄒᆞ면有ᄒᆞ고外境이盡ᄒᆞ면旋即消失ᄒᆞᄂᆞ니外境을不待ᄒᆞ고心中에自得ᄒᆞ면恒常休休裕足ᄒᆞ만不如ᄒᆞ지라例컨디飮宴의席上에佳人才子를會ᄒᆞ야歌妙舞로一場의喜劇을演ᄒᆞ미酒興이初發ᄒᆞ고嬌情이方深ᄒᆞ야其樂이陶

精選講義菜根譚　（修省）　二六

陶호다가已而오歌殘舞罷호고酒醒人歸호야踈涼호景色이虛窓에侵호면
俄時의意與이烟沉灰冷호야되히려幾分외悲涼을感홀지니是눈外境으로
從호야得失이有호意與이라엇지悲涼호地에不淡호意를持호고落寞호時
에悠開호興을發호야外境의覊縛을被치아니호눈自得외意與이常自休休
호파如호리오

應酬

【講】 應酬는 一切 事物을 應接酬酢하미라 人은 社交的 動物이라 可히 孤立生活을 做치못하나니 故로 千種 社會의 萬般關係가 自己의 活動을 伴하야 生하나지라 이가치 輻湊하는 複雜호 事物에 對하야 應酬의 道를 得치못하면 엇지 世故多端 人情回測의 浮世를 安全히 通過하리오 物과 物의 間에 相對的으로 生하는 幸福及 苦痛의 得失關係가 紛紛無定하니 應酬의 道를 講치아니치못할지라

操存、要有眞宰。無眞宰、則遇事便倒。何以植頂天立地之砥柱。應用、要有圓機。無圓機。則觸物有碍。何以成旋乾轉坤之經綸。

【講】 操存에 眞宰가 有하믈 要할지라 眞宰가 無하면 곳 事를 遇하미 곧 倒호지니 엇지써 天을 頂하고 地에 立하는 砥柱를 植하며 應用에 圓機가 有하믈 要할지라 圓機가 無하면 곳 物에 觸하미 碍가 有할지니 엇지써 乾을 旋하고 坤

을轉ᄒᆞᄂᆞᆫ 經綸을成ᄒᆞ리오

【講】 砥柱ᄂᆞᆫ 天地를撑持ᄒᆞᄂᆞᆫ 山을謂ᄒᆞᄆᆡ니 古昔에 不周山이 有ᄒᆞ야 天地를撑持ᄒᆞ얏ᄂᆞᆫ듸 共工氏와 大定氏가 共鬪ᄒᆞ다가 共工氏의頭로 不周山을觸ᄒᆞᄆᆡ 山이崩壞ᄒᆞ야 天이傾側ᄒᆞᆫ지라 女媧氏가 五色의 石을磨ᄒᆞ야 其崩缺ᄒᆞᆫ 處를補ᄒᆞ얏다ᄂᆞᆫ 說이有ᄒᆞ니 此를砥柱라謂ᄒᆞᄆᆡ라 人이自身에 對ᄒᆞ야 操守存養ᄒᆞ메ᄂᆞᆫ 眞心의 主宰를有ᄒᆞᆯ지라 眞心의 主宰가 無ᄒᆞ면 一定ᄒᆞᆫ立志가 無ᄒᆞ고 擾擾散漫ᄒᆞ야 何事를遇ᄒᆞ든지 其事를 隨ᄒᆞ야 遷移顚倒ᄒᆞᆯ지니 엇지 天地를撑持ᄒᆞᄂᆞᆫ 砥柱와가치 不屈不撓ᄒᆞᄂᆞᆫ 志檗를植立ᄒᆞ며 事物을應用ᄒᆞ메ᄂᆞᆫ 圓滑ᄒᆞᆫ機能을有ᄒᆞᆯ지라 圓滑ᄒᆞᆫ機能이 無ᄒᆞ면 偏促澁滯ᄒᆞ야 何事에觸ᄒᆞ든지 窒碍가有ᄒᆞᆯ지니 엇지 乾坤을旋轉ᄒᆞᄂᆞᆫ 大經綸을成ᄒᆞ리오 人은맛당히 一定ᄒᆞᆫ眞宰를泰山과가치特立ᄒᆞ야 如何ᄒᆞᆫ困難과如何ᄒᆞᆫ誘動을遇ᄒᆞ야도 變動치말며事物을應用ᄒᆞ메ᄂᆞᆫ 敏滑ᄒᆞᆫ圓機를轉ᄒᆞ야 如何ᄒᆞᆫ事變을遇ᄒᆞ야도 障碍가업시通過ᄒᆞᆯ지니라

士君子之涉世。於人不可輕爲喜怒。喜怒輕。則心腹肝

膽。皆爲人所窺。於物不可重爲愛憎。愛憎重。則意氣精

神。悉爲物所制。

〔讀〕 士君子의世를涉하믄人에可히輕히喜怒를爲치못할지니喜怒가輕하면곳心腹肝膽이다人의窺하는바ㅣ되고物에可히重히愛憎을爲치못할지니愛憎이重하면곳意氣精神이다物의制하는바ㅣ되느니라

〔講〕 士君子ㅣ世間을渡涉하미他人에對하야喜怒를輕發치말지니만일조곰快心의事가有하야미곳喜色을發하고저기拂心의事가有하야미곳怒氣를動하야喜怒가過搖하면他人이其外에形하는喜怒의色을見하야其內에隱한心腹肝膽을窺知할지오此外物에對하야愛憎을過重히말지니만일愛憎이偏重하야或情愛에着하거나或憎疾에過하면感情上에種種의不自由를生하야意氣精神이外物의裁制를受하느니라

心體澄徹。常在明鏡止水之中則天下自無可厭之事。意氣和平。常在麗日光風之內。則天下自無可惡之人。

【讀】 心體가 澄徹ᄒ야늘 明鏡 止水의 中에 在ᄒ면곳 天下에 스사로 可厭의

事가 無ᄒ고 意氣가 和平ᄒ야늘 麗日 光風의 內에 在ᄒ면곳 天下에 스사로 可

惡의 人이 無ᄒ니라

【講】 半點의 塵垢가 無ᄒ 明鏡과 一髮의 波浪이 無ᄒ 止水ᄂ 觸物相照ᄒ야

物體의 長短妍媿를 勿論ᄒ고 다 其形을 映ᄒᄂ니 人의 心體도 澄淸虛徹ᄒ매

明鏡 止水와 如ᄒ야 萬事의 眞理를 洞照ᄒ야 欣厭의 情欲에 碍滯가 無ᄒ면 天

下에 可히 厭忌ᄒ 事가 無ᄒ고 邪明麗ᄒ 日氣와 光和ᄒ 風景은 萬物을 發育ᄒ

야 芝蘭荊棘을 不擇ᄒ고 다 其生成을 助ᄒᄂ니 人의 意氣도 融和平等ᄒ야 善

惡邪正을 包容寬恕ᄒ면 天下에 可히 憎惡ᄒ 人이 無ᄒ지니 人은 恒常心體를

澄徹ᄒ고 意氣를 和平ᄒ야 外物에 對ᄒ 偏執을 除ᄒ지니라

【讀】 · 是非邪正의 交를 當ᄒ미 可히 少도 遷就치 못ᄒ지니 조곰 遷就ᄒ면곳

當是非邪正之交.不可少遷就.少遷就.則失從違之正.

値利害得失之會.不可太分明.太分明.則起趨避之私。

【讀】 · 是非邪正을 失ᄒ고 利害得失의 會를 値ᄒ미 可히 너무分明히 말지니 너무分

明호면곳趨避의私를起호나니라

【講】義理에對호야是非邪正을分호는交會를當호미遷就치말고卽速決
定호야非와私를捨호고是와正을取홀지니只일遷就不定호면是와正을從
호고非와邪를違호는正道를失호고私欲에對호야利害得失이有호交會
를値호미너무分明히計較호야利와得만을取호고害와失을捨치말지라何
故오私欲의利와得은或되히려義理의害와失을作호노니只일義理를不顧
호고利害得失만計較호면私欲에趨호고正義를避호는私情을發홀지故
로私欲의利害得失은計較치말고義理의是非邪正을揀擇홀지니라

蒼蠅附驥。捷則捷矣。難辭處後之羞。蔦蘿依松。高則高
矣。未免仰攀之恥。所以君子。寧以風霜自挾。毋爲魚鳥
親人。

【讀】蒼蠅이驥에附호미捷호기는곳捷호나後에處혼羞를辭호기難호고
蔦蘿가松에依호미高호기는곳高호나仰攀의恥를免치못홀지라所以로君

精選講義菜根譚　（應酬）

三一

子는 寧히 風霜으로써 自挾홀지언정 魚鳥의 人에 親호믄 爲치 말지니라

【講】 蒼蠅이 驥馬의 尾에 附호야 一日에 千里를 行호미 其速度가 疾捷호나 是는 自動力이아니오 被動力으로 行호미니 驥의 後에 處호야 羞를 辭호기 難호고 蔦蘿(寄生草)가 長松에 依호야 百尋을 直上호미 其長이 雖高호나 是는 獨立이아니오 依賴니 松에 仰攀호는 恥를 免치못호지라 人도 如是호야 區區호 賤丈夫와 韶諛의 小人輩가 滿身의 自由를 犧牲호야 婢膝奴顏으로 一時的의 勢力家에 阿附호야 不義의 榮利를 圖호면 假使, 一時의 欲望을 達호더래도 處後仰攀의 羞恥를 可히 磨滅치못호지니 故로 君子는 寧히 塞風嚴霜과 如호 貧窮困難으로 自挾호야 松栢과 如호 氣節을 保호지언졍 幼魚小鳥의 人에 親近호야 憐愛를 求호과 如히 權貴에 阿附호야 一時의 恩寵을 圖치안느니라

好醜心太明。則物不契。賢愚心太明。則人不親。士君子湏是內精明而外渾厚。使好醜兩得其平。賢愚共受其益。纔是生成的德量。

【讀】 好醜의 心이 太明ᄒ면 곳 物이 契치 아니ᄒ고 賢愚의 心이 太明ᄒ면 곳

人이 親치 안ᄂ니 士君子가 須是, 內른 精明ᄒ고 外른 渾厚ᄒ야 곰 好醜로

兩이 其平을 得ᄒ고 賢愚로 共히 其益을 受ᄒ면 繞是, 生成的의 德量이니라

【講】 好物을 愛ᄒ고 醜物을 惡ᄒᄂ心이너 無明白ᄒ면 物에 對ᄒ其

ᄒ야 品物이 契合지 못ᄒ고 賢人을 愛ᄒ고 愚人을 憎ᄒᄂ心이너 無分明ᄒ면

人에 對ᄒ取捨가 多ᄒ야 衆人이 親近치 못ᄒ니 士君子ᄂ 맛당히 內른 精明

ᄒ야 好醜賢愚를 明知ᄒ되 外른 渾厚ᄒ야 平等히 待遇ᄒ

야 好醜의 物이다 其平을 得ᄒ고 賢愚의 人이 共히 其益을 受케ᄒ면 此가 一切

의 民物을 生成ᄒᄂ 德量이니라

士君子。濟人利物。宜居其實。不宜居其名。居其名。則德

損。仕大夫。憂國爲民。當有其心。不當有其語。有其語。則

毁來。

【讀】 士君子가 人을 濟ᄒ고 物을 利케ᄒ미 맛당히 其實에 居ᄒ지오 맛당히

其名에居치안홀지니其名에居ᄒᆞ면곳德이損ᄒᆞ며仕大夫가國을憂ᄒᆞ고民을爲ᄒᆞ미맛당히其心을有ᄒᆞ고맛당히其語를有치말지니其語를有ᄒᆞ면곳毁가來ᄒᆞᄂᆞ니라

【講】 士君子가人을救濟ᄒᆞ고物을利成케ᄒᆞ미맛당히其實事를行홀而已오其名譽를要求치말지니其名譽를求ᄒᆞ면謙讓의德이損減ᄒᆞ고仕大夫가國家를憂ᄒᆞ고人民을爲ᄒᆞ미맛당히其心思를有ᄒᆞ고其言語를發치말지니만일其言語를發ᄒᆞ야我가國을憂ᄒᆞᄂᆞᆫ忠臣이며民을爲ᄒᆞᄂᆞᆫ志士라自讚ᄒᆞ면空言無實의毁가來至ᄒᆞᄂᆞ니라

使人有面前之譽。不若使其無背後之毁。使人有乍交之歡。不若使其無久處之厭。

【讀】 人으로ᄒᆞ야곰面前의譽가有케ᄒᆞ미ᄒᆞ야곰그背後의毁가無케홈만갓지못ᄒᆞ고人으로ᄒᆞ야곰乍交의歡이有케ᄒᆞ미ᄒᆞ야곰 그久處의厭이無케홈만갓지못ᄒᆞ니라

【講】 人을 對ᄒ야 相面ᄒ 時에 假飾的의 僞善을 行ᄒ거나 或一時的의 恩威를 加ᄒ면 其人이 坐한 我에 對ᄒ야 面前의 稱譽가 有ᄒ지나 其假飾的的 僞善과 一時的의 恩威는 始終의 誠信이 아닌 故로 맛침너 背後의 毀뿜가 有ᄒ니 一時의 假飾을 行ᄒ야 面前의 譽를 受ᄒ미 始終의 誠信을 守ᄒ야 背後의 毀를 免ᄒ만 不如ᄒ고 朋友를 交ᄒ되 最初의 交際에 詐飾의 方法을 敏滑히ᄒ야면 暫時의 歡情을 得ᄒ지나 外飾의 方法은 內實의 敬愛가 아닌 故로 長久히 同處ᄒ면 반드시 厭思를 生ᄒᄂ니 交際의 方法을 詐飾ᄒ야 乍交의 歡을 得ᄒ미 敬愛를 實踐ᄒ야 久處의 厭이 無ᄒ만 不如ᄒ니라

善啓廸人心者는 當因其所明而漸通之。毋強開其所閉。善移易風化者는 當因其所易而漸反之。毋輕矯其所難。

【讀】 善히 人心을 啓廸ᄒ는 者는 맛당히 其明한바를 因ᄒ야 漸通ᄒ지니 억지로 其閉한바를 開치 말며 善히 風化를 移易ᄒ는 者는 맛당히 其易한바를 因ᄒ야 漸反ᄒ지니 가벼히 其難한 바를 矯치 말지니라

【講】　愚昧ᄒᆞᆫ人心을啓廸ᄒᆞ야賢明에進케ᄒᆞᄂᆞᆫ者ᄂᆞᆫ맛당히其己明ᄒᆞᆫ바ᄅᆞᆯ因ᄒᆞ야漸次로開通ᄒᆞᆯ지오其智의閉塞ᄒᆞᆫ바ᄅᆞᆯ强開치말지라何故오如何히暗昧ᄒᆞᆫ人이라도其心에少毫의明도無ᄒᆞᆫ即無ᄒᆞ니먼져其心의所明을因ᄒᆞ야漸漸敎導ᄒᆞ면開通의功이容易ᄒᆞ되만일억지로其智의固閉重塞ᄒᆞ處ᄅᆞᆯ開通코져ᄒᆞ면맛침너其效ᄅᆞᆯ見치못ᄒᆞ지니譬컨티小兒에게幼年敎育을授치아니ᄒᆞ고먼져哲學이나化學과如ᄒᆞ深遠難解의學을敎授ᄒᆞ면效能이無ᄒᆞ과如ᄒᆞ고또舊習을革ᄒᆞ고新法을倡ᄒᆞ야一般의風化ᄅᆞᆯ移易ᄒᆞᄂᆞᆫ者ᄂᆞᆫ맛당히其些少容易ᄒᆞ事ᄅᆞᆯ因ᄒᆞ야먼져改良ᄒᆞ고漸次로重難ᄒᆞ事에及ᄒᆞ지니가벼히其變改ᄒᆞ기困難ᄒᆞ事ᄅᆞᆯ矯救치말지라故로近世에新附國民을同化코져ᄒᆞᄂᆞᆫ政治家가其國의固有ᄒᆞ習慣을重히ᄒᆞ미是니라

己之情欲不可縱。當用逆之之法。以制之。其道只在一忍字。人之情欲不可拂。當用順之之法。以調之。其道只在一恕字。今人皆恕以適己。而忍以制人毋乃不可乎。

【讀】 己의 情欲은 可히 縱치 못홀지라 맛당히 逆호는 法을 用호야써 制홀지니 其道는다만 一의「忍」字에 在호며 人의 情欲은 可히 拂치 못홀지라 맛당히 順호는 法을 用호야써 調홀지니 其道는다만 一의「恕」字에 在호지라 今人은 다 恕로써 己를 適호고 忍으로써 人을 制호누니 이에 可치 아님이 毋호라

【講】 自己의 情欲은 可히 放縱치 못홀지라 맛당히 逆制호는 方法을 用호야 栽抑홀지니 其裁制호는 道는다만 一個의 忍字에 在호지라 何故오 個人의 私欲을 放縱호면 公理를 背호고 淫惡에 陷호누니 맛당히 忍耐의 方法으로 自己의 情欲을 逆制호야 公理를 從홀지오 他人의 情欲은 可히 拂逆지 못홀지라 맛당히 順從호는 方法을 用호야 調和홀지니 其調和호는 道는다만 一個의 恕字에在호지라 何故오 衆人의 情欲을 拂逆호면 仁德을 喪호고 怨恨을 結호누니 맛당히 寬恕의 方法으로 人의 情欲을 順調호야 仁德을 養홀지라 今世의 人은 是에 反호야 寬恕로써 自己의 情欲을 從호고 忍耐로써 他人의 情欲을 逆制호ㄴ니엇지 不可호미 아니리오

好察非明。能察能不察之謂明。必勝非勇。能勝能不勝之謂勇。

【讀】 察을 好ᄒᆞᆫ 明이아니라 能히 察ᄒᆞ고 能히 察치아니ᄒᆞ미 明이라 謂ᄒᆞ자오반ᄃᆞ시 勝ᄒᆞᆫ 勇이아니라 能히 勝ᄒᆞ고 能히 勝치아니ᄒᆞ미 勇이라 謂ᄒᆞ지니라

【講】 智慧의 明은 事物의 當察과 不當察을 知ᄒᆞ미니 만일 當察과 不當察을 分辨치 못ᄒᆞ고 何事物에라도 一向히 ᄒᆞᆨ察을 好ᄒᆞ면 是ᄂᆞᆫ 明이아니니 能히 當察을 察ᄒᆞ고 不當察을 察치아니ᄒᆞ미 明이오ᄯᅩ 大勇은 忿을 雪ᄒᆞ기爲ᄒᆞ야 敵을 勝ᄒᆞ기도ᄒᆞ고 辱을 忍ᄒᆞ야 己를 勝ᄒᆞ기도ᄒᆞᄂᆞ니 만일 雪忿파 忍辱의 得失을 調制치 못ᄒᆞ고 一時의 客氣를 因ᄒᆞ야 반ᄃᆞ시 敵을 勝ᄒᆞ면 是ᄂᆞᆫ 大勇이아니니 能히 敵을 勝ᄒᆞ야 恣을 雪ᄒᆞ며 能히 敵을 勝치아니ᄒᆞ야 辱을 忍ᄒᆞ미 大勇이니 質言ᄒᆞ면 察與不察에 縱橫自在ᄒᆞ믈 明이라 謂ᄒᆞ고 勝與不勝에 任意逍遙ᄒᆞ믈 勇이라 謂ᄒᆞᄂᆞ니라

隨時之內善救時。若和風之消酷暑。混俗之中能脫俗。似淡月之映輕雲。

【義】 時를隨ᄒᆞᄂᆞᆫ內에善히時를救ᄒᆞ면和風의酷暑를消ᄒᆞ과갓고俗에混ᄒᆞᄂᆞᆫ中에能히俗을脫ᄒᆞ면淡月의輕雲을映ᄒᆞ과갓ᄒᆞ니라

【講】 時를救ᄒᆞᄆᆞᆫ壞亂ᄒᆞᆫ時勢를挽回ᄒᆞ야民物을救濟ᄒᆞ미니時勢를挽回ᄒᆞᄂᆞᆫ者ᄂᆞᆫ往往히當時時勢의反對方面에立ᄒᆞ야純然ᄒᆞᆫ衝突의行動을執ᄒᆞ다가事가心을不從ᄒᆞ면極端的의最後失敗를自招ᄒᆞ기易ᄒᆞ니例컨대依賴的의社會를挽回코져ᄒᆞᄂᆞᆫ者ᄂᆞᆫ반ᄃᆞ시其社會의反面에立ᄒᆞ야依賴의思想을痛罵ᄒᆞ고獨立의精神을喚起ᄒᆞ지라然ᄒᆞ면一人의力으로全社會를逆戰ᄒᆞ미니滔滔ᄒᆞᆫ狂瀾에孤帆을逆行ᄒᆞ과如ᄒᆞ야其力을撐持ᄒᆞ기難ᄒᆞ故로或慘澹ᄒᆞᆫ困難과激烈ᄒᆞᆫ感慨를不堪ᄒᆞ야萬鋒을自嬰ᄒᆞ고一身을自盡ᄒᆞᄂᆞᆫ等의慘劇을演ᄒᆞ야所懷萬事가水泡에歸ᄒᆞ면其決烈ᄒᆞᆫ苦志ᄂᆞᆫ可히歡賞ᄒᆞ지나是ᄂᆞᆫ實로薄弱ᄒᆞᆫ頭腦에서生ᄒᆞᄂᆞᆫ個人的自快에不過ᄒᆞ미라救時의大功을圓成치못ᄒᆞ지니맛당히一時의不平을忍呑ᄒᆞ고아ᄌᆞ時勢를順隨ᄒᆞᄂᆞᆫ內에셔善히權變을應用ᄒᆞ야漸漸其時를救ᄒᆞ면和風의酷暑를消ᄒᆞ과如히急迫의弊가無ᄒᆞ야不覺中에其功을成ᄒᆞ지오ᄯᅩ俗情을解脫코져ᄒᆞᄂᆞᆫ者가면

리 世俗을 逃ㅎ야 獨淸을 貪ㅎ면 反히 孤潔의 偏情에 着ㅎ야 好奇的의 俗態에 陷ㅎ기 易ㅎ니 世俗에 混雜ㅎ는 中에셔 能히 染着을 離ㅎ야 俗情을 脫ㅎ면 淡ㅎ 月色이 輕薄ㅎ 雲을 映홈과 如ㅎ야 隱然ㅎ 內에 色彩를 炫曜치 아니ㅎ고 能히 純美ㅎ 脫俗道人을 成ㅎㄴ니라

思入世而有爲者。須先領得世外風光、否則無以脫垢濁之塵緣。思出世而無染者。須先諳盡世中滋味。否則無以持空寂之苦趣。

【讀】 世에 入ㅎ야 爲가 有ㅎ믈 思ㅎ는 者는 須先、世外의 風光을 領得ㅎ지니 否ㅎ면 곳써 垢濁의 塵緣을 脫홀수가 無ㅎ고 世에 出ㅎ야 染이 無ㅎ믈 思ㅎ는 者는 須先、世中의 滋味를 諳盡홀지니 否ㅎ면 곳써 空寂의 苦趣를 持홀수가 無ㅎ니라

【講】 世間에 入ㅎ야 有爲의 事業을 經營ㅎ는 者는 名利欲樂에 着ㅎ기 易ㅎ니 먼저 淡泊空寂호 世外의 風光을 領得ㅎ야 塵俗의 羈絆을 被치 말지며 할

世外의風光을領得지못하고垢濁한塵俗의諸綠을解脫치못하고坐世間에出하야染着이無코져하는者는먼저世中의染着되는滋味를諸盡하야足히染着호거시無하를了知한後에야可히世外의空寂에入하야種種의染着을離호지니만일世中의滋味를嘗知치못하면世外의空寂호苦趣를持守치못호지라空寂의苦趣라하고믄空寂호趣味를了知치못하면空寂호苦趣를成하며니일즉煩忙을經한者는閒靜호趣味를樂호지나煩忙을經치못한者가閒靜호處를遇하면反히無聊鬱慼의苦趣를感홀지라故로世中의滋味를知치못하고空寂에處하면反히苦趣를成하야持守치못하나니라

與人者．與其易疎於終．不若難親於始。御事者．與其巧持於後．不若拙守於前。

〔讀〕 人과與하는者는其終에疎하기易하므로與하야는始에親하기難호만갓지못하고事를御하는者는其後에巧持하므로與하야는前에拙守홈만갓지못하니라

四一

【講】他人과 交際하는 者ㅣ終末에 疎遠하기易하믄 其始에 朋友의 道를 不

擇하고 泛忽히 親交한故로 其勢가 不長하야 後에 容易히 疎遠함을 致하미오

始에 親하기難하믄 朋友의 智德을 揀擇하야 輕易히 許交치안는故니 如斯히

朋友의 道를 擇하는 者는 始에 親하기難하나 親交를 一得하면 後에 容易히 疎

遠치안는故로 人을 交際하는 道는 終에 疎遠하기易함이 始에 親交하기難함

만不如하고 坐事를 處理하는 者가 事를 已行한後에 苟且히 巧持하믄 其始에

事를 輕忽히 發起한故라 人이 事에 對하야 深識遠慮가 無하야 事理의 可否를 確

知치못하며 事後의 準備를 預料치못하고 率爾히 行하다가 失敗에 至하면 苟

且히 彌縫하고 工巧히 維持하느니 是는 寧히 其始에 保守的으로 拙守하야 相

當히 動機를 待함만不如하니라

【讀】功名富貴。直從滅處。觀究竟。則貪戀自輕。橫逆困窮。直

從起處。究由來。則怨尤自息。

功名富貴는 곳滅하는 處로 從하야 究竟을 觀하면 곳 貪戀이 自輕하고

橫逆困窮은곳제ㅎ는處로從ㅎ야由來를究ㅎ면君怨尤가自息ㅎ니라

【講】 滿世의功名따掀天의富貴따도人의死亡과事의變遷을隨ㅎ야消滅
에歸ㅎ느니如何흔功名富貴따도其消滅ㅎ는處로從ㅎ야最後의究竟을觀
ㅎ면雖得必失의無常을覺ㅎ야貪羨戀慕의情이自輕ㅎ고또意外의橫逆따
寃枉흔困窮이라도其生起ㅎ는處로從ㅎ야由來의原因을研究ㅎ면다我의自
取오他物의過失이아님을知ㅎ야天을怨ㅎ고人을尤ㅎ는心이自息ㅎ느니
功名富貴에貪欲을着치말고橫逆困窮에怨心을生치말지니라

宇宙內事。要力擔當。又要善擺脫。不擔當。則無經世之
事業。不擺脫。則無出世之襟期。

【讀】 宇宙內의事를힘써擔當ㅎ를要ㅎ지오또善히擺脫ㅎ를要ㅎ지니擔
當치못ㅎ면곳世를經ㅎ는事業이無ㅎ고擺脫치못ㅎ면世를出ㅎ는襟期가
無ㅎ니라

【講】 人은宇宙內의許多흔大事業을다自力으로擔當ㅎ고또能히擺脫흔

지라自力으로擔當ᄒᆞ면如何히偉大ᄒᆞ고困難ᄒᆞᆫ事業이라도自任勇行ᄒᆞ야最後의成功을他人에推讓치안ᄒᆞᆯ지니法皇拿破崙이云ᄒᆞ되「畏의字와難의字ᄂᆞᆫ佛蘭西人의用ᄒᆞᆯ바가아니라」ᄒᆞ니是ᄂᆞᆫ天下의事가足히畏㥘ᄒᆞᆯ거시無ᄒᆞ고困難ᄒᆞᆯ거시無ᄒᆞ믈看破ᄒᆞ야人이能히自力으로擔當ᄒᆞᆯ만ᄒᆞ믈自信ᄒᆞ미니拿翁도區區ᄒᆞᆫ七尺의肉體와忙忙ᄒᆞᆫ百年의生命은他人과同ᄒᆞ거ᄂᆞᆯ天下의大事業을獨自擔任ᄒᆞ니何等의魄力인가是가宇宙內의事를自力으로擔當ᄒᆞᆫ一例오ᄯᅩ宇宙內의事를善히擺脫ᄒᆞ면如何히完美ᄒᆞᆫ事業에라도貪着의情欲이無ᄒᆞ야隨機引退ᄒᆞ야最後의災禍를免ᄒᆞᄂᆞ니漢의張良이漢太祖를事ᄒᆞ야天下를得ᄒᆞᆫ後에人間의事를棄ᄒᆞ고仙人赤松子를從遊ᄒᆞ야晩節을保ᄒᆞ니嗚呼라鐵椎를滄海力士에게付ᄒᆞ야耽耽虎視의秦始皇을博浪沙中에狙擊ᄒᆞ며籌를帷幄의中에運ᄒᆞ고勝을千里의外에決ᄒᆞ야稀世의大功을成ᄒᆞᆫ萬古豪傑의張良其人이功名富貴를弊屣와如히棄ᄒᆞ고仙人을從ᄒᆞ야松葉을飡ᄒᆞ고清泉을掬ᄒᆞ니何等의胸襟인가是ᄂᆞᆫ宇宙內의事를擺脫ᄒᆞᄂᆞᆫ一例라宇宙內의事를擔當치못ᄒᆞ면畏怯退縮ᄒᆞ야一世를經營ᄒᆞ

눈 大事業이 無ᄒ고 榮利의 事를 擺脫치 못ᄒ면 恒常 韁絆을 被ᄒ야 世間에 出ᄒᄂᆫ 灑落ᄒᆫ 襟期(襟期ᄂᆫ 卽胸懷)가 無ᄒ니라

待人。而留有餘不盡之恩禮。則可以維繫無厭之人心。御事。而留有餘不盡之才智。則可以隄防不測之事變。

【讀】 人을 待ᄒ미 餘가 有ᄒ야 盡치 안눈 恩禮를 留ᄒ면 곳 可히써 厭이 無ᄒ 人心을 維繫ᄒ고 事를 御ᄒ미 餘가 有ᄒ야 盡치 안눈 才智를 留ᄒ면 곳 可히써 測지 못ᄒᆯ 事變을 隄防ᄒᄂ니라

【講】 他人을 待過ᄒ미 其始에눈 恩惠를 施ᄒ고 禮儀를 備ᄒ되 其後에 恩惠 禮儀를 繼續지 안ᄒ면 其人이 다시 恩禮를 蒙ᄒ 餘望이 無ᄒ야 退散ᄒ기 易ᄒ너만 일 有餘不盡의 恩禮를 留存ᄒ야 永久히 他人의 欲望에 供ᄒ면 可히 無厭의 欲이 有ᄒ 人心을 維繫ᄒ야 退散치 안케 ᄒ지오 쏘 事를 御ᄒ미 一時에 其才 智를 罄竭ᄒ고 다시 準備치 안ᄒ면 他事에 對ᄒ야 應用ᄒᆯ 餘力이 無ᄒ지니 만 일 有餘不盡의 才智를 準備 畜積ᄒ면 意外에 不測의 事變이 有ᄒ야도 容易히 隄防ᄒ야 失敗를 免ᄒ지니라

仇邊之弩易避。恩裏之戈難防。苦時之坎易逃。樂處之阱難脫。

【讀】　仇邊의 弩는 避ㅎ기易ㅎ되 恩裡의 戈는 防ㅎ기 難ㅎ고 苦時의 坎은 逃ㅎ기易ㅎ되 樂處의 阱은 脫ㅎ기 難ㅎ니라

【講】　怨仇는 恒常 我에 對ㅎ야 禍害를 加코져ㅎ민故로 其弩와 如ㅎ禍機를 恒常 愼察ㅎ야 避ㅎ기易ㅎ되 恩惠의 裏에 伏在ㅎ야 戈와 如히 人을 損傷ㅎ는 禍機는 知ㅎ러니와 恩裏에 戈가 有ㅎ믄 何인고例컨대 主人이 奴婢에게 深恩을加ㅎ믄 其奴婢로 忠勤의 職을 盡케ㅎ미라 奴婢가 其恩을 感ㅎ야 忠勤의 職을盡ㅎ면 不覺中에 其自由의 人權을 失ㅎ미니 是는 主人의 恩裏에 人權을 剝奪ㅎ는 戈가 有ㅎ미오 將軍이 士卒에게 重賞을 施ㅎ믄 其士卒로 敢死의 勇을 竭케ㅎ미니 是는 將軍의 恩裏에 生命을 奪ㅎ는 戈가 有ㅎ미라 是는 恩을 報酬ㅎ기爲ㅎ야 我의 幸福과 權利를 犧牲ㅎ며 오쯔人의 恩寵을 專受ᄒᆞᆯ時에는他

人의 猜忌嫉妬를 被ᄒᆞ야 意外의 慘禍를 蒙ᄒᆞ기가 易ᄒᆞ니 如是ᄒᆞᆫ 禍가 다 恩裏에 伏在ᄒᆞ되 覺悟ᄒᆞᄂᆞᆫ 人이 少ᄒᆞᆫ 故로 恩裏의 戈ᄂᆞᆫ 防ᄒᆞ기 難ᄒᆞ며 오ᄯᅵ려 苦痛 되ᄂᆞᆫ 坑坎은 逃避ᄒᆞ기 易ᄒᆞ나 快樂ᄒᆞᆫ 陷阱은 解脫ᄒᆞ기 難ᄒᆞ니 貧窮의 困難과 縲絏의 苦痛은 다 人을 苦케ᄒᆞᄂᆞᆫ 陷坎과 如ᄒᆞ나 人이 恒常 謹愼 回避ᄒᆞ야 罪惡과 旨酒美色의 放蕩에 陷치 안ᄒᆞ면 其 災禍의 坑坎을 逃ᄒᆞ기 易ᄒᆞ지나 만일 富貴功名과 旨酒美色의 快樂을 受ᄒᆞᄂᆞᆫ 者ᄂᆞᆫ 一時의 情欲에 貪着ᄒᆞ야 富貴功名의 裏에 猜忌爭奪의 禍를 藏ᄒᆞᆫ 陷阱이 有ᄒᆞ며 旨酒美色의 處에 生命을 殘毀ᄒᆞᄂᆞᆫ 陷阱이 有ᄒᆞ되 不知ᄒᆞ고 漸着深入ᄒᆞ야 其 禍害를 解脫ᄒᆞ기 難ᄒᆞ니 人은 맛당히 他人의 恩寵을 貪치 말며 快樂ᄒᆞᆫ 處에 謹愼을 加ᄒᆞᆯ지니라

落落者難合。亦難分。欣欣者易親。亦易散。是以君子。寧以剛方見憚。毋以媚悅取容。

【讀】 落落ᄒᆞᆫ者ᄂᆞᆫ 合ᄒᆞ기도 難ᄒᆞ고 ᄯᅩ한 分ᄒᆞ기도 難ᄒᆞ며 欣欣ᄒᆞᆫ者ᄂᆞᆫ 親ᄒᆞ기도 易ᄒᆞ고 ᄯᅩ한 散ᄒᆞ기도 易ᄒᆞ니 是以로 君子ᄂᆞᆫ 寧히 剛方ᄋᆞ로ᄡᅥ 憚을 見ᄒᆞᆯ

지언졍媚悅로써容을取치말지니라

【講】 落落이라ᄒᆞᆫ믄性行이方正ᄒᆞ고氣度가嚴勵ᄒᆞ야交際上에다만信義를守ᄒᆞ고一毫의諂諛가無ᄒᆞ야狎交ᄒᆞ기難ᄒᆞ미니交際에落落ᄒᆞᆫ者ᄂᆞᆫ諂諛阿附가無ᄒᆞᆫ故로親合ᄒᆞ기도難ᄒᆞ고一次親合ᄒᆞ야輕率히交義를絶치안ᄂᆞᆫ故로ᄯᅩ한分離ᄒᆞ기도難ᄒᆞ며是에反ᄒᆞ야欣欣ᄒᆞ者ᄂᆞᆫ諂媚柔悅ᄒᆞ야交際의信義를不顧ᄒᆞ고一時의利害를隨ᄒᆞ야親疎를生ᄒᆞᆫ故로親近ᄒᆞ기도易ᄒᆞ고疎散ᄒᆞ기도易ᄒᆞ니是以로君子ᄂᆞᆫ寧히剛毅方正ᄒᆞ야諂諛小人의忌憚을見ᄒᆞᆫ落落ᄒᆞᆫ者가될지언졍諂媚柔悅ᄒᆞ야阿容을取ᄒᆞᆫ欣欣ᄒᆞᆫ者ᄂᆞᆫ되지말지니라

意氣與天下相期。如春風之鼓暢庶類。不宜存半點隔閡之形。肝膽與天下相照。似秋月之洞徹羣品。不可作一毫曖昧之狀。

【讀】 意氣ᄂᆞᆫ天下로더브러相期ᄒᆞ되春風의庶類를鼓暢ᄒᆞᆷ과如히ᄒᆞ야맛

華의半點隔閡의形을荐넉띠며肝膽은天下로드려브러相照호되秋月의華品

을洞照훔따가쳐고야可히一毫曖昧의獄을作지말지니라

【講】 意氣는毫末의偏私가無히融和暢通호야天下의人人과共濟同樂을

期호되和暢훈春風이草木蘗生의庶類를鼓發通暢호과如히호야半點에라

도隔閡의形狀이無히호며肝膽의中心은一點의隱瑕이無히光明正大호야

天下의人人과互相通照호되皎潔훈秋月이江山烟雲의蘗品을洞照明徹호

파如히호야一毫라도曖昧模糊훈狀態가無케호졔니빠

仕途雖赫奕。常思林下的風味。則權勢之念自輕。世途雖

紛華。常思泉下的光景。則利欲之心自淡。

【讀】 仕途가비록赫奕호나는林下의風味를思호면곳權勢의念이自輕

호고世途가비록紛華호나는泉下의光景을思호면곳利欲의心이自淡호

니라

【講】 仕官의途가비록赫奕顯達호나恒常高潔훈山林의의風味를思호면

精選講義菜根譚 (應酬)

四九

其思想이 澹泊ᄒᆞ야 權勢에 趨赴ᄒᆞᄂᆞᆫ 念이 自然輕微ᄒᆞ고 塵世의 途가 비록 紛
紜繁華ᄒᆞ나 恒常靜灑ᄒᆞᆫ 泉石的의 光景을 思ᄒᆞ면 其胸懷가 洒落ᄒᆞ야 利欲에
貪着ᄒᆞᄂᆞᆫ 心이 自然淡薄ᄒᆞ니라

從熱鬧場中。出幾句淸冷言語。便掃除無限殺機。向寒微

路上。用一點赤熱心腸。自培植許多生意。

【讀】 熱鬧ᄒᆞᆫ 塲中을 從ᄒᆞ야 幾句의 淸冷ᄒᆞᆫ 言語를 出ᄒᆞ면ᄃᆞᆫ 限이 無ᄒᆞᆫ 殺
機를 掃除ᄒᆞ고 寒微ᄒᆞᆫ 路上을 向ᄒᆞ야 一點의 赤熱ᄒᆞᆫ 心腸을 用ᄒᆞ면스사로 許
多ᄒᆞᆫ 生意를 培植ᄒᆞᄂᆞ니라

【講】 火炎과 如히 熾盛ᄒᆞ고 雷霆과 如히 喧鬧ᄒᆞᆫ 富貴權勢의 場中에ᄂᆞᆫ 名利
의 貪欲과 威勢의 嫉妬가 紛起ᄒᆞ야 災禍의 殺機를 包藏ᄒᆞᄂᆞ니 如此히 熱鬧ᄒᆞᆫ
富貴權勢의 場中을 從ᄒᆞ야 能히 幾句의 淸淡冷靜ᄒᆞᆫ 言語를 發出ᄒᆞ야 名利의
貪欲과 威勢의 嫉妬를 消却ᄒᆞ면 此가 足히 無限ᄒᆞᆫ 災禍의 殺機를 掃除ᄒᆞ고 씨
貧寒微賤ᄒᆞᆫ 者ᄂᆞᆫ 窮困을 不堪ᄒᆞ야 絶望落心ᄒᆞ야 一毫의 生意가 無ᄒᆞ기易ᄒᆞ

지라만일貧寒微賤窮路上을向ᄒᆞ야一點의赤血熱氣의心腸을皷發ᄒᆞ야
進活動ᄒᆞ면此가足히絕望落心을轉ᄒᆞ야反히許多ᄒᆞ生意를培植ᄒᆞ지니人
은맛당히富貴權勢에居ᄒᆞ되恒常冷淡ᄒᆞ趣味를知ᄒᆞ고貧寒微賤에處ᄒᆞ되
恒常活潑ᄒᆞ氣度를養ᄒᆞ지니라

淡泊之守。湏從濃艷場中試來。鎮定之操。還向紛紜境上
勘過不然。操持未定。應用未圓。恐一臨機登壇。而上品
禪師。又成一下品俗士矣。

〔讀〕 淡泊의守는모루미濃艷ᄒᆞ場中을從ᄒᆞ야試來ᄒᆞ고鎮定의操는되히
려紛紜ᄒᆞ境上을向ᄒᆞ야勘過ᄒᆞ지라然치못ᄒᆞ야操持가定치못ᄒᆞ고應用이
圓치못ᄒᆞ면恐컨대한번機에臨ᄒᆞ고壇에登ᄒᆞ미上品의禪師가또한一의下
品의俗士를成ᄒᆞ지니라

〔講〕 人이淸閒ᄒᆞ山林에處ᄒᆞ야는淡泊ᄒᆞ志趣를守ᄒᆞ기易ᄒᆞ나濃艷ᄒᆞ富
貴에處ᄒᆞ야는貪染의利欲을生ᄒᆞ야淡泊ᄒᆞ志를保ᄒᆞ기難ᄒᆞ고低寂靜ᄒᆞ時

에는 其操守를 鎮定ᄒ기 易ᄒ나 紛紜複雜ᄒ 時에는 意念이 煩忙ᄒ야 鎮定ᄒ기 難ᄒ니 故로 淡泊ᄒ 操守를 知코져ᄒ면 濃艶ᄒ 富貴塲中에 試驗ᄒ야 一毫의 貪染이 無ᄒ면 是가 眞正ᄒ 淡泊이오 쏘 鎮定의 操는 紛紜ᄒ 境上에 勘定ᄒ야 半點의 煩忙이 無ᄒ면 是가 確實ᄒ 鎮定이라만 일 不然ᄒ야 自治의 操持가 完定치 못ᄒ며 對治의 應用이 圓滿치 못ᄒ 者는 一次、濃艶ᄒ 機에 臨ᄒ고 紛紜ᄒ 壇上에 登ᄒ며 忽然히 守操를 失ᄒ며 前의 清開ᄒ 處에 淡泊을 守ᄒ고 寂靜ᄒ 時에 志操를 鎮定ᄒ던 名義上의 上品禪師가 反히 濃艶ᄒ 塲中에 貪染을 生ᄒ고 紛紜ᄒ 境上에 煩忙을 極ᄒ는 事實上의 下品俗士를 成ᄒᄂ니 人이 有事時의 過失을 免코져ᄒ면 맛당히 無事時의 修養을 勉ᄒ지니라

無事時鎮定。方可以銷局中之危。

無事。常如有事時隄防。纔可以彌意外之變。有事。常如

【註】 事가 無ᄒ나을 事가 有ᄒ 時와 如히 隄防ᄒ면 纔可히써 意外의 變ᄒ 備

호고 事가 有호나 는 事가 無호 時와 如히 鎭定호면 方可히 써 局中의 危害를 銷
지나라

【講】無事閒暇의 時에 放逸散漫호야 一毫의 準備가 無호다가 意外의 事變
을 當호면 倉皇顚倒호야 其事變을 防禦치 못호나니 故로 無事의 時라도 有事
의 時와 如히 隄防의 準備를 具호면 可히 意外의 事變을 彌縫호고 또 有事의 時
에 泥着拘絆호거나 或 煩忙慌亂호야 正當호 處理를 失호면 其事의 自體에서
危害를 生호기 易호니 故로 有事紛忙호 時라도 頭腦를 冷靜히 호야 無事閒暇
의 時와 如히 鎭定호야 安詳히 調理호면 可히 局中의 危害를 銷滅호리라

處世。而欲人感恩。便爲歛怨之道。遇事。而爲人除害。卽
是導利之機。

【讀】世에 處호미 人으로 恩을 感케호고저 호믄 믄득 怨을 歛호는 道오 事를
遇호미 人을 爲호야 害를 除호믄 卽是、利를 導호는 機니라

【講】世上에 處호미 他人에게 恩惠를 施호야 其人으로 我의 恩澤을 感케호

믄他人을爲ᄒ야恩을施ᄒ미아니오곳人의我에對ᄒ怨恨을歙消ᄒᄂ道라

何故오我가人에게恩을施ᄒ면人이我에對ᄒ야感誼를表ᄒ야怨恨을懷치

안ᄒ지니他人에게恩을施ᄒ믄곳間接의自利오事變을遇ᄒ미他人을爲ᄒ

야災害를除ᄒ믄他人을爲ᄒ미아니라곳我의利益을啓導ᄒᄂ機니何故오

我가他人의害를除ᄒ면他人이坯한我의害를除ᄒᄂ故라今世의人은他人

에게小恩을施ᄒ거나或他人을爲ᄒ야小勞를代ᄒ면반ᄃ시德色을矜誇ᄒ

ᄂ엇지誤解가아니리오

持身。如泰山九鼎。凝然不動。則慾尤自少。應事。如流水

落花。悠然而逝。則趣味常多。

【讀】 身을持ᄒ믈泰山九鼎과如히ᄒ야凝然히動치안ᄒ면곳慾尤가自少

ᄒ고事를應ᄒ믈流水落花와如히ᄒ야悠然히逝ᄒ면곳趣味가常多ᄒ니라

【講】 泰山은支那五嶽의一이오九鼎은夏禹氏가九州의鐵을集ᄒ야鑄ᄒ

寶鼎이라甚大且重ᄒ야容易히遷動치못ᄒᄂ니自身을持ᄒ되泰山九鼎과

如히鄭重自持ㅎ고凝然特立ㅎ야輕躁狃狽치안ㅎ면輕躁狃狽의懲尤가自然罕少ㅎ고事物을應接ㅎ되流水와如히滯碍가無ㅎ고落花와如히爛雅多情ㅎ야悠然히經過ㅎ면不煩不擾ㅎ야悠閑호趣味가常多ㅎ니라

君子嚴如介石ㅎ고而畏其難親。鮮不以明珠為惟物。而起按劍之心。小人滑如脂膏。而喜其易合。鮮不以毒螫為甘飴。而縱染指之欲。

【讀】君子는嚴ㅎ미介石과如호지라그親ㅎ기難ㅎ를畏ㅎ야明珠로써怪物을삼어劒을按ㅎ는心을起치안ㅎ미鮮ㅎ고小人은滑ㅎ미脂膏와如호지라그合ㅎ기易ㅎ믈喜ㅎ야毒螫으로써甘飴믈삼어指에染ㅎ는欲을縱치안ㅎ미鮮ㅎ니라

【講】君子는心思가正大ㅎ고氣像이嚴厲ㅎ야望ㅎ미峭巖호介石과如호지라故로其親狎ㅎ기難ㅎ믈畏憚ㅎ야猜忌毒害의心을加ㅎ는者가多ㅎ니譬컨대人이明珠를怪物로誤認ㅎ고劍刃을按持ㅎ야斬除코져홈과如ㅎ고

小人은 心腸이 諂諛ㅎ고 行爲가 巧滑ㅎ야 接ㅎ미 柔滑호 脂膏와 如ㅎ지라 故
로 其 合近ㅎ기 易ㅎ믈 欣喜ㅎ야 親密호 情을 結ㅎ얏다가 後에 其害를 被ㅎ나
니 譬컨대 毒蛇를 甘佈로 誤認ㅎ고 指에 染着ㅎ야 其味를 嘗ㅎ믜 如ㅎ니 交際
의 道를 愼치 아니치 못홀지니라

遇事。只一味鎭定從容。縱紛若亂絲。終當就緒。待人。無
半毫矯僞欺隱。雖狡如山鬼。亦自獻誠。

【讀】 事를 遇ㅎ메다만 一味로 鎭定從容ㅎ면 비록 紛ㅎ미 亂絲와 如ㅎ미 終
當히 緖에 就ㅎ고 人을 待ㅎ메 半毫의 矯僞欺隱이 無ㅎ면 비록 狡ㅎ미 山鬼와
如ㅎ되 쏘한 스사로 誠을 獻ㅎ느니라

【講】 事變을 遇한 時에 一味로 鎭定從容ㅎ야 順序를 失치 안ㅎ면 其事가 비
독 紛雜ㅎ미 亂絲와 如ㅎ되 마침너 順序에 就ㅎ야 整理를 得ㅎ고 人을 待遇ㅎ
되 半毫의 矯僞欺隱이 無ㅎ야 眞實正大히ㅎ면 狡猾ㅎ기 山鬼와 如ㅎ人이며
도소서로 誠信을 獻ㅎ느니라

肝腸煦若春風。雖囊乏一文。還憐煢獨。氣骨清如秋水。

縱家徒四壁。終傲王公。

【讀】 肝腸이 煦ᄒᆞ야 春風과 若ᄒᆞ면 비록 囊에 一文이 乏ᄒᆞ나 되히려 煢獨을 憐ᄒᆞ고 氣骨이 淸ᄒᆞ야 秋水와 如ᄒᆞ면 비록 家가 한갓 四壁이 나마침너 王公을 傲ᄒᆞᄂᆞ니ᄯᅡ

【講】 肝腸은 곳 心思니 心思가 煦和ᄒᆞ야 萬物을 生育ᄒᆞᄂᆞᆫ 春風과 如ᄒᆞ면 비록 貧寒ᄒᆞ야 囊中에 一文의 錢이 無ᄒᆞ되되히려 煢獨의 窮困을 憐悶ᄒᆞ며 氣槩 骨格이 淸高ᄒᆞ야 一點의 塵垢가 無ᄒᆞᆫ 秋水와 如ᄒᆞ면 窮之ᄒᆞ야 家中에 少許의 財產이 無ᄒᆞ고 四壁만 徒立ᄒᆞ되 마침너 王公의 富貴를 傲視ᄒᆞᄂᆞ니ᄯᅡ

費千金。而結納賢豪。孰若傾半瓢之粟。以濟飢餓之人。

構千楹。而招來賓客。孰若葺數椽之茅。以庇孤寒之士。

【讀】 千金을 費ᄒᆞ야 賢豪를 結納ᄒᆞ미 엇지 半瓢의 粟을 傾ᄒᆞ야써 飢餓의 人 을 濟ᄒᆞ만 如ᄒᆞ며 千楹을 構ᄒᆞ야 賓客을 招來ᄒᆞ미 엇지 數椽의 茅를 葺ᄒᆞ야써

孤寒의 士를 庇호만若호리오

【講】 千金의 巨額을 費호야 或은 宴會를 開催호며 或은 禮物을 贈贐호야 四方의 賢士와 一代의 豪傑을 結納호미 美事가 아님은아니나 幾分의 侈心파 强半의 俠氣를 帶호야 純全혼 美德이아니 오半瓢의 粟米를 傾호야 飢餓혼 人을 救濟호믄 慈悲의 眞德이니 故로 千金을 費호야 賢豪를 結納호눈 侈心俠氣가 反히 半瓢의 粟을 傾호야 飢餓의 人을 濟호눈 慈悲의 眞德만 不如호고 千楹의 廣廈를 構造호고 多數의 賓客을 招致盛待호미 勝事가 아님은아니나 是눈 太半이나 威望을 挾호고 一面으로 名利를 圖호미라 徹底혼 慈善이아니 오數椽의 茅屋을 葺호야 孤寒혼 士를 掩庇호미 惻隱의 慈心이니 故로 千楹을 構호고 賓客을 招來호야 威望과 名利를 圖호미反히 數椽의 茅屋을 葺호야 孤寒혼 士를 庇호눈 惻隱의 慈善만 不如호지라 嗚呼라 一日에 千金을 費호야 豪蕩을 極호호되 族戚의 飢餓를 救치안호고 金壁의 樓臺와 粉白의 帷闥으로 壯麗를 極호되 傍隣의 孤寒을 庇치안호눈 富人貴客은 엇지 反省치아니호리오

市恩。不如報德之爲厚。雪忿。不如忍恥之爲高。要譽。不如逃名之爲適。矯情。不如直節之爲眞。

【讀】 恩을市하미德을報하미厚됨만如치못하고忿을雪하미미恥를忍하미高됨만如치못하고譽를要하미名을逃하미適됨만如치못하고矯情이直節의眞됨만如치못하니라

【講】 私恩을市하는小惠가宿德을報하는厚誼만不如하며大局의得失을不顧하고些少한私忿을雪하는輕擧가一時의恥辱을忍耐하야長期의快榮을得하는高見만不如하고名譽를要求하는私欲이聲望을逃避하는適趣만不如하고矯情의詐僞가直節의眞實만不如하니라

救既敗之事者。如御臨崖之馬。休輕策一鞭。圖垂成之功者。如挽上灘之舟。莫少停一棹。

【讀】 既敗의事를救하는者는崖에臨한馬를馭홈과如히하야輕히一鞭을策하믈休하고垂成의功을圖하는者는灘에上하는舟를挽홈과如히하야少

도一棹를停치말지니라

【講】이믜失敗호事를다시救濟호는者는맛당히危崖에臨호馬에輕率히鞭策을加치아니호과如히호지니何故오千仭의危崖에臨호馬를御호민맛당히十分의謹愼을加호야徐徐히進步호지라만일輕率히一鞭을加策호야急馳騰跳호면駕를逸호고足을失호메至호야문득千仭의深坑에墮호지라旣敗의事를救호도如是호야卒暴히活動호다가一敗를轉호야再敗에至호면다시救濟홀餘地가無홀지니謹愼徐圖호야急走反躓의失을免홀지오垂成의功을圖호문急灘을逆上호는舟를挽홈에少時라도一棹를停止케안홈과如히홀지니何故오舟를挽호야湍流의急灘을逆上호마引上의力을連續호야漸進無退홀지라만일一棹를停호면反히後退流下호야마침너上流애到達치못홀지니幾成의功을圖호도如是호야懈怠를生치말고益益勇進호야其終을克홀지니라

少年的人。不患其不奮迅。常患以奮迅。而成鹵莽。故當抑其躁心。老成的人。不患其不持重。常患以持重。戚退縮。故當振其惰氣。

【讀】少年的의人은其奮迅치안ᄒ믈患치말고늘奮迅으로써鹵莽을成ᄒ
을患ᄒ지니故로맛당히其躁心을抑ᄒ지오老成的의人은其持重치안ᄒ믈
患치말고늘持重으로써退縮을成ᄒ믈患ᄒ지니故로맛당히其惰氣를振ᄒ
지니라

【講】人이事에對ᄒ야奮迅의勇이無ᄒ면懦懦退縮ᄒ야進步가無ᄒ고ᅩ
持重의忍力이無ᄒ면輕擧妄動ᄒ야失敗가多ᄒ니奮迅과持重을幷行ᄒ야
一도闕치못ᄒ지라然ᄒ나氣血이强盛ᄒ少年의人은奮迅의勇이無ᄒ患은
無ᄒ나恒常奮迅이過激ᄒ야反히輕粗鹵莽을成ᄒ는患이有ᄒ니故로少年
의人은맛당히其輕躁ᄒ心을抑制ᄒ지오氣血이衰頹ᄒ老成의人은持重
의態가無ᄒ나恒常持重이太甚ᄒ야反히畏怯退縮을成ᄒᄂ患이
有ᄒ니故로老成의人은맛당히其惰怠의氣를振起ᄒ지니라

評議

【講】 評議는 原著者卽洪氏가 自己의 胸中에 一의 理想的評議會를 開
호고 宇宙間千態萬像의 事物을 議案으로 提出호야 淋漓호 討論과 公正
호 可決로 評議를 落着호야 讀者諸君에게 通過를 任호야 實施를 期호미
로다

物莫大於天地日月。而子美云。日月籠中鳥。乾坤水上
萍。事莫大於揖遜征誅。而康節云。唐虞揖遜三杯酒。湯
武征誅一局棋。人能以此胸襟眼界。吞吐六合。上下千
古。事來如漚生大海。事去如影滅長空, 自經綸萬變。而
不動一塵矣。

【讀】 物은 天地日月에 大치못홀 者ㅣ 云호되 日月은 籠中의 鳥오乾坤
은 水上의 萍이라호고 事는 揖遜征誅에 大치못호되 康節이云호되 唐虞의 揖

遜은三杯의酒오湯武의征誅는一局의棋라ᄒᆞ나니人이能히此의胸襟眼界로써六合을呑吐ᄒᆞ고千古를上下ᄒᆞ면事가來ᄒᆞ미漚가大海에生ᄒᆞᆫ과如ᄒᆞ고事가去ᄒᆞ미影이長空에滅ᄒᆞᆫ과如ᄒᆞ야스사로經綸이萬變ᄒᆞ되一塵을動치아니ᄒᆞ리라

【講】 物質이雖多ᄒᆞ나天地日月보다大ᄒᆞᆫ者ㅣ無ᄒᆞ거늘唐의杜子美가云ᄒᆞ되日月은籠中의鳥오乾坤은水上의萍이라ᄒᆞ니他人의眼目으로見ᄒᆞ면天地日月이甚大ᄒᆞ나杜子美의眼目으로見ᄒᆞ면日月의杳茫ᄒᆞᆫ宇宙間에來往ᄒᆞ미籠中에在ᄒᆞᆫ小鳥와如ᄒᆞ고乾坤의曠漠ᄒᆞᆫ太虛의間에輪轉ᄒᆞ미水上에生ᄒᆞᆫ浮萍과如ᄒᆞ며ᄯᅩ人間의事는天下를揖讓遜受ᄒᆞ며國을征伐ᄒᆞ고人을戮ᄒᆞ보다大ᄒᆞ미無ᄒᆞ거늘宋의邵康節이云ᄒᆞ되唐虞의揖遜은三杯의酒오湯武의征誅는一局의棋라ᄒᆞ니唐虞의揖遜은唐堯가虞舜에게天下를讓ᄒᆞ고虞舜이夏禹에게帝位를傳ᄒᆞᆫ事를謂ᄒᆞ미오湯武의征誅는殷湯이夏桀을放ᄒᆞ고周武王이殷紂를滅ᄒᆞᆫ事를謂ᄒᆞ미니庸夫의思想으로測ᄒᆞ면揖遜征誅의事와極히重大ᄒᆞ나邵康節의胸懷로測ᄒᆞ면堯舜의揖遜이三杯의

酒를 酬酌ᄒᆞᆷ과 如ᄒᆞ고 湯武의 征誅가 一局의 棋를 輸贏ᄒᆞᆷ과 如ᄒᆞ니 人이 能히
如此히 恢廓ᄒᆞ야 胸襟과 曠達ᄒᆞᆫ 眼界로 六合(上下四方)의 空間을 呑吐ᄒᆞ고 千
古의 時間을 上下ᄒᆞ야 偏局의 碍滯가 無ᄒᆞ면 事가 來ᄒᆞ며 浮漚가 大海에 生ᄒᆞᆷ
과 如ᄒᆞ고 事가 去ᄒᆞ미 虛影이 長空에 滅ᄒᆞᆷ과 如ᄒᆞ야 事來事去에 一毫의 泥着
이 無ᄒᆞ야 事業의 經綸이 千萬으로 變遷ᄒᆞ되 本然의 體性은 一塵도 動援치 안
니라

持身涉世。不可隨境而遷。須是大火流金。而淸風穆然。
嚴霜殺物。而和氣藹然。陰霾翳空。而慧日朗然。洪濤倒
海。而砥柱屹然。方是宇宙的眞人品。

【讚】 身을 持ᄒᆞ고 世를 涉ᄒᆞ미 可히 境을 隨ᄒᆞ야 遷치 못ᄒᆞᆯ지니 須是, 大火
가 金을 流ᄒᆞ되 淸風이 穆然ᄒᆞ고 嚴霜이 物을 殺ᄒᆞ되 和氣가 藹然ᄒᆞ고 陰霾가
空을 翳ᄒᆞ되 慧日이 朗然ᄒᆞ고 洪濤가 海를 倒ᄒᆞ되 砥柱가 屹然ᄒᆞ면 方是, 宇
宙的의 眞人品이니라

【講】　一身을 持ᄒᆞ고 世間을 涉ᄒᆞ미 可히 外境을 隨ᄒᆞ야 自心을 變遷치 못ᄒᆞ지니 酷熱ᄒᆞᆫ 大火가 金石을 融流ᄒᆞᆷ과 如히 懊惱煩悶ᄒᆞᆫ 事를 當ᄒᆞ되 穩然ᄒᆞᆫ 淸風과 如히 冷淡ᄒᆞᆫ 淸趣를 有ᄒᆞ며 高秋의 嚴霜이 萬物을 衰殺ᄒᆞᆷ과 如히 衰颯慘屬ᄒᆞᆫ 境에 至ᄒᆞ되 藹然ᄒᆞᆫ 春氣와 如히 和平ᄒᆞᆫ 氣像을 有ᄒᆞ며 沉陰ᄒᆞᆫ 霾氣가 晴空을 掩翳ᄒᆞᆷ과 如히 塵氛萬丈의 裏에 在ᄒᆞ되 其昭明ᄒᆞᆫ 智慧ᄂᆞᆫ 朗然ᄒᆞᆫ 白日과 如히 照耀ᄒᆞ며 洪水의 波濤가 大海를 顚倒ᄒᆞᆷ과 如히 滔滔ᄒᆞᆫ 物態가 一世를 反覆ᄒᆞ되 其堅固ᄒᆞᆫ 立志ᄂᆞᆫ 屹然ᄒᆞᆫ 砥柱卽天地를 撑柱ᄒᆞᆫ 山과 如히 轉動치 아니ᄒᆞ면 是ᄂᆞᆫ 外境을 隨ᄒᆞ야 變遷치안ᄂᆞᆫ 宇宙的의 眞人品이니라

作人。要脫俗。不可存一矯俗之心。應事。要隨時。不可起一趨時之念。

【讀】　人을 作ᄒᆞ미 俗을 脫ᄒᆞ믈 要ᄒᆞ지나 可히 一의 俗을 矯ᄒᆞᄂᆞᆫ 心을 存치 아ᄂᆞᄒᆞ며 事를 應ᄒᆞ며 時를 隨ᄒᆞ믈 要ᄒᆞ지나 可히 一의 時를 趨ᄒᆞᄂᆞᆫ 念을 起치 아ᄂᆞᄒᆞ지니라

【講】 人格을 作成하며 塵俗情을 解脫하야 塵俗에 染着지아니하지나 時俗의
潮流를 逆矯하믄 不可하니 時俗을 逆矯코져하면 乖異한 行動이 生하야 猜忌
의禍가 至하고 事를 應用하며 時宜를 臨하야 權變의 圓機를 轉하지나 時勢에
趨하는 念을 起하믄 不可하니 時勢에 趨하면 諂諛의 態가 生하야 鄙陋의
諂가 至하나니라

毁人者不美。而受人毁者遭一番訕謗。便加一番修省。可
以釋惡。而增美。欺人者非福。而受人欺者遇一番橫逆。
便長一番器宇。可以轉禍。而爲福。

【讀】 人을 毁하는 者는 美치아니하나 人의 毁를 受하는 者는 一番의 訕謗을
遭하미문득 一番의 修省을 加하야 可히써 惡을 釋하고 美를 增하며 人을 欺하
는 者는 福이아니나 人의 欺를 受하는 者는 一番의 橫逆을 遇하미문득 一番의
器宇를 長하야 可히써 禍를 轉하야 福을 爲하나니라

【講】 他人을 毁謗하는 者는 美事가아니나 他人의 毁謗을 受하는 者는 一番

의 訕謗을 遭ᄒᆞ미 其 訕謗을 因ᄒᆞ야 驚惺惕勵ᄒᆞ야 行事를 謹愼ᄒᆞ고 心思를 省察ᄒᆞ야 漸漸、 過失이 無ᄒᆞ매 至ᄒᆞ면 是는 訕謗을 遭ᄒᆞ는 原因卽 舊惡을 釋ᄒᆞ고 修省을 加ᄒᆞ야 得ᄒᆞ는 善美를 增ᄒᆞ미 오 他人을 欺誑ᄒᆞ는 者는 淸福이아니나 他人의 欺誑을 受ᄒᆞ는 者는 一番의 欺誑ᄒᆞ는 橫逆을 遇ᄒᆞ미 其 橫逆을 因ᄒᆞ야 堅忍煆煉ᄒᆞ야 曠達ᄒᆞᆫ 器度와 精明ᄒᆞᆫ 範字를 長ᄒᆞ면 是는 欺誑의 禍를 轉ᄒᆞ야 器字를 長ᄒᆞᄂᆞᆫ 福利를 成ᄒᆞ미니라

天欲禍人。必先以微福驕之。所以福來。不必喜。要看他會受。天欲福人。必先以微禍徵之。所以禍來。不必憂。要看他會救。

【讀】 天이 人을 禍코저ᄒᆞ미 必先히 微福 으로써 驕케ᄒᆞᄂᆞ니 所以로 福이 來ᄒᆞ미 반ᄃᆞ시 喜치 말고 他를 看ᄒᆞ야 會受ᄒᆞ를 要ᄒᆞ며 天이 人을 福코저ᄒᆞ미 必先히 微禍로써 徵ᄒᆞᄂᆞ니 所以로 禍가 來ᄒᆞ미 반ᄃᆞ시 憂치 말고 他를 看ᄒᆞ야 會救ᄒᆞᆯ 要ᄒᆞ지니라

【講】 天이라ᄒᆞ믄 萬物의 上에 特히 萬物을 安排ᄒᆞᄂᆞᆫ 機能의 主宰가 有ᄒᆞᄆ
로 認ᄒᆞ야 其 主宰를 代表ᄒᆞᆫ 名辭라 其 主宰가 人에게 大禍를 授코져ᄒᆞ미 必先
히 微小ᄒᆞᆫ 福을 授ᄒᆞ야 其心을 驕傲케ᄒᆞ야 惡事를 肆行ᄒᆞ
면 반드시 不測의 大禍에 陷ᄒᆞ지라 故로 福이 來ᄒᆞ미 喜悅치말고 彼禍를 看得
ᄒᆞ야 隨順會受ᄒᆞᆯ而已오 坐人에게 大福을 與코져ᄒᆞ미 必先히 輕微ᄒᆞᆫ 禍를與
ᄒᆞ야 其心을 儆醒ᄒᆞ야 謹愼周到ᄒᆞ면 반드시 圓善ᄒᆞ 美福
을享ᄒᆞ지라 故로 禍가 來ᄒᆞ미 愛慮치말고 彼禍를 看破ᄒᆞ야 謹愼會救ᄒᆞᆯ而已
니라

作人。只是一味率眞。蹤跡雖隱還顯。存心。若有半毫未
淨。事爲雖公亦私。

【讀】 人을作ᄒᆞ미只是、一味로率眞ᄒᆞ면蹤跡이雖隱이나還顯ᄒᆞ고心을
存ᄒᆞ미만일半毫라도淨치못ᄒᆞ면事爲가雖公이나亦私니라

【講】 人品을作成ᄒᆞ미다만一味로率眞ᄒᆞ야詐僞가無ᄒᆞ면其行事가光明

正大ㅎ야世人의耳目에照耀ㅎ지니然ㅎ면其蹤跡은비록深山窮谷에隱逃ㅎ나其德名은되히려世間에顯著ㅎ고心思를存養ㅎ미만일一毫라도淸净치못ㅎ야雜欲이有ㅎ면비록公事를行ㅎ나亦是私情이되ᄂ니品格은率眞을要ㅎ고心思ᄂ淸净을得ᄒ지니라

貧賤驕人。雖涉虛憍。還有幾分俠氣。英雄欺世。縱似揮霍。全沒半點眞心。

【讀】　貧賤이人에驕ㅎ미비록虛憍를涉ㅎ나되히려幾分의俠氣가有ㅎ고英雄이世를欺ㅎ미비록揮霍홈과如ㅎ나全히半點의眞心을沒ㅎᄂ니라

【講】　貧賤ㅎ者가志氣를自負ㅎ야他人에게驕傲ㅎ미비록實力이無ㅎ虛驕이나되히려幾分의俠氣가有ㅎ야諂諛卑劣의態를脫ㅎ고英雄이才能을炫耀ㅎ야一世를欺瞞ㅎ미비록揮霍縱橫홈과如ㅎ되全히半點의眞心이無ㅎ야마침내圓善ㅎ美德을損ㅎᄂ니라

琴書詩畵。達士以之養性靈。而庸夫徒賞其跡像。山川

雲物。高人以之助學識。而俗子徒玩其光華。可見事物無

定品。隨人識見。以爲高下。故讀書窮理。要以識趣爲先。

【讀】 琴書詩畫는 達士는 以ᄒᆞ야 性靈을 養ᄒᆞ되 庸夫는 한갓 其跡像을 賞ᄒᆞ고 山川雲物은 高人은 以ᄒᆞ야 學識을 助ᄒᆞ되 俗子는 한갓 其光華를 玩ᄒᆞ나니 可히 事物은 定品이 無ᄒᆞ고 凡人의 識見을 隨ᄒᆞ야써 高下를 見을지라 故로 書를 讀ᄒᆞ고 理를 窮ᄒᆞ매 趣를 識ᄒᆞ므로써 先을 爲ᄒᆞ을 要을지니라

【講】 清琴、好書、新詩、妙畫는 悠雅閑寂ᄒᆞ 趣味가 有ᄒᆞ니 胸懷가 曠達ᄒᆞ 士는 其趣味를 得ᄒᆞ야 本性의 精靈을 涵養ᄒᆞ되 庸闇ᄒᆞ 凡夫는 한갓 其聲跡形像을 賞ᄒᆞ고 坐山靜、川流、雲歸、物轉은 奇幻奧妙ᄒᆞ 理機를 現ᄒᆞ나니 才志가 高尙ᄒᆞ 人은 其理機를 見ᄒᆞ야 學問智識을 助益ᄒᆞ되 卑劣ᄒᆞ 俗子는 한갓 其光彩文華를 玩ᄒᆞ나니 琴書詩畫는 同一ᄒᆞ게 達士는 以ᄒᆞ야 性靈을 養ᄒᆞ야 精神修養의 運動具를 作ᄒᆞ고 庸夫는 한갓 其跡像을 賞ᄒᆞ야 沒趣味의 遊戲品으로 知ᄒᆞ며 山川雲物은 惟均ᄒᆞ거늘 高人은 以ᄒᆞ야 學識을 助ᄒᆞ야 天然的의

敎科書로 看做ㅎ고 俗子는 한갓其光華를 玩ㅎ야 無理想의 展覽品으로 觀ㅎ니是로由ㅎ야 觀ㅎ면 事物은 一定ㅎ品格이 無ㅎ되다 만人의 識見을 隨ㅎ야 高下의差가生ㅎ야 미라 故로 昔를 讀誦ㅎ고 理를 窮究ㅎ미 其眞趣를 識得ㅎㅁ로 最先의 工夫를爲ㅎ지니라

少壯者。當事事用意。而意反輕。徒汎汎作水中鳧而已。何以振雲霄之翮。衰老者。事事宜忘情。而情反重。徒碌碌爲轅下駒而已。何以脫韁鎖之身。

【讀】 少壯ㅎ者는 맛당히 事事에 意를用ㅎ지어늘 意가反히 輕ㅎ면 한갓汎汎ㅎ야 水中의 鳬를作ㅎ며已니엇지써 雲霄의 翮을振ㅎ며 衰老ㅎ者는 事事에 맛당히 情을忘ㅎ지어늘 情이反히 重ㅎ면 한갓碌碌ㅎ야 轅下의 駒가될지니 엇지써 韁鎖의 身을脫ㅎ리오

【講】 年少氣壯ㅎ者는 何事에 當ㅎ든지 勇進의 意氣를活用ㅎ지어늘 反히 事에 對ㅎ用意가 輕薄ㅎ야 荏苒過去ㅎ면 波를 隨ㅎ고 浪을 逐ㅎ야 汎汎히 來

往ᄒᆞᄂᆞ 水中의 鳧와 如ᄒᆞ야 世情을 隨ᄒᆞ야 浮沉進退ᄒᆞ而已ᄂᆞ니 엇지 翮을 振ᄒᆞ
야 雲霄에 飛上ᄒᆞᄂᆞ 大鵬과 如히 遠大ᄒᆞ 事業을 圖成ᄒᆞ며 氣養年老ᄒᆞ者ᄂᆞ 事
事에 對ᄒᆞ야 맛당히 情欲을 忘ᄒᆞ지어놀 反히 情欲이 重厚ᄒᆞ면 碌碌히 塩車를
荷ᄒᆞᄂᆞ 轅下의 駒와 如ᄒᆞ야 塵俗의 覉絆을 被ᄒᆞ而已니 엇지 物欲에 韁鎖되ᄂᆞ
身을 解脫ᄒᆞ야 塵世에 超出ᄒᆞᄂᆞ 大自由를 得ᄒᆞ리오

鶴立鷄羣ᄒ。可謂超然無侶矣。然進而觀於大海之鵬ᄒ，則渺
然自小。又進而求之九霄之鳳ᄒ，則巍乎莫及。所以至人常
若無若虛。而盛德多不矜不伐也。

【讀】 鶴이 鷄羣에 立ᄒᆞ미 可히 超然ᄒᆞ야 侶가 無ᄒᆞ다 謂ᄒᆞ지나 進ᄒᆞ야 大海
의 鵬에 觀ᄒᆞ면 곳 渺然히 自小ᄒᆞ고 ᄯᅩ 進ᄒᆞ야 九霄의 鳳에 求ᄒᆞ면 곳 巍乎ᄒᆞ야
及치 못ᄒᆞ지니 所以로 至人은ᄂᆞᆫ 無ᄒᆞᆷ과 若ᄒᆞ고 虛ᄒᆞᆷ과 若ᄒᆞ며 盛德은 ᄆᆞᆫ히 矜
치아니ᄒᆞ고 伐치 안ᄂᆞ니라

【講】 鶴이 鷄羣의 中에 立ᄒᆞ미 其長脛高頂이 超然獨 大ᄒᆞ야 儔侶가 無ᄒᆞ나

進ᄒ야 大海에 在ᄒ 鵬鳥에 比觀ᄒ면 渺然自小ᄒ니 大海의 鵬은「莊子」逍遙遊篇에 云ᄒ되「北溟에 魚가 有ᄒ니 其名爲鯤이라 鯤의 背가 其幾千里인지 知치 못ᄒ고 化ᄒ야 鳥가 되니 其名爲鵬이라 鵬의 大가 其幾千里인지 知치 못ᄒ다」ᄒ미니라도 進ᄒ야 九霄의 上에 在ᄒ 鳳凰에 較求ᄒ면 崔巍ᄒ야 可及치 못ᄒ지니 人事도 如是ᄒ야 小의 下에 小가 有ᄒ고 大의 上에 大가 有ᄒ야 如何ᄒ 才德과 學識이 有ᄒ지라도 可히 自滿驕傲치 못ᄒ지라 故로 至道의 人은 恒常、才德이 全無ᄒ과 如ᄒ고 胸懷가 空虛宮과 如ᄒ야「我」를 忘ᄒ메 至ᄒ며 盛德의 士는 功을 矜치 아니ᄒ고 能을 伐치 아니ᄒ야 自滿의 心이 無ᄒ니라

蛾撲火。火焦蛾。莫謂禍生無本。果種花。花結果。須知福至有因。

【讀】 蛾가 火를 撲ᄒ미 火가 蛾를 焦ᄒ느니 禍가 生ᄒ미 本이 無ᄒ다 謂치 말며 果로 花를 種ᄒ미 花가 果를 結ᄒ느니 모루미 福이 至ᄒ마 因이 有ᄒ을 知ᄒ지니라

【講】飛蛾가먼져燈火를自撲ᄒᆞ며燈火가反히飛蛾를焦ᄒᆞᄂᆞ니是는蛾의
焦死ᄒᆞᄂᆞᆫ禍가火를撲ᄒᆞᄂᆞᆫ因에셔生ᄒᆞ며災禍의生ᄒᆞ매根本이無ᄒᆞ다謂
치못ᄒᆞᆯ지니人의災禍도惡本을植ᄒᆞ야自招ᄒᆞ미오災果도花를種ᄒᆞ야其
花가되히려果實을結ᄒᆞᄂᆞ니是는果를結ᄒᆞᄂᆞᆫ福이花를種ᄒᆞᄂᆞᆫ因에셔生ᄒᆞ
미라幸福의至ᄒᆞ매原因이有ᄒᆞ믈知ᄒᆞᆯ지니人와幸福도善因을種ᄒᆞ야自求
ᄒᆞᄂᆞ니라

秋蟲春鳥。共暢天機。何必浪生悲喜。老樹新花。同含意。胡爲妄別媸姸。

【讀】秋蟲春鳥가한가지天機를暢ᄒᆞ미어ᄂᆞᆯ엇지반ᄃᆞ시浪히悲喜를生ᄒᆞ
며老樹新花가한가지生意를含ᄒᆞ미어ᄂᆞᆯ엇지妄히媸姸을別ᄒᆞ리오

【講】秋蟲의鳴聲과春鳥의囀語가다天機를通暢ᄒᆞ미니何必、秋蟲의鳴
聲을聞ᄒᆞ미悲意를動ᄒᆞ고春鳥의囀語를聞ᄒᆞ미喜情을感ᄒᆞ야同一ᄒᆞᆫ天機
에悲喜의別을浪生ᄒᆞ며坯老樹의硬禿과新花의濃欵이다生意를含畜ᄒᆞ미

니엇지 老樹를 觀ᄒᆞ미 媸心을 生ᄒᆞ고 新花를 觀ᄒᆞ야 미 妍心을 生

意에 媸研의 差를 妄別ᄒᆞ리오 故로 達人은 萬般의 事物을 同一히 視ᄒᆞ야 平等

의 域에 置ᄒᆞ느니라

萬境一轍。原無地着箇窮通。萬物一體。原無處分箇彼

我。世人迷眞逐妄。乃向坦途上。自設一坎坷。從空洞中。

自築一藩籬。良足慨哉。

【讀】　萬境이 一轍이라 原히 箇의 窮通을 着ᄒᆞ地가 無ᄒᆞ며 萬物이 一體라 原

히 箇의 彼我를 分ᄒᆞ處가 無ᄒᆞ거늘 世人은 眞을 迷ᄒᆞ고 妄을 逐ᄒᆞ야 이에 坦途

의 上을 向ᄒᆞ야스사로 一의 坎坷를 設ᄒᆞ고 空洞의 中을 從ᄒᆞ야스사로 一의 藩

籬를 築ᄒᆞ느니 良足히 慨ᄒᆞ도다

【講】　萬境이 紛然殊別ᄒᆞ나 其眞趣는 惟均ᄒᆞ야 一途의 車轍과 如ᄒᆞ니 本히

窮塞、通達의 殊를 着ᄒᆞ地가 無ᄒᆞ고 萬物이 森然不同ᄒᆞ나 其元理는 一體라

彼人此我의 別을 分ᄒᆞ處가 無ᄒᆞ거늘 世人은 惟一의 眞心을 迷ᄒᆞ고 分別의 妄

念을 逐ㅎ야 一轍의 坦途 上에 窮通을 別ㅎ는 坎坷를 設ㅎ고 一體의 空洞中에
彼我를 分ㅎ는 藩籬을 築ㅎ니 良足慨歎이로다

大烈鴻猷。常出悠閑鎭定之士。不必忙忙 休徵景福。多
集寬洪長厚之家。何湏瑣瑣。

【讀】 大烈鴻猷는을 悠閑鎭定의 士에 出ㅎ나니반드시忙忙치말지오休徵
景福은만히 寬洪長厚의 家에 集ㅎ나니 何須瑣瑣리오

【講】 氣像이 悠閑ㅎ고心志가鎭定ㅎ士는 激烈ㅎ事變을遇ㅎ되慌忙頹倒
치아니ㅎ고從容自若ㅎ야活潑安詳ㅎ故로能히偉大ㅎ忠烈과鴻遠ㅎ猷略
을成ㅎ나니반드시忙忙燥動ㅎ야悠閑鎭定을失치말지라만일忙忙輕躁ㅎ
者는深謀遠慮가無ㅎ야能히大烈鴻猷를得成치못ㅎ고또德量이寬洪ㅎ고
風度가長厚ㅎ家는他人의過失을寬恕ㅎ고他人의困窮危難을救濟ㅎ야慈
善의和氣가充滿ㅎ故로能히休美ㅎ徵祥과景大ㅎ幸福을致ㅎ나니何須煩
瑣ㅎ야苛酷偏急을務ㅎ리오만일瑣瑣煩細ㅎ者는疾怨이爭起ㅎ야祥福이

不至ᄒᆞᄂᆞ니라

貧士肯濟人。繞是性天中惠澤。鬧塲能學道。方爲心地
上工夫。

【讀】 貧士가질겨人을濟ᄒᆞ면繞是、性天中의惠澤이오鬧塲에能히道를
學ᄒᆞ면바야흐로心地上의工夫가되ᄂᆞ니라

【講】 豪富ᄒᆞᆫ人이貧窮ᄒᆞᆫ人을救ᄒᆞ도惠澤이아니나는財物의餘
裕를因ᄒᆞ야人을濟ᄒᆞ미오貧塞ᄒᆞᆫ士가他人의貧塞을救ᄒᆞᆷ은財物의餘
裕를因ᄒᆞ미아니라單純히仁慈ᄒᆞᆫ天性에셔出ᄒᆞᄂᆞᆫ惠澤이며忙寂靜ᄒᆞᆫ處에셔
道를學ᄒᆞᆷ도工夫가아니나是ᄂᆞᆫ外境의適助를得ᄒᆞ야道를學ᄒᆞᆷ이오
喧鬧ᄒᆞᆫ場에셔道를學ᄒᆞᆷ은外境의適助를得ᄒᆞ미아니라專一篤實ᄒᆞᆫ心地上
의工夫니라

人生只爲欲字所累。便如馬如牛。聽人覊絡。爲鷹爲犬。
任物鞭笞。若果一念淸明。淡然無欲。天地也不能轉動

我。鬼神也不能役使我。況一切區區事物乎。

【讀】 人生이다만欲字의累ㅎ는바ㅣ되야믄득馬와如ㅎ고牛와如ㅎ야人
의羈絡을聽ㅎ고鷹이되고犬이되야物의鞭笞를任ㅎㄴ지라만일참一念이
清明ㅎ야淡然히欲이無ㅎ면天地도能히我를轉動치못ㅎ고鬼神도能히我
를役使치못ㅎㄴ니ㅎ믈며一切의區區ㅎ事物이리오

【講】 牛馬ㄴ豢養의欲을因ㅎ야御者의羈絡을聽從ㅎ야馳驅의勞를行ㅎ
고鷹犬도坯社豢養의欲을爲ㅎ야獵者의鞭笞를一任ㅎ야馳獵의役을服ㅎ
ㄴ니人生도如是ㅎ야다만欲字의牽累가되야牛馬와如히人의羈絡을聽ㅎ
야滿身의自由를喪失ㅎ고鷹犬과如히人의鞭笞를任ㅎ야窮天의屈辱을受
ㅎㄴ니「欲」의禍害가엇지悲痛치아니ㅎ리오만일一念이清明ㅎ야悠然히
貪求가無ㅎ면天地도能히我를轉動치못ㅎ고鬼神도能히我를役使치못ㅎ
지니況、其他一切의區區ㅎ事物이엇지我를羈絡ㅎ며我를鞭笞ㅎ리오

衆人以順境爲樂。而君子樂自逆境中來。衆人以拂意爲

憂。而君子憂從快意處起。蓋衆人憂樂以情。而君子憂樂
以理也。

【讀】　衆人은順境으로써樂을爲ᄒ되君子는樂이逆境의中으로自ᄒ야來
ᄒ고衆人은意를拂ᄒ므로써憂를爲ᄒ되君子는憂가意를快히ᄒ는處로從
ᄒ야起ᄒᄂ니盖、衆人은憂樂을情으로以ᄒ고君子는憂樂을理로以ᄒ미
니라

【講】　尋常ᄒ衆人은事事如意의順境을樂ᄒ되君子는是에反ᄒ야樂이不
如意ᄒ逆境의中으로自ᄒ야來ᄒᄂ니例컨디庸君暗主는惟今是從ᄒ야一
毫도自意를違逆지안는諂人佞臣을樂ᄒ되聖帝明王은되이려直言極諫ᄒ
야面折庭爭ᄒ는忠直ᄒ人을樂ᄒ미是오此衆人은拂意의事를憂ᄒ되君子
는是에反ᄒ야憂가快意의處에生ᄒᄂ니衆人庸流는戲狎惰慢으로樂ᄒ야責
善止惡의益友를忌ᄒ되德行을修ᄒᄂ君子는責善의昌言을喜ᄒ고諂媚快
意의類를變ᄒᄂ니衆人의憂樂은私情으로以ᄒ고君子의憂樂은公理로以
ᄒᄂ故로其憂樂의境이相反ᄒ니라

閒適

【講】 閒適은心境의別이有ㅎ느니境의閒適이라ㅎ믄熱鬧ㅎ市朝를遠
隔ㅎ山林泉石을謂ㅎ미오心의閒適이라ㅎ믄境의如何를勿論ㅎ고或
兵馬倥偬簿牒雜遝의中에處ㅎ야도心中에別로一線의閒趣를得ㅎ야
一點의煩惱가無ㅎ믈謂ㅎ미니心境의取捨는自己의得力如何에依ㅎ
야差異가有ㅎ을지나人이世에處ㅎ야何事를行ㅎ을지라도閒適ㅎ趣味를
知치못ㅎ면恒常事物의使役이되야煩惱萬丈의苦的生活을做ㅎ을而己
니엇지世界外의世界에立ㅎ야萬事를彌綸ㅎ는大濶步를得ㅎ며一塵
도不着ㅎ는大快樂을得ㅎ리오

龍可豢, 非眞龍。虎可搏。非眞虎。故爵祿可餌榮進之輩。
必不可籠淡然無欲之人。鼎鑊可及寵利之流。必不可加
飄然遠引之士.

【讀】 龍은可히豢ㅎ면眞龍이아니오虎는可히搏ㅎ면眞虎가아니라故도

爵祿은可히榮進의輩를餌호느반다시可히淡然히欲이無호人을籠치못호

며鼎鑊은可히寵利의流에及호나반드시可히飄然遠引의士에加치못호느

니라

【講】　龍은可히豢養호면眞龍이아니니眞龍은人의豢養을求치안는故며

虎는可히搏호면眞虎가아니니眞宅는人의羈絆을受치안는故라人도如是

호야爵祿의利를貪호며眞人이아니오鼎鑊의禍를被호면達十가아니라古

昔에有罪의人을鼎鑊에入호야烹殺호는事ㅣ有호니此를鼎鑊이라謂호미

라故로爵祿은可히榮進의輩를餌호나반드시淡然無欲의人을籠絡지못호

느니何故오榮進을求호는輩는貪欲이熾盛호야惟利是圖호는故로其人을

使用코져호면香餌로魚를釣호과如히爵祿의利로其志를買收호야足히不

道德、破廉恥의境에驅入호야도反省을不知호되만일淡然無欲의人은爵

祿을浮雲과如히視호고高節清操를守호느니엇지區區호爵祿의籠絡을被

호리오쯔鼎鑊의禍는可히寵利의流에及호나반드시飄然遠引의士에加치

못호느니何故오寵愛利欲을貪호는輩流는義理를背호고私欲을從호야嫉

妬競爭의 中에 激烈호 慘劇을 演出호야 或鼎鑊의 禍를 被호와 반의 飄然遠引

호士는 寵利를 避호야 世外에 遊호나니엇지 鼎鑊의 禍를 被호리오 古來로 往

往히 鼎鑊의 禍가 寵利를 求치안는 高士義人의게 도 及호는 事ㅣ 有호나 此는

元理의 變相 이오 쏘 其原因을 細究호면 知機善圖 치못한 責을 免키難호니

라

昂藏老鶴。雖饑。飮啄猶閒。肯同鷄鶩之營營。而競食。偃

寒松。縱老。丰標自在。豈似桃李之灼灼。而爭妍。

【讀】昂藏호 老鶴은 雖饑나 飮啄이 猶閒호니질거鷄鶩의 營營과 가치食을

競호며 偃塞호 塞松은 縱老나 丰標가自在호니엇지桃李의 灼灼따 가치妍을

爭호리오

【講】昂藏(昂藏은 高昂深藏不羣超類의 意)호 老鶴은 비록饑餓호나其飮

水啄食이 開雅호야 小鷄羣鶩의 營營苟苟홈과 如히食을 競치아니호고偃塞

(偃塞은 高傲不屈의 意)호 寒松은 비록老舊에 至호나 丰標가 自在不

變호느니엇지 桃紅李白의 灼灼爛熳홈과 如히 妍色을 爭호리오人도 如是호

야 軒冕호 丈夫와 貞固호 男子는 區區호 榮利를 芥視호야 富貴寵愛의 塲에 追逐치안느니라

吾人適志於花柳爛熳之時。得趣於笙歌騰沸之處。乃是造化之幻境。人心之蕩念也。須從木落草枯之後。向聲希味淡之中。貢得一些消息。纔是乾坤的橐籥。人物的根宗。

【義】　吾人이 志를 花柳爛熳의 時예 適호고 趣를 笙歌騰沸의 處예 得호면 乃是、 造化의 幻境이오 人心의 蕩念이니 모루미 木落草枯의 後를 從호고 聲希味淡의 中을 向호야 一些 消息을 貢得호면纔是、 乾坤의 橐籥이오 人物의 의 根宗이니라

【諺】　花紅柳綠은 片時의 爛熳을 極호나 乍變旋消호야 秋風을 不堪호고 吹笙歌曲은 一時、 奧味를 挑호나 爲歡이 幾何오 此느다 造化中의 虛幻호 物境이다 如此히 虛幻호 物境即 花柳爛熳笙歌騰沸의 處에 志氣를 適호고 趣味를

得ᄒᆞ면心中의淡蕩ᄒᆞᆫ念을起ᄒᆞ지니모ᄅᆞ미幻境이아닌木槃盡脫草花頓枯
의後를從ᄒᆞ고萬聲希夷百味淡泊의中을向ᄒᆞ야適志得趣의外에別로一線
의眞消息을覓得ᄒᆞ면是ᄂᆞᆫ乾坤的橐籥(橐籥은理機關鍵의意)이오人物的
根宗이니라

看破有盡身軀。萬境之塵緣自息。悟入無懷境界。一輪
之心月獨明。

【讀】　盡ᄒᆞ미有ᄒᆞᆫ身軀를看破ᄒᆞ면萬境의塵緣이自息ᄒᆞ고懷가無ᄒᆞᆫ境界
예悟入ᄒᆞ면一輪의心月이獨明ᄒᆞ니라

【講】　人의身軀ᄂᆞᆫ반ᄃᆞ시消盡에歸ᄒᆞᄂᆞ니此理를看破ᄒᆞ면軀殼에對ᄒᆞ生
死苦樂의執着이頓釋ᄒᆞ고萬境의塵緣이自息ᄒᆞ야磊落不羈의人格을作ᄒᆞ
지오開悟ᄒᆞ야情欲의懷抱가無ᄒᆞᆫ境界에入ᄒᆞ면一輪의心月(心月은心을
圓明ᄒᆞᆫ月에比ᄒᆞᆷ이라)이獨明ᄒᆞ야紛擾ᄒᆞ妄想이無ᄒᆞ니라

土床石枕冷家風。擁衾時。夢魂亦爽。麥飯豆羹淡滋味。

放箸處。齒頰猶香。

【讀】　土床石枕의冷ᄒᆞᆫ家風은念을擁ᄒᆞᆯ時에夢魂도亦爽ᄒᆞ고麥飯豆羹의淡ᄒᆞ滋味ᄂᆞᆫ箸를放ᄒᆞᄂᆞᆫ處에齒頰도猶香ᄒᆞ니라

【講】　土를築ᄒᆞ야臥床을作ᄒᆞ고石塊로枕을爲ᄒᆞ야淸冷ᄒᆞᆫ家風을守ᄒᆞᄂᆞᆫ者ᄂᆞᆫ擁衾就睡의時에夢魂이淸爽ᄒᆞ야一點의塵念俗情이無ᄒᆞ고麥飯豆羹의淡泊ᄒᆞ滋味를嘗ᄒᆞᄂᆞᆫ者ᄂᆞᆫ食事를畢ᄒᆞ고匙箸를放下ᄒᆞᄂᆞᆫ處에齒頰의香氣를留ᄒᆞ야紅腐陳味의腥臭가無ᄒᆞᄂᆞ니人이엇지淸儉을尙치아니ᄒᆞ리오

談紛華而厭者。或見紛華而喜。語淡泊而欣者。或處淡泊而厭。湏掃除濃淡之見。滅却欣厭之情。纔可以忘紛華。而甘淡泊也。

【讀】　紛華를談ᄒᆞ미厭ᄒᆞᄂᆞᆫ者ᄂᆞᆫ或紛華를見ᄒᆞ미喜ᄒᆞ고淡泊을語ᄒᆞ미欣ᄒᆞᄂᆞᆫ者ᄂᆞᆫ或淡泊에處ᄒᆞ미厭ᄒᆞᄂᆞ니모ᄅᆞ미濃淡의見을掃除ᄒᆞ고欣厭의情을滅却ᄒᆞ야사纔可히써紛華를忘ᄒᆞ고淡泊을甘ᄒᆞᄂᆞ니라

【講】 紛華호 事의 談論을 厭호는 者는 或紛華호 境을 見호미 反히 喜를 生호느니 是는 實로 紛華를 厭을 生호느니 是는 實로 淡泊호 事의 言語를 喜호는 者는 或淡泊호 境에 處호미 反히 厭을 生호느니 是는 實로 淡泊을 欣호미 아니라 故로 濃淡의 雙見을 俱除호고 欣厭의 兩情을 幷却호야샤 可히 紛華를 忘호고 淡泊을 甘호지니라

富貴的一世寵榮。到死時。反增了一個戀字。如負重枷。
貧賤的一世淸苦。到死時。反脫了一個厭字。如釋重枷。
人誠想念到此・當急回貪戀之首。而猛舒愁苦之眉矣。

【註】 富貴的 一世의 寵榮은 死를 時에 到호미 反히 一個의 戀字를 增了호야 重擔을 負호과 如호고 貧賤的 一世의 淸苦는 死를 時에 到호미 反히 一個의 厭字를 脫호야 重枷를 釋호과 如호니 人이 진실로 想念호야 此에 到호면 맛당히 急히 貪戀의 首를 回호고 빨리 愁苦의 眉를 舒홀지니라

【講】 富貴를 極호는 一世의 寵榮은 常人의 貪戀호는 바라 故로 富貴를 得호

精選講義菜根譚 （閒適）

八八

미生前에 其情欲을 極하다가 一早에 死時에 到하미 過去의 榮華는다 鳥有에 歸하고 反히 富貴를 貪愛하야 捨去를 不忍하는 一個의 戀字를 增하야 沉痛하미 重大한 擔物을 負하고 如하고 貧賤의 淸苦한 生涯는 世人의 厭忌하는바라 故로 貧賤에 處하미 厭苦를 不堪하다가 忽然히 死時에 當하미 生前의 淸苦를 思避하던 一個의 厭字를 解脫하야 輕快하미 堅重한 枷鎖를 釋하미 如하니 是로 由하야 觀하면 寵榮과 淸苦가 人의 死時에 到하미 反히 欣厭의 情趣를 轉倒하나니 人의 想念이 此에 到하면 可히 富貴의 不足貪과 貧賤의 不必厭을 覺悟홀지니 急速히 寵榮을 貪戀하는 首를 回하야 鄙客諂媚의 事를 行치말며 猛然히 淸苦를 憂愁하는 眉를 舒하야 澹泊寧靜의 操를 守할지니라

人之有生也，如太倉之粒米。如灼目之電光。如懸崖之朽木。如逝海之巨波。知此者。如何不悲。如何不樂。如何看他不破。而懷貪生之慮。如何看他不重。而貽虛生之羞。

【讀】 人의生이 有하미 太倉의粒米와 如하고 灼目의電光과 如하고 懸崖의

朽木과 如ㅎ고 逝海의 巨波와 如ㅎ니 此를 知ㅎ눈 者눈 엇지 悲치아니ㅎ며엇지 樂치아니ㅎ며엇지 他를 看ㅎ야 破치아니ㅎ야生을 貪ㅎ눈 慮를 懷ㅎ며엇지他를 看ㅎ되 重히아니ㅎ야 虛生의 羞를 貽ㅎ리오

【講】 人의 宇宙間에 生ㅎ믜 其體質이 甚微甚脆ㅎ고 其生期가 且速且轉ㅎ야 可히 久持치 못ㅎ지라 渺少ㅎ 七尺의 軀로 無邊ㅎ 空間에 處ㅎ믜 其小ㅎ믜 太倉의 內에 在ㅎ 一粒의 米와 如ㅎ고 百年의 生命을 永久ㅎ 時間에 寄ㅎ믜 其速ㅎ믜 目에 閃灼ㅎ눈 電光과 如ㅎ고 其危脆ㅎ믜 懸崖에 孤立ㅎ 朽木과 如ㅎ고 其轉變無常ㅎ믜 海中의 滔滔ㅎ 巨波와 如ㅎ니 如此ㅎ 人生의 無常을 知ㅎ믜엇지 悲傷치아니ㅎ며 如此히 無常ㅎ中에 幸히 得生ㅎ믈 思ㅎ믜엇지快樂치아니ㅎ며엇지 如此히 無常ㅎ를 看破치아니ㅎ고 부지럽시 貪生의 慮를懷ㅎ야 區區히 一死를 避ㅎ며엇지 如此히 無常ㅎ中에 幸히 生ㅎ믈 重히여기지아니ㅎ야 絕大ㅎ 道德或偉傑ㅎ 事業을 成ㅎ야 遺芳을 萬古에 傳치아니ㅎ고 荏苒萬度了ㅎ야 虛生浪死의 羞恥를 貽ㅎ리오

東海水。曾聞無定波。世事何須扼腕。北邙山。未省留閒地。人生且自舒眉。

【讀】 東海水눈 일즉 定波가 無ᄒᆞ니 何須히 腕을 扼ᄒᆞ며 北邙山은 閒
地를 留ᄒᆞ믈 省치못ᄒᆞ니 人生이 쓰스사로 眉를 舒ᄒᆞᆯ지니라

【講】 東海의 水눈 恒常 千波萬轉ᄒᆞ야 一定ᄒᆞᆫ 波濤가 無ᄒᆞ니 浮世의 事故도
如是ᄒᆞ야 萬國의 興亡과 千古의 盛衰가 滔滔轉變ᄒᆞ야 可히 一時의 運命을 恃
치못ᄒᆞᆯ지니 엇지 世事의 一時的 得意를 恣ᄒᆞ야 扼腕驕矜ᄒᆞ며 北邙山 （北邙
山은 支那 洛陽城外의 葬地） 은 累累의 塚이 其隴을 連接ᄒᆞ야 未葬의 閒地가
無ᄒᆞ니 是로 由ᄒᆞ야 觀ᄒᆞ면 古今의 人人이 死치아니호者ㅣ 無ᄒᆞ믈 知ᄒᆞᆯ지라
人이 早晩에 一死가 有ᄒᆞ믈 知ᄒᆞ면 生前의 事에 對ᄒᆞ야 過度히 苦痛愁憂를 感
ᄒᆞ미 不可ᄒᆞ니 人生은 맛당히 愁眉를 舒ᄒᆞ야 曠達自怡ᄒᆞᆯ지니라

天地尙無停息。日月且有盈虧。況區區人世。能事事圓
滿。而時時暇逸乎。只是向忙裡偸閒。遇缺處知足。則操
縱在我。作息自如。卽造物不得與之論勞逸。較虧盈矣。

【讀】 天地도 오히려 停息이 無ᄒᆞ고 日月도 또한 盈虧가 有ᄒᆞ지라 하믈며 區
區ᄒᆞ 人世에 能히 事事圓滿ᄒᆞ며 時時暇逸ᄒᆞ리오 只是、 忙裡를 向ᄒᆞ야 閒을
偸ᄒᆞ고 缺處를 遇ᄒᆞ야 足을 知ᄒᆞ면 곳 操縱이 我에 在ᄒᆞ고 作息이 自如ᄒᆞ야 곳
造物도 시러곰 브러 勞逸을 論ᄒᆞ고 虧盈을 較치 못ᄒᆞ지니라

【講】 天地도 運行轉動이 有ᄒᆞ야 暫時도 停息이 無ᄒᆞ고 日月도 盈滿虧蝕이
有ᄒᆞ야 圓明을 常守치 못ᄒᆞᄂᆞ니 人이 區區ᄒᆞ 世間에 處ᄒᆞ미 萬事複雜ᄒᆞ 中에
엇지 事事圓滿ᄒᆞ야 少毫의 缺陷도 無ᄒᆞ며 百年相纏의 間에 엇지 時時暇逸ᄒᆞ
야 片剝의 紛忙도 無ᄒᆞ리오 다만 煩忙ᄒᆞ 裡를 向ᄒᆞ야 閒逸을 偸得ᄒᆞ고 缺陷ᄒᆞ
處를 遇ᄒᆞ야 滿足을 知ᄒᆞ면 圓缺의 操縱이 我의 任意에 在ᄒᆞ고 閒忙의 作息이
自由自在ᄒᆞ야 비록 造物의 機巧로도 能히 我에 對ᄒᆞ야 勞逸을 論ᄒᆞ고 虧盈을
較치 못ᄒᆞ지니 縱橫自在 顚倒 一如가 是니라

會心不在遠。得趣不在多。盈池拳石間。便居然有萬里山
川之勢。片言隻語內。便宛然見千古聖賢之心。纔是高士

的眼界。達人的胸襟。

【讀】　心에 會ᄒᆞᆷ은 遠에 在치아니ᄒᆞ고 趣를 得ᄒᆞᆷ이 多에 在치아니ᄒᆞ니 盆池拳石의 間에 ᄆᆞᆺ득 居然히 萬里山川의 勢를 有ᄒᆞ고 片言隻語의 內에 ᄆᆞᆺ득 宛然히 千古聖賢의 心을 見ᄒᆞ면 纔是、 高士的의 眼界오 達人的의 胸襟이니라

【講】　心中에 理會ᄒᆞᆷ은 高遠ᄒᆞ매 在ᄒᆞ미아니라 卑近ᄒᆞᆫ데도 在ᄒᆞ고 趣味를 得ᄒᆞᆷ은 大多ᄒᆞ매 在ᄒᆞ미아니라 小少ᄒᆞ매도 在ᄒᆞ니 盆小의 池와 拳大의 石의 間에 도 能히 萬里山川의 勢를 有ᄒᆞ고 一片의 言과 半隻의 語의 內에 도 足히 千古聖賢의 心을 見ᄒᆞ면 是눈 小에서 大를 知ᄒᆞ고 近에셔 遠을 見ᄒᆞ미니 逈高ᄒᆞᆫ 士의 眼界오 曠達ᄒᆞᆫ人의 胸襟이니라

逸態閒情。惟期自尙。何事外修邊幅。淸標傲骨。不願人憐。無勞多費胭脂。

【讀】　逸態閒情은 오작 自尙을 期ᄒᆞ지니 엇지 外로 邊幅을 修ᄒᆞᆷ을 事ᄒᆞ며 淸標傲骨은 人의 憐을 願치아니ᄒᆞ지니 ᄯᅩᆫ히 胭脂를 費ᄒᆞᆷ을 勞치말지니라

【講】 超逸혼 狀態와 閑雅혼 情懷는 自己의 獨尙을 期호야 悠悠自得홀而已니엇지 外境의 邊幅 (邊幅은 衣邊의 斜幅이니 事에 比호면 本體가아닌外飾을 意味호며라) 을 修飾호야 世情에 苟合홈을 求호리오 邊幅을 修호면 反히 逸態閑情을 傷호야 區區혼 賤丈夫를 成호고 淸淡혼 標致와 高傲혼 骨格은 他人의 憐愛를 顧치안느니 胭脂를 多費호야 添着塗冶치아니흘지라 臙脂를 添着호 문 丈夫의 憐愛를 求호는 兒女子의 嬌情에셔 出호며라 一時의 恩寵을 得호기 爲호야 百昭千侫의 狐媚를 極호는 鄙夫의 作態는오히려 賤妓의 脂粉보다 甚혼 者ㅣ 多호니 千古의 睡罵를 受호는 者ㅣ 滔滔皆是호니라

棲遲蓬戶。耳目雖拘。而神情自曠。結納山翁。儀文雖略。而意念常眞。

【讀】 蓬戶에 棲遲호며 耳目은 雖拘호나神情은 自曠호고 山翁을 結納호며 儀文은 雖略호나 意念은 常眞호니라

【講】 隱士가 冷落혼 蓬蒿의 小戶에 棲息호며 耳目은 비록 拘滯호야千里의

野色을觀ᄒ고萬里의江聲을聽ᄒ믄無ᄒ나神情은自然히曠達ᄒ야錦帳華
閣中에셔跳戀積愁ᄒ보다勝ᄒ고質野ᄒ山中의老翁을結納ᄒ미其交際ᄒ
ᄂ禮儀節文은비록粗略ᄒ야揖讓問答의條理ᄂ無ᄒ나意念은恒常眞實ᄒ
야交際에嫻熟ᄒ巧詐ᄒ者를結交ᄒ보다勝ᄒ니라

造化喚作小兒。切莫受渠戲弄。天地丸爲大塊。須要任我
爐錘。

【讚】　造化도喚ᄒ야小兒를作ᄒ야切히渠의戲弄을受치말며天地도九ᄒ
야大塊를爲ᄒ야모루미我의爐錘를任ᄒ를要ᄒ지니라

【講】　造化의主宰라도畏懼치말고容易히我의指揮下에在ᄒ小兒와如히
認做ᄒ야造物의戲弄을受치말며天地의大라도太過히重視치말고稍大
ᄒ土塊와如히看ᄒ야我의爐錘（爐錘ᄂ爐로煉ᄒ고錘로擊ᄒ야金屬品을
製ᄒ미니곳自造自成의意라）에任ᄒ지라故로偉大ᄒ事業을成ᄒᄂ大豪
傑은造化를奪ᄒ고時勢를造ᄒ야千事萬業을一毫도外物에依賴치아니ᄒ

고自力으로成ᄒ나니自動力이無ᄒ야一生의事業을運命의自然에一任ᄒ
と被動的惰力物의人은此를讀ᄒ미其頻에滋가無ᄒ세

概論

【講】 概論이라ᄒᆞ믄人生의情欲과事物의狀態ᄅᆞᆯ網羅ᄒᆞ야其苦痛되ᄂᆞᆫ事ᄅᆞᆯ懲創ᄒᆞ고幸福되ᄂᆞᆫ事ᄅᆞᆯ勸勉ᄒᆞ야處世修養의諸般問題ᄅᆞᆯ大槪論斷ᄒᆞ미니라

君子之心事。天靑日白。不可使人不知。君子之才華。玉韞珠藏。不可使人易知。

【譯】君子의心事ᄂᆞᆫ天靑日白이라可히人으로ᄒᆞ야곰知치못ᄒᆞ게못ᄒᆞᆯ지오君子의才華ᄂᆞᆫ玉韞珠藏이라可히人으로ᄒᆞ야곰易知케못ᄒᆞᆯ지니라

【講】君子ᄂᆞᆫ德行이有ᄒᆞᆫ人을謂ᄒᆞ미니君子의所心所事ᄂᆞᆫ靑天白日과如히公明正大ᄒᆞ야一點의詐僞가無히ᄒᆞᆯ지니故로少毫라도隱匿ᄒᆞ야他人으로不知케ᄒᆞ미不可ᄒᆞ고其才能華藻ᄂᆞᆫ玉이石中에韞ᄒᆞ고珠가海底에藏홈과如히包藏含畜ᄒᆞ야輕率히色彩ᄅᆞᆯ顯露치아니ᄒᆞ야人으로易知치못ᄒᆞ게ᄒᆞᆯ지니是ᄂᆞᆫ隱德을涵養ᄒᆞ고人의猜忌ᄅᆞᆯ避ᄒᆞ미라「錦을衣ᄒᆞ고絅을尙ᄒᆞ

다ᄂ」ᄒ미此ᄅᆯ謂ᄒ미오小人은是에反ᄒ야其心事ᄂᆞᆫ詐僞가多ᄒ故로隱匿

虛飾ᄒ야他人으로不知케ᄒ되만일小毫라도才華가有ᄒ면是ᄂᆞᆯ衒露聲言

ᄒ야人이不知ᄒ새恐ᄒᄂᆞ니是가君子와小人의差ᄅᆯ生ᄒᄂᆞᆫ中에重要ᄒᆫ點

이니라

耳中常聞逆耳之言。心中常有拂心之事。纔是進德修行

的砥石。若言言悅耳。事事快心。便把此生。埋在鴆毒中

矣。

【讚】耳中에ᄂᆞᆫ耳ᄅᆯ逆ᄒᄂ言을聞ᄒ고心中에ᄂᆞᆫ心을拂ᄒᄂ事가有ᄒ면

纔是、德을進ᄒ고行을修ᄒᄂ的砥石이라만일言言이耳에悅ᄒ고事事

이心에快ᄒ면믄득此生을把ᄒ야鴆毒의中에埋在ᄒᄆᆞ니라

【講】忠言은耳에逆ᄒ나行에ᄂᆞᆫ利ᄒ고人의裁制와物의阻力이我의心事

ᄅᆯ逆ᄒ미心에ᄂᆞᆫ拂ᄒ나能히我의驕肆惰怠의弊ᄅᆯ制ᄒ고琢磨淬礪의功을

加ᄒ야德에進ᄒᄂ益이有ᄒ니相當ᄒᆫ逆耳의忠言과拂心의裁制ᄂᆞᆫ無論德

에 進ᄒ고 行을 修케ᄒ는 功이 有ᄒ려니와 或人이 無禮의 罵詈로 耳를 逆ᄒ고
侮辱의 行爲로 心을 拂ᄒ야도 此가 足히 我로ᄒ야곰 忍辱의 德과 謹愼의 行을
增長케ᄒ지니 然ᄒ면 逆耳의 言과 拂心의 事는 다 德의 鑛와 行의 垢를 磨ᄒ는
砥石과 如ᄒ지라 만일 詔諛의 言言이 耳를 悅케ᄒ고 詐媚의 事事가 心을 快케
ᄒ면 此는 琢磨의 功을 欠ᄒ고 煅煉의 道를 失ᄒ야 德에 進ᄒ는 路가 絶ᄒ미니
此의 一生을 把ᄒ야 鴆毒中에 理在ᄒ과 如ᄒ지라 故로 聖君은 面折廷爭의 直
臣을 愛ᄒ고 君子는 責善의 益友를 敬ᄒᄂ니라

醲肥辛甘非眞味。眞味只是淡。神奇卓異非至人。至人只
是常。

【讀】 醲肥辛甘은 眞味가아니라 眞味는 只是淡이오 神奇卓異는 至人이아
니라 至人은 只是常이니라

【講】懺液肥肉辛味甘香은다 一種의 偏味라 如何ᄒ 適度로 調劑ᄒ야도 食期
의 長短과 胃腸의 潤燥와 風土習慣等을 隨ᄒ야 欣厭適否의 差異가 有ᄒᄂ니

此는眞味가아니오眞味는곳淡泊호茶飯의類라茶飯은何地何人何時를勿
論호고常食無厭의眞味며다시一步를進호야言호면無味의味가眞味니라
神奇는幻術等과如호種種의變相이오卓異는特別怪異의作事를謂호며니
곳「恠力亂神」과「索隱行恠」의類라是는至人의所行이아니오至人은平常
의道를行호느니禪家所謂「飢來喫飯困來即睡」가至人의所爲니라

夜深人靜。獨坐觀心。始知妄窮而眞獨露。每於此中得大
機趣。既覺眞現而妄難逃。又於此中。得大慚悔　悔或作忸

【讀】　夜深人靜호디獨坐호야心을觀호면비로소妄은窮호고眞이獨露호
를覺호야每於此中에大機趣를得호고이믜眞이現호야妄이逃키難호를覺
호미又於此中에大慚悔를得호느니라

【講】　色은己深호고人氣는寂靜호야萬籟俱寂호時에相對感觸호는事
物이無히兀然獨坐호야自心을觀호면一毫의情塵이不動홀지라晝間에種
種의事物을接호야喜怒哀樂의情欲이紛起호야七尺의軀殼을懊惱煩悶中

에葬ᄒᆞ던種種의妄心이窮盡ᄒᆞ고冲虛靈明ᄒᆞᆫ眞心의本體가獨露ᄒᆞ야混然
ᄒᆞ中에靈妙ᄒᆞᆫ機趣를得ᄒᆞᆯ지오이의眞心이明現ᄒᆞ야過去의妄想의形跡이隱
逃키難ᄒᆞ미其妄心의虛僞를知ᄒᆞᄂᆞᆫ故로過去의非를覺ᄒᆞ야又於此中에大
慚悔를得ᄒᆞᄂᆞ니라

恩裏由來生害。故快意時。須早回頭。敗後或反成功。故

拂心處切莫　作莫便　放手

【讀】恩裡에由來로害를生ᄒᆞᄂᆞ니故로意를快ᄒᆞᄂᆞᆫ時에須早히頭를回ᄒᆞ
며敗後에或反히功을成ᄒᆞᄂᆞ니心을拂ᄒᆞᄂᆞ處에切히手를放치말지니라

【講】人에게寵愛惠施의恩을蒙ᄒᆞᆫ獨立生活을妨害ᄒᆞ미라既成人의福
이아니오쏘恩愛의機가一轉ᄒᆞ면反히雕怨의害를生ᄒᆞᄂᆞᆫ故로恩愛正盛ᄒᆞᆫ
快意의時에일즉回頭引退ᄒᆞ야施恩蒙恩의間에有餘不盡의恩을留ᄒᆞ야未
來의交誼를永保ᄒᆞ며事業을經營ᄒᆞ다가失敗ᄒᆞᆫ後에能히精을勵ᄒᆞ야新을
圖ᄒᆞ면前前의失敗가後後의經驗을作ᄒᆞ야反히最後의成功을得ᄒᆞᄂᆞ니故

로失敗의困難을當ᄒ야心을拂ᄒ눈處에切히落望放手치말고益益勇進을

지라古來로偉大ᄒ은事功을成ᄒ은英雄豪傑이誰가多少의失敗를經치아니ᄒ

얏스리오

面前的田地。要放得寬。使人無不平之歎。身後的惠澤。

要流得長。使人有不匱之思。

【讀】　面前的의田地눈放得寬을要ᄒ야人으로ᄒ야곰平치안ᄒ歎이無케

ᄒ며身後的의惠澤은流得長을要ᄒ야人으로ᄒ야곰匱치안눈思가有케ᄒ

지니라

【講】　面前은곳生前이오田地눈곳心地니生前의心地눈寬大히開放ᄒ야

人의美惡을不擇ᄒ고悉皆包容ᄒ야人으로ᄒ야곰我에對ᄒ不平의歎이無

케ᄒ고生前의功跡으로死後ᄭᅵ지及ᄒ눈恩惠德澤의流行은가쟝長久ᄒ를

要ᄒ야後人으로不匱의思가有케ᄒ지니東西古今에大宗教家大事業家大

學術家大著作家等이萬古未發一世不振의事理를發揮ᄒ야百千萬人으로

其恩德을上下千歳에享하야도餘裕가有한者가是니라

路徑〔路徑、或作徑路〕窄處。留一步與人行。滋味濃的。減三分讓人食〔食、作嗜〕。此是涉世一極〔極、下有安字、或本極字〕樂法

【讀】 路徑의窄處엔一步를留하야人을與하야行케하고滋味의濃的엔三分을減하야人에讓하야食케하면此는、世를涉하는一의極樂法이니라

【講】 傍路小徑의危險狹窄하야二人이並行치못할處에서行人을逢着하미一步의餘地를讓與하야他人으로先行케하고十分의滋味가濃厚한飲食을遇하미其飲食의三分을減하야他人과分食하면爭奪의禍를免할샌아니라足히他人의感誼를得할지니此가競爭的의浮世를渡하는安樂의方法이니라

作人。無甚高遠的〔的字、或本無〕事業。擺脫得俗情。便入名流。為學。無甚增益的〔的字、或本無〕工夫。減除得物累。便臻〔臻、或作超越〕

境。

【讀】 人을作ㅎ매는甚히高遠ㅎ的의事業이無ㅎ니俗情을擺脫ㅎ야得ㅎ면문득名流에入ㅎ고學을爲ㅎ매는甚히增益ㅎ눈的의工夫가無ㅎ니物累를減除ㅎ야得ㅎ면문득聖境에臻ㅎ느니라

【講】 千古의芳跡이歷史上에玲瓏ㅎ偉人名家도孤高絕遠ㅎ世外의事를行ㅎ미아니라人道物情上當用常行의事를適當히行ㅎ而已라世俗의事를行ㅎ되泥着이無ㅎ야俗情의窠臼를擺脫ㅎ면此人은곳名流에入ㅎ지니佛書에「入世間의出世間이라야眞出世間이라」ㅎ미是오쏘如何ㅎ道學家라도本無의道理를新增刪益ㅎ미아니라本來具有의智德을圓滿히發揮ㅎ而已라다만事物의累에羈縛되지아니ㅎ고物累를漸漸減除ㅎ야解脫ㅎ면自然히聖境에至ㅎ나니「다만凡情을盡ㅎ미오別로聖解가無ㅎ다」ㅎ미是가아닌가世人은此를不知ㅎ고俗情을擺脫ㅎ를高遠的의事業으로看做ㅎ고物累를減除ㅎ를增益的의工夫로誤認ㅎ而已로다

盖世的〔的字 或本無〕功勞。當不得一個矜字。彌天的〔的字 或本無〕罪

【讀】 世를蓋ᄒᆞᄂᆞᆫ的의功勞도一個의「矜」字를當得지못ᄒᆞ며天에彌ᄒᆞᄂᆞᆫ的의罪過도一個의「改」字를當得지못ᄒᆞᄂᆞ니라

【講】 千古의英雄、一代의豪傑이偉勳大業을建ᄒᆞ야其功勞가一世를蓋ᄒᆞ되自己의一身을萬能의神과如히自處ᄒᆞ야自矜自慢ᄒᆞ면德을失ᄒᆞ고怨을買ᄒᆞ야己成ᄒᆞᆫ功勞가漸消ᄒᆞᄂᆞ니何故오所謂蓋世의功勞가有ᄒᆞ다ᄒᆞᄂᆞᆫ有名의英雄은반ᄃᆞ시無數ᄒᆞᆫ無名英雄의犧牲的生涯를斷送ᄒᆞᆫ後에其功果를収ᄒᆞ미니「一將功成萬骨枯」의古句가是를謂ᄒᆞ미라決코一人의獨力이아니어ᄂᆞᆯ一己의功을自矜ᄒᆞ야萬人의勞를無視ᄒᆞ면其功勞의遺享을永保치못ᄒᆞ지니비록蓋世의功勞라도엇지一個의「矜」字의魔力을當ᄒᆞ리오

ᄯᅩ非常ᄒᆞᆫ罪過라도一早에悔改ᄒᆞ고更히美行懿德에進ᄒᆞ면過去의罪過ᄂᆞᆫ漸消ᄒᆞ지라故로彌天의罪過라도一個의「改」字를抵當치못ᄒᆞᄂᆞ니有功의人은矜字를愼ᄒᆞ며有過의人은改字를念ᄒᆞᆯ지니라

事事留個有餘不盡的意思。便造物不能忌我。鬼神不能損我。若業必求滿。功必求盈者。不生內變。必招招或作召外憂。

【讀】事事에個의餘가有ᄒᆞ야盡치안ᄂᆞᆫ의意思를留ᄒᆞ면ᄆᆫ득造物도能히我를忌치못ᄒᆞ고鬼神도能히我를損치못ᄒᆞ거니와만일業은반ᄃᆞ시滿을求ᄒᆞ고功은반ᄃᆞ시盈을求ᄒᆞᄂᆞᆫ者ᄂᆞᆫ內變을生치아니ᄒᆞ면반ᄃᆞ시外憂를招ᄒᆞᄂᆞ니라

【講】每事에對ᄒᆞ야極點의成就를要求치말고恒常有餘不盡의意思를留ᄒᆞ야其不盡의餘地에外物의要求的事變을容ᄒᆞ면造物(物을造ᄒᆞᄂᆞᆫ主宰)도能히我를猜忌치못ᄒᆞ고鬼神도能히我를損害치못ᄒᆞ되反是ᄒᆞ야事業과功蹟에반ᄃᆞ시盈滿을求ᄒᆞ면內部의變亂이生ᄒᆞ거나外邊의憂害가至ᄒᆞᄂᆞ니十分의器에七分의水를盛ᄒᆞ야三分의餘地를有ᄒᆞ면其水가安全ᄒᆞ되十分의水를滿ᄒᆞ면其勢가盈溢치아니ᄒᆞ면반ᄃᆞ시傾覆홈과如ᄒᆞ니라

攻人之惡。無太嚴。要思其堪受。敎人以善。毋過高。當使
其可從。

【讀】 人의惡을攻ㅎ미太嚴히말고其堪受를思ㅎ믈要ㅎ며人을善으로써
敎ㅎ미過高히말고맛당히ㅎ야곰其可히從케ㅎ지니라

【講】 人의惡을攻ㅎ믄他人의過失을聲討ㅎ야其惡을止케ㅎ미라其攻勢
의程度가過激太嚴ㅎ면反히其人의惡感을生ㅎ기易ㅎ니其堪受를만ㅎ容
量을隨ㅎ야適度로調制ㅎ믈思ㅎ지오人에게善을敎ㅎ되過高ㅎ事를責ㅎ
야實踐치못ㅎ면其敎授의功을奏치못ㅎㄴ니其人의器量才智를隨ㅎ야可
從ㅎ만ㅎ程度로敎ㅎ지라故로佛은大乘人을遇ㅎ믜大乘法을說ㅎ고小乘
人을遇ㅎ믜小乘法을說ㅎ며孔子ㅣ曰ㅎ되「中人以下는可히써上을語치
못ㅎ다」ㅎ미此의類니라

糞蟲至穢。變爲蟬。而飮露於秋風。腐草無光。化爲螢。而
耀采於夏月。故知潔常自汚出。明每從暗(暗或作晦)生也

精選講義菜根譚 （槪論）

一〇七

【讀】糞蟲은 至穢ᄒᆞ나 變ᄒᆞ야 蟬이 되ᄆᆡ 露를 秋風에 飮ᄒᆞ고 腐草는 光이 無
ᄒᆞ나 化ᄒᆞ야 螢이 되ᄆᆡ 采를 夏月에 耀ᄒᆞᄂᆞ니 故로 潔은 늘 汚로 自ᄒᆞ야 出ᄒᆞ고
明은 매양 暗으로 從ᄒᆞ야 生ᄒᆞᆯ을 知ᄒᆞ지니라

【講】糞蟲은 泥土의 中에 生長ᄒᆞᄂᆞᆫ 穢物이나 脫變ᄒᆞ야 蟬이 되ᄆᆡ 秋風에 淸
露를 飮ᄒᆞ야 淨灑ᄒᆞᆫ 生活을 做ᄒᆞ고 腐草는 無情ᄒᆞᆫ 枯敗의 物이라 本히 光耀가
無ᄒᆞ나 化ᄒᆞ야 螢이 되ᄆᆡ 夏夜에 其 光采를 耀ᄒᆞᄂᆞ니 故로 蟬의 潔은 糞蟲의 汚
에셔 出ᄒᆞ고 螢의 明은 腐草의 暗에셔 生ᄒᆞ을 以ᄒᆞ야 一般을 推知ᄒᆞ지라 紅顔
은 薄命에셔 生ᄒᆞ고 文章은 困窮에셔 出ᄒᆞ며 成功은 失敗호後에 得ᄒᆞ고 榮達
은 晦吝호後에 在ᄒᆞ니 千古의 可敬可愛호 英雄豪傑도 幾人이나 困難窮賤호
中에셔 起ᄒᆞ얏ᄂᆞᆫ가 人은 一時의 失意로 終古의 落望을 取치 말지니라

【讀】矜高倨傲. 無非客氣. 降伏得客氣下. 而後正氣伸. 情欲
意識. 盡屬妄心. 消殺得妄心盡. 而後眞心現

【讀】矜高倨傲ᄂᆞᆫ 客氣아님이 無ᄒᆞ니 客氣를 降伏得ᄒᆞ야 下ᄒᆞᆫ後에 正氣가

伸ᄒᆞ며 情欲意識은다 妄心에 屬ᄒᆞᄂᆞ니 妄心을 消殺得ᄒᆞ야 盡ᄒᆞᆫ後에 眞心이 現ᄒᆞᄂᆞ니라

【講】自矜自高ᄒᆞ고 人을 對ᄒᆞ야 倨慢驕傲ᄒᆞᆷ 麤浮ᄒᆞᆫ 不道德의 客氣라 此客氣를 降伏밧은 後에야 公平正大ᄒᆞᆫ 正氣가 伸張ᄒᆞ며 憎愛의 情欲과 煩瑣ᄒᆞᆫ 意識은다 妄動心에 屬ᄒᆞᄂᆞ니 此 妄心을 消殺ᄒᆞ야 盡ᄒᆞᆫ 後에야 虛明ᄒᆞᆫ 眞心이 現ᄒᆞ지라 雖然이나 客氣와 正氣가 相對的의 兩種이아니오 妄心과 眞心이 判然ᄒᆞᆫ 二物이아니라 同一ᄒᆞᆫ 氣며 同一ᄒᆞᆫ 心이로ᄃᆡ 妄動의 作用을 指ᄒᆞ야 客氣라 妄心이라 ᄒᆞ고 本然의 體를 名ᄒᆞ야 正氣라 眞心이라 ᄒᆞ미니 正氣와 眞心은 鏡水와 如ᄒᆞ고 客氣와 妄心은 風波와 如ᄒᆞ니 鏡水를 離ᄒᆞ고 別로 風波의 自體가 無ᄒᆞᄂᆞ니라

飽後思味。則濃淡之境都消。色後思婬。則男女之見盡絶。故人常以事後之悔悟。破臨事之痴迷。則性定而動無不正。

【讀】 飽後에 味를 思ᄒᆞ면 곳 濃淡의 境이 都消ᄒᆞ고 色後에 姪을 思ᄒᆞ면 곳 男女의 見이 盡絕ᄒᆞᄂᆞ니 故로 人은 늘 事後의 悔悟로써 臨事의 痴迷를 破ᄒᆞ면 곳 性이 定ᄒᆞ야 動ᄒᆞ미 正치 아님이 無ᄒᆞ리라

【講】 飽食ᄒᆞ後에 飮食의 味를 思ᄒᆞ면 濃淡美惡의 味境이 都消ᄒᆞ며 色事를 行ᄒᆞ後에 姪情을 思ᄒᆞ면 男女戀愛의 見이 盡絕ᄒᆞᄂᆞ니 飽後에 思ᄒᆞ면 亂飮暴食ᄒᆞ事를 悔ᄒᆞᆯ지 오 色後에 思ᄒᆞ면 沈色悖姪의 過를 悟ᄒᆞᆯ지라 故로 何事라도 事後의 悔悟를 預測ᄒᆞ야 臨事의 痴迷를 破ᄒᆞ면 體性이 平定ᄒᆞ야 如何히 動作ᄒᆞ야도 不正ᄒᆞ事가 無ᄒᆞ리라

居軒冕之中，不可無山林的氣味，處林泉之下。須要懷廟堂〔或作廊廟〕的經綸。

【讀】 軒冕의 中에 居ᄒᆞ되 可히 山林的의 氣味를 無치못ᄒᆞᆯ저 오 林泉의 下에 處ᄒᆞ되 모루미 廟堂的의 經綸을 懷ᄒᆞᆯ를 要ᄒᆞᆯ지니라

【講】 軒은 高官의 車오 冕은 高官의 冠이니 軒을 乘ᄒᆞ며 冕을 戴ᄒᆞ고 政堂에

出入ᄒ야 軍國大事ᄅᆞᆯ 經營ᄒᆞᄂᆞᆫ 高官大爵이 一直히 官場의 名利ᄅᆞᆯ 追逐ᄒᆞ면
俗에 染ᄒ야 志ᄅᆞᆯ 喪ᄒ지 오ᅄ 名利ᄅᆞᆯ 求치 아니ᄒᆞᄂᆞᆫ 賢宰廉官이라도 過度히
紛忙ᄒᆞᆫ 政治事業에 精神을 疲ᄒᆞ면 反히 當局의 迷ᄅᆞᆯ 成ᄒ야 政見의 誤算을 生
ᄒ기易ᄒ니 故로 軒冕의 中에 居ᄒᆞᄂᆞᆫ 政客이라도 高潔冷淡ᄒ 山林的의 氣味
ᄅᆞᆯ 有ᄒ여야 逐利喪志의 弊와 局迷誤算의 失을 一時俱消ᄒᆞ지라 傳士麥의 大
政見은 往往히 公園에 散步ᄒ 時에 得ᄒ앗다ᄒᆞ미 一의 明證이로다 且或、不
遇의 人이나 隱逸의 士가 林泉의 下에 居ᄒ야 雲鶴을 伴ᄒ야 淡泊ᄒ 生涯ᄅᆞᆯ 簫
灑ᄒ 中에 送ᄒ야도 一向히 枯寂冷落ᄒ야 厭世的의 偏枯人物을 作지 말고 濟
世經邦의 廟堂的 大經綸을 懷ᄒ지니 漢의 諸葛孔明이 隆中草廬에 臥ᄒ야 春
睡生涯ᄅᆞᆯ 做ᄒᆞᄂᆞᆫ 中에도 壁上에 荆益州의 圖ᄅᆞᆯ 掛ᄒ야 漢의 興復을 經綸ᄒᆞ미
是의 前轍이니라

憂勤是美德。太苦。則無以適性怡情。淡泊是高風。太枯。
則無以濟人利物。

【讀】　憂勤은是美德이나太苦ᄒᆞ면곳써性을適ᄒᆞ고情을怡케ᄒᆞ수가無ᄒᆞ며淡泊은是高風이나太枯ᄒᆞ면곳써人을濟ᄒᆞ고物을利케ᄒᆞ수가無ᄒᆞ니라

【講】　憂ᄂ은謹愼의意오勤은勉勞의意니每事에憂勤ᄒᆞ믄人의美德이나太苦ᄒᆞ면性情을怡養치못ᄒᆞ고淡泊ᄒᆞ生活은實로高尙ᄒᆞ風度이나太枯ᄒᆞ면枯木死灰와如ᄒᆞ야濟人利物의道가無ᄒᆞ니라

事窮勢蹙之人。當原其初心。功成行滿之士。要觀其末路。

【讀】　事窮勢蹙의人은맛당히其初心을原ᄒᆞ고功成行滿의士ᄂ其末路를觀ᄒᆞ믈要ᄒᆞ지니라

【講】　人이事를經營ᄒᆞ다가極度의失敗를當ᄒᆞ야事窮勢蹙ᄒᆞ면其事의失敗에만留戀落望ᄒᆞ야無益의憂愁를增치말고一念을回ᄒᆞ야着手以前의初心을原復ᄒᆞ야다시別圖를作ᄒᆞ지니楚의項羽가垓下에셔敗ᄒᆞ後에烏江을

渡ㅎ야 다시 捲土重來를 圖ㅎ얏스면 秦의 山河가 誰家의 物이 되얏슬ㄴ지 知
치못ㅎ지어눌 一時의 落望을 忍치못ㅎ고 烏江秋風에 自刎의 慘劇을 演ㅎ야
千古의 遺感을 作ㅎ눈 무릇 事窮勢蹙의 際에 當ㅎ야 其初心을 原復지못ㅎ미니라
功行을 圓滿히 成就ㅎ흔 者눈 一層의 遠慮를 加ㅎ야 末路의 安全을 觀慮ㅎ고 隨
機引退ㅎ야 其終을 保ㅎ지라 漢의 韓信이 東征西伐ㅎ야 創業의 大功을 成ㅎ
얏스니 可히 功成行滿이라 ㅎ지어눌 最後에 其萬軍의 中에 百戰百勝ㅎ든 兵
仙의 生命을 區區흔 兒女子 卽 呂后의 手에 斷送ㅎ얏스니 是눈 其末路를 圓善
히 觀慮치못흔 故니라

富貴家。宜寬厚。而反忌剋。(作刻) 或 是富貴。而貧賤其行。如
何能享。聰明人。宜歛藏。而反炫耀。是聰明。而愚懵其
病。如何不敗。

【讀】 富貴흔 家눈 맛당히 寬厚ㅎ지어눌 反히 忌剋ㅎ면 是눈 富貴ㅎ되 其行
을 貧賤히 ㅎ미니 如何히 能享ㅎ며 聰明흔 人은 맛당히 歛藏ㅎ지어눌 反히 炫

精選講義菜根譚 (槪論)

一一三

耀ᄒ면是는聰明ᄒ되其病을愚憎히ᄒ미니如何히敗치아니ᄒ리오

【講】　富貴의家는맛당히寬恕厚施ᄒ지어눌反히人을猜忌ᄒ고物에剋薄ᄒ면是는富賞ᄒ되其實行은貧賤히ᄒ미라衆人의怨恨을受ᄒ지니엇지能히其富貴를久享ᄒ며聰明ᄒ人은其才能을斂藏ᄒ야待時活用ᄒ미宜ᄒ거눌反히自誇炫耀ᄒ야輕動濫用ᄒ면是는聰明ᄒ되愚憎ᄒ病이有ᄒ미니엇지敗치아니ᄒ리오

待小人ᄒ되不難於嚴。而難於不惡。待君子。不難於恭。而難於有禮。

【讀】　小人을待ᄒ매는嚴엔難치아니ᄒ나惡치아니ᄒ미難ᄒ고君子를待ᄒ매는恭엔難치아니ᄒ나禮잇슴에難ᄒ니라

【講】　小人은行爲가不正ᄒ故로其人에對ᄒ야憎惡의心을生ᄒ니小人을待過ᄒ매簡嚴ᄒ기는不難ᄒ나憎惡치아니ᄒ기가難ᄒ고德行이有ᄒ君子에게는過恭ᄒ기易ᄒ故로君子를待遇ᄒ매恭敬ᄒ기는不難ᄒ나敬

儀로恭酌ᄒᆞ야禮度에合ᄒᆞ기가難ᄒᆞ니라

降魔者。先降其心。心伏。則羣魔退聽。馭橫者。先馭此氣。

氣平。則外橫不侵。

【讀】 魔를降ᄒᆞᄂᆞᆫ者ᄂᆞᆫ먼저其心을降ᄒᆞ지니心이伏ᄒᆞ면곳羣魔가退聽ᄒᆞ고橫을馭ᄒᆞᄂᆞᆫ者ᄂᆞᆫ먼저此氣를馭ᄒᆞ지니氣가平ᄒᆞ면곳外橫이侵치못ᄒᆞᄂᆞ니라

【講】 魔라ᄒᆞᄂᆞᆫ거슨一定ᄒᆞᆫ種類가有ᄒᆞ야如何ᄒᆞᆫ事에ᄃᆞᆫ지永久히魔의行爲를作ᄒᆞ미아니라各히自心自迷ᄒᆞ야外物의眞相을明察치못ᄒᆞᄂᆞᆫ故로迷惑의心이偏重ᄒᆞ야種種의魔見을起ᄒᆞᄂᆞ니內心에疑惑을起ᄒᆞ면觸物皆魔오一念이頓息ᄒᆞ면萬魔가相息ᄒᆞ지라然ᄒᆞ면魔ᄂᆞᆫ自心으로妄定ᄒᆞ미오쏘我에對ᄒᆞᆫ魔ᄂᆞᆫ반ᄃᆞ시我ᄅᆞᆯ彼에對ᄒᆞᆫ魔로看做ᄒᆞ지니我가彼에對ᄒᆞᆫ魔見을消除치아니ᄒᆞ면魔도亦是我에對ᄒᆞᆫ魔力을遠取치아니ᄒᆞ지라故로外魔를降코저ᄒᆞᄂᆞᆫ者ᄂᆞᆫ먼저其心을調伏ᄒᆞ야他에對ᄒᆞᆫ魔見을除ᄒᆞ지니自心을伏

호야 虔見을 除호야면 殘怒가 撤退호야 我의 命令을 精從호지오 他의 情暴은 我의 殘浮호 客氣를 對호야 其力을 生호느니 橫暴을 馭코져호느 者가 먼저 我의 客氣를 制服호야 半 淡忍受호면 外橫이 自然散失호야 侵害치못호느니라

欲路上事. 毋樂其便. 而姑爲染指. 一染指. 便深入萬仞.
理路上事. 毋憚其難. 而稍爲退步. 一退步. 便遠隔千山.

【註】 欲路上의事는 其便을樂호야 주指에染치말지니 한번指에染호면 문득지피 萬仞에入호지오 理路上의事는 其難을憚호야 조곰步를退치말지니 한번步를退호면 문득멀니 千山을隔홀지니라

【講】 情欲上의事는 行호기便易호나 其便易을롤樂호야 惜時라도 其味를指에染호야 着手치말지니 한번指에染호면 漸漸其味를貪호야 萬仞의欲坑에入호고 道理上의事는 實行호기稍難호나 其稍難을忌憚호야 少許라도 步를退치말지니 한번退步호면 漸漸陳潤호야 身과理路의間에 千山의遠율

隔宮과 如히 相阻ㅎ야마침내 反修ㅎ道가 無ㅎ니라

學者要收拾精神。幷歸一處。如修德。而留意於事功名

譽。必無實詣。讀書。而寄興於吟咏風雅。定不深心。

【讀】 學者는 精神을 收拾ㅎ야 아울러 一處에 歸ㅎ을 要ㅎ지니 만일 德을 修

ㅎ되 意를 事功名譽에 留ㅎ면 반드시 實詣가 無ㅎ고 書를 讀ㅎ되 興을 吟咏風

雅에 寄ㅎ면 定히 深心치 못ㅎㄴ니라

【講】 學問을 修ㅎ는 者는 精神을 分散치 말고 總히 收拾ㅎ야 一處에 並歸ㅎ

야 其 學을 專一히 ㅎ지니 如或 道德을 修ㅎ는 者가 意를 功業名譽의 方面에 留

ㅎ면 實로 道德에 詣ㅎ는 功이 無ㅎ고 書를 讀ㅎ는 者가 其 奧義를 專究치 아니

ㅎ고 趣與을 詩文의 吟咏과 風雅의 韻曲에 寄ㅎ면 決定코 深心으로 悟入치 못

ㅎ리라

人人有個大慈悲。維摩屠劊無二心也。處處有種眞趣味。

金屋茅簷非兩地也。只是欲閉(閉或作蔽)情封。當面錯過。便

咫尺千里矣。

【讀】　人人이 個의 大慈悲가 有ᄒᆞ니 維摩屠劊가 二心이 無ᄒᆞ며 處處에 種의 眞趣味가 有ᄒᆞ니 金屋茅簷이 兩地가 아니라 只是、 欲이 閉ᄒᆞ고 情이 封ᄒᆞ야 當面에 錯過ᄒᆞ면 문득 咫尺이 千里니라

【講】　人人의 本心에ᄂᆞᆫ다 大慈悲가 有ᄒᆞᆫ지라 維摩詰은 佛의 高德弟子오 屠劊ᄂᆞᆫ 生命을 殺ᄒᆞ야 殘忍ᄒᆞᆫ 事를 行ᄒᆞᄂᆞᆫ 屠手이나 此兩人이 大慈悲의 本心은 同一ᄒᆞ야 二心이 無ᄒᆞ니 孟子ㅣ曰ᄒᆞ되「人이다 不忍人의 心이 有ᄒᆞ다」ᄒᆞ미 是오 涅槃會上에셔 廣額屠兒가 屠刀를 放下ᄒᆞ고 立地成佛ᄒᆞ니 是가 屠劊에게도 大慈悲의 佛性이 有ᄒᆞᆫ 明証이며 何處를 勿論ᄒᆞ고 惟一不變의 眞趣味가 有ᄒᆞ니 金碧의 宮殿과 茅茨의 簷漏가 人爲的의 形式은 雖異ᄒᆞ나 天然的의 趣味ᄂᆞᆫ 兩地가 아니라 然ᄒᆞ면 何故로 大慈悲ᄂᆞᆫ 同一이어ᄂᆞᆯ 維摩屠劊의 差가 有ᄒᆞ며 眞趣味ᄂᆞᆫ 均이어ᄂᆞᆯ 金屋茅簷에 對ᄒᆞᆫ 感情의 別이 有ᄒᆞᆫ가 此ᄂᆞᆫ 物欲이 交閉ᄒᆞ고 妄情이 互封ᄒᆞ야 本心과 眞趣를 知치 못ᄒᆞ야 當面에 錯過ᄒᆞ미니 其錯誤의 起點은 一念의 咫尺에 始ᄒᆞ나 其錯誤의 結果ᄂᆞᆫ 千里의 懸隔을 成

進德修道。要個木石的念頭。若一有欣羨。便趨欲境。濟
世經邦。要段雲水的趣味。若一有貪着。便墮危機

【讀】 德을 進ᄒᆞ고 道를 修ᄒᆞᄆᆡᄂᆞᆫ 個의 木石의 念頭를 要ᄒᆞᆯ지니 만일 一이라 도 欣羨ᄒᆞ미 有ᄒᆞ면 문득 欲境에 趨ᄒᆞ고 世를 濟ᄒᆞ고 邦을 經ᄒᆞᄆᆡᄂᆞᆫ 段의 雲水 的 趣味를 要ᄒᆞᆯ지니 만일 一이라 도 貪着ᄒᆞ미 有ᄒᆞ면 문득 危機에 墮ᄒᆞᄂᆞ니라

【講】 道德을 修ᄒᆞᄂᆞᆫ 者ᄂᆞᆫ 無情ᄒᆞᆫ 木石과 如히 物欲의 妄念을 絶ᄒᆞᆯ지니 만일 事物에 對ᄒᆞ야 欣羨의 念을 動ᄒᆞ면 문득 貪欲의 境에 趨入ᄒᆞ야 道德을 修치 못 ᄒᆞ고 濟世經邦의 大事를 經綸ᄒᆞᄂᆞᆫ 者ᄂᆞᆫ 淡泊ᄒᆞᆫ 雲水 的 趣味를 要ᄒᆞ야 冷靜ᄒᆞ 頭腦와 平淡ᄒᆞᆫ 心思로 事를 御ᄒᆞᆯ지니 만일 名利權勢에 貪着ᄒᆞ면 문득 危機에 墮落ᄒᆞ야 經綸을 成치 못ᄒᆞᄂᆞ니라

肝受病。則目不能視。腎受病。則耳不能聽。病受於人所
不見。必發於人所共見。故君子欲無得罪於昭昭。先無

得罪於冥冥。

【讀】　肝이病을受ㅎ면곳目이能히視치못ㅎ고腎이病을受ㅎ면곳耳가能히聽치못ㅎᄂ지라病은人의見치못ㅎᄂ所에受ㅎ야반ᄃ시人의共見ㅎᄂ所에發ㅎᄂ니故로君子가罪를昭昭에得ㅎ미無코져ㅎ면먼져罪를冥冥에得ㅎ미無ㅎ지니라

【講】　目은肝臟에屬ㅎ故로肝臟이病을受ㅎ면目이能히色을視치못ㅎ고耳는腎臟에屬ㅎ故로腎臟이病을受ㅎ면耳가能히聲을聽치못ㅎᄂ지라病은人의不見ㅎᄂ內部에受ㅎ야반ᄃ시人의共見ㅎᄂ表面에發ㅎᄂ니人의行事도如是ㅎ야一念의隱微ᄂ반ᄃ시行事에發表ㅎ고獨處의習慣은반ᄃ시羣居에顯露ㅎᄂ지라故로君子가罪를昭昭ㅎ處에得지안코져ㅎ면먼져冥冥ㅎ處에謹慎ㅎ지니라

我有功於人。不可念。而過則不可不念。人有恩於我。不可忘。而怨則不可不忘。

【讀】 我가 人에 功이 有ᄒᆞ면 可히 念치 안ᄒᆞ지ᄂᆞᆫ 곳 可히 念치 아니치 못
ᄒᆞ며 人이 我에 恩이 有ᄒᆞ면 可히 忘치 못ᄒᆞ지ᄂᆞ 怨은 곳 可히 忘치 아니치 못ᄒᆞᆯ
지니라

【講】 我가 他人에 對ᄒᆞᆫ 功德이 有ᄒᆞ면 其報償을 求치 말지라 故로 其功을 不
計ᄒᆞ야 念頭에 掛치 말지ᄂᆞ 他人에 對ᄒᆞ면 其過를 悔改ᄒᆞ기爲ᄒᆞ
야 忘却지 말며 他人이 我에 對ᄒᆞ야 恩을 施ᄒᆞ미 其恩을 報償ᄒᆞ기爲ᄒᆞ야 忘却
치 말지나 만일 他人이 我에 對ᄒᆞ야 怨을 結ᄒᆞ면 卽時 忘却ᄒᆞ야 怨을 報치 말지
니 「君子ᄂᆞᆫ 怨으로써 怨을 報치 아니ᄒᆞ고 德으로써 怨을 報ᄒᆞᆫ다」ᄒᆞᄂᆞᆫ 古語
가 是의 類니라

心地乾淨。方可讀書學古。不然。見一善行。竊以濟私。聞
一善言。假以覆短。是又藉寇兵。而齎盜粮矣。

【讀】 心地가 乾淨ᄒᆞ여야 方可히 書를 讀ᄒᆞ고 古를 學ᄒᆞ지라 然치 아니ᄒᆞ면
一의 善行을 見ᄒᆞ미 竊ᄒᆞ야써 私를 濟ᄒᆞ고 一의 善言을 聞ᄒᆞ미 假ᄒᆞ야써 短을

覆호ᄂ니 是ᄂ 또 한 寇에 兵을 藉호고 盜에 粮을 齎호미니라

【講】 心地上의 俗染塵垢를 洗滌호야 洒乾淸淨히 호야사 可히 好書를 讀호고 古賢을 學홀지라 心地가 乾淨치 못혼者ᄂ 晋中의 一善行을 見호미 是를 竊取호야 己의 私事를 掩濟호야 暗然히 私事를 善行으로 假飾호고 古人의 一善言을 聞호미 此를 假借호야 己의 短處를 覆護호야 忽然히 短處를 善言으로 塗抹코져호니라 人의 善行을 竊호야 自의 私行을 濟호면 是ᄂ 私에 私를 增호미오 人의 善言을 假호야 自의 短處를 覆호면 是ᄂ 短에 短을 加호미니 是ᄂ 寇에게 兵器를 藉給호고 盜에게 粮食을 齎送홈과 如호니라

奢者富而不足。何如儉者貧而有餘。能者勞而伏怨。何如拙者逸而全眞。

【讀】 奢호者ᄂ 富호되 足지 못호ᄂ니 엇지 儉호者의 貧호되 餘가 有홈만 如호며 能호者ᄂ 勞호되 怨을 伏호ᄂ니 엇지 拙호者의 逸호되 眞을 全홈만 如호리오

【講】 奢侈ᄒᆞᄂᆞᆫ者ᄂᆞᆫ貪心이增長ᄒᆞ야如何히富ᄒᆞ야도滿足치못ᄒᆞ고立儉約ᄒᆞ者ᄂᆞᆫ希求心이無ᄒᆞᆫ故로貧之ᄒᆞ되餘裕가有ᄒᆞ니奢者의富ᄒᆞ되不足ᄒᆞ며儉者의貧ᄒᆞ되有餘홈만不如ᄒᆞ며才能이有ᄒᆞ되德이無ᄒᆞᆫ者ᄂᆞᆫ他人或은事物의使役이되야心身을勞ᄒᆞ되往往히他人의怨恨을受ᄒᆞ고拙者ᄂᆞᆫ應用을處가少ᄒᆞᆫ故로無事安逸ᄒᆞ야其天眞을全ᄒᆞᄂᆞ니能者의伏怨이拙者의全眞만不如ᄒᆞ니라

讀書。不見聖賢。如鉛槧傭。居官。不愛子民。如衣冠盜。講學。不尙躬行。如口頭禪。立業。不思種德。如眼前花。(上四如字或作爲字)

【讀】 書를讀ᄒᆞ되聖賢을見치못ᄒᆞ면鉛槧의傭과如ᄒᆞ고官에居ᄒᆞ되子民을愛치아니ᄒᆞ면衣冠의盜와如ᄒᆞ고學을講ᄒᆞ되躬行을尙치아니ᄒᆞ면口頭의禪과如ᄒᆞ고業을立ᄒᆞ되種德을思치아니ᄒᆞ면眼前의花와如ᄒᆞ니라

【講】 書를讀ᄒᆞ되聖賢의精神的眞面目을透見치못ᄒᆞ고다만文章語句를

精選講義菜根譚 (概論)

一二三

取ᄒ면文字를書寫ᄒᄂ鉛槧　（鉛은鉛筆이오槧은木牘이니文字를記ᄒᄂ具）의備人과如ᄒ고官職에居ᄒ야人民을親子와如히愛恤치아니ᄒ고한갓體祿을受ᄒ면衣冠을着ᄒ盜賊과如ᄒ고學을講ᄒ되其嘉言善行을實踐躬行치아니ᄒ면實力이無ᄒ禪學者가古德의禪句를口頭로만拈弄ᄒ과如ᄒ고功業을立ᄒ되蔭德을厚積ᄒ야後代々지永遠히餘慶을遺享치아니ᄒ면其業이旋消ᄒ야乍開旋落ᄒᄂ眼前의花와如ᄒ니라

人心有一部眞文章. 都被殘編斷簡封錮了. 有一部眞鼓吹。都被妖歌艶舞湮沒了。學者須掃除外物。直覓本來。

纔有個眞受用。

【讀】　人心에一部의眞文章이有ᄒ거늘都히殘編斷簡의封錮를被ᄒ야了ᄒ고一部의眞皷吹가有ᄒ거늘都히妖歌艶舞의湮沒을被ᄒ야了ᄒ니學者가모루미外物을掃除ᄒ고本來를直覓ᄒ면겨오個의眞受用이有ᄒ리라

【講】　人의本心은衆理를具ᄒ야萬事를應ᄒᄂ거시라故로人人의心中에

神妙圓善호니 一部의 眞文章이 本來具有호니 佛書中에 「我有 一卷經。不因紙墨成。展開無一字。常放大光明」이라호 語句가 卽是 心中의 眞文章을 謂호미라 然이나 此眞文章을 自由로 活用치 못호고 文章을 學호는 者가 古人의 糟粕 卽 書冊의 間에 求호다가 高尙微妙호고 自心의 眞文章이 反히 殘編斷簡의 封鋼을 被호고 又 全人人의 心中에 妙曲絕調의 眞籟吹가 有호되 反히 娼妓俳優의 妖歌艶舞의 湮沒을 被호니 寶로 可惜호 事라 學者는 모두 이 殘編斷簡과 妖歌艶舞의 外物을 掃除호고 本來具有의 眞文章 眞籟吹 等을 覓得호면 無窮호 眞受用이 有호리라

富貴名譽自道德來者。如山林中花。自是舒徐 _{徐或作餘} 繁衍。自功業來者。 如盆檻中花。 便有遷徙廢興。 若以權力得者。如瓶鉢中花。其根不植。其萎可立而待矣。

【讀】 富貴名譽가 道德으로 自호야 來호 者는 山林中의 花와 如호야 自是, 舒徐繁衍호고 功業으로 自호야 來호 者는 盆檻中의 花와 如호야 문득 遷徙廢

與이 有ㅎ고만일 權力으로써 得ㅎ者는 甁鉢中의 花와 如ㅎ야 其根이 植지못
ㅎ야 其萎를 可히 立ㅎ야 待ㅎ지니라

【講】　富貴와 名譽가 其得ㅎ바 原因을 隨ㅎ야 其享受ㅎ는 時間의 長短을 生
ㅎㄴ니 道德이 原因이되야 得ㅎ富貴名譽는 山林中에 自然히 生ㅎ花가 根深
枝茂ㅎ야 舒徐繁衍ㅎ고 如ㅎ야 享期가 最長ㅎ고 功業이 原因이되야 得ㅎ富
貴名譽는 盆檻中에 栽ㅎ花가 人工的 培養의 變動을 隨ㅎ야 遷徙廢興이 有ㅎ
과 如ㅎ야 享期가 不久ㅎ고 만일 一時의 權力이 原因이되야 得ㅎ富貴名譽는
枝를 折取ㅎ야 甁鉢中에 置ㅎ花가 其根이 不植ㅎ故로 其衰萎가 少頃間에 在
宮과 如ㅎ야 享期가 最短ㅎ니라

棲守道德者。寂寞一時。依阿權勢者。凄凉萬古。達人觀
物外之物。思身後之身。寧受一時之寂寞。毋取萬古之凄
凉。

【讚】　道德에 棲守ㅎ는 者는 一時에 寂寞ㅎ고 權勢에 依阿ㅎ는 者는 萬古에

凄凉ᄒᆞᄂᆞ니 達人은 物外의 物을 観ᄒᆞ고 身後의 身을 思ᄒᆞᄂᆞ지라 寧히 一時의
寂寞을 受ᄒᆞᆯ지언정 萬古의 凄凉을 取치 말지니라

【講】 一世의 生涯를 道德의 中에 棲息ᄒᆞ야 志操를 固守ᄒᆞᄂᆞ者ᄂᆞᆫ 或 富貴名
利를 度外에 置ᄒᆞ고 簞食瓢飲으로 陋巷에 處ᄒᆞ야 其樂을 不改ᄒᆞ거나 或은 時
勢와 物情의 猜忌를 因ᄒᆞ야 不遇落拓ᄒᆞ야 百年의 身勢를 窮困의 中에 葬ᄒᆞ기
易ᄒᆞ니 一時에 寂寞ᄒᆞ미 何其極甚가 然ᄒᆞ나 如此ᄒᆞᆫ 人은 반ᄃᆞ시 道德의 芳名
을 後世에 傳ᄒᆞ야 萬古의 榮達을 得ᄒᆞᆯ지오 만일 婢膝奴顔으로 諂諛媚悅ᄒᆞ야
權人勢家에 依賴阿附ᄒᆞ야 苟且히 宜祿名利를 圖ᄒᆞ면 비록 一時의 榮達을 得
ᄒᆞ나 後人의 唾罵를 免치 못ᄒᆞ야 萬古에 凄凉ᄒᆞᄂᆞ니 通達ᄒᆞᆫ 人은 有限ᄒᆞᆫ 形質
的 物의 外에 無窮ᄒᆞᆫ 道德的 物이 有ᄒᆞᆯ을 観ᄒᆞ며 百年生活의 肉體的 身의 後에
永劫生活의 精神的 身이 有ᄒᆞᆯ을 思ᄒᆞᄂᆞ지라 故로 密히 道德에 棲守ᄒᆞ야 一時
의 寂寞을 受ᄒᆞᆯ지언정 權勢에 依阿ᄒᆞ야 萬古의 凄凉을 取치 말지니라

春至時和. 花尙鋪一段好色. 鳥且囀幾句好音. 士君子幸
列頭角. 復遇温飽. 不思立好言行好事. 雖是在世百年.

恰似未生一日。

【讀】　春至時和ᄒᆞ면花도오히려一段의好色을鋪ᄒᆞ고鳥도쏘한幾句의好音을囀ᄒᆞᄂᆞ니士君子가幸히頭角을列ᄒᆞ고다시溫飽를遇ᄒᆞ되好言을立ᄒᆞ고好事를行ᄒᆞᆯ을思치아니ᄒᆞ면雖是、世에百年을在ᄒᆞ나恰히一日도生치아니ᄒᆞ과似ᄒᆞ니라

【講】　春節이至ᄒᆞ야時氣가和暢ᄒᆞ면無情의花도開發ᄒᆞ야一段의好色을鋪ᄒᆞ고無知의鳥도鼓動ᄒᆞ야幾句의好音을囀ᄒᆞᄂᆞ니是ᄂᆞᆫ冥頑不靈ᄒᆞ微物도時節을逢ᄒᆞ미自體의機能을盡ᄒᆞ과同時에人의耳目을悅케ᄒᆞ미라萬物의靈長되ᄂᆞᆫ人의中에稍히貴重ᄒᆞ地位를点領ᄒᆞ士君子가幸히頭角을出ᄒᆞ야普通以上에列ᄒᆞ고棄ᄒᆞ야溫衣飽食을遇ᄒᆞ되世에模範이될만ᄒᆞ好言을立치아니ᄒᆞ며人의師表가될만ᄒᆞ好事를行치아니ᄒᆞ면엇지花鳥에愧치아니ᄒᆞ리오如此ᄒᆞ人은비록百年을世에在ᄒᆞ나一日도生치아니ᄒᆞ과如ᄒᆞ니라

眞廉無廉名。立名者正所以爲貪。大巧無巧術。用術者乃所以爲拙。

【讀】 眞廉은廉名이無ㅎ니名을立ㅎ눈者눈正히쎠貪ㅎ눈바ㅣ오大巧눈巧術이無ㅎ니術을用ㅎ눈者눈이에쎠拙되눈바ㅣ니라

【講】 眞正히淸廉한人은淸廉의名譽를立지안ㅣ니廉名을立ㅎ믄正히名譽를貪ㅎ며라眞廉이아니오至極히巧妙한者눈巧의方術이無ㅎ니規矩準繩의方術을用ㅎ눈者눈其方術을依치아ㅣㅎ면其巧룰失ㅎ지라此가拙한所以니故로「꼬圓은規가無ㅎ고至方은矩가無ㅎ다」한古語가有ㅎ니라

心軆光明。暗室中有靑天。念頭暗昧。白日下有作生有或厲鬼。

【讀】 心軆가光明ㅎ면暗室의中에靑天이有ㅎ고念頭가暗昧ㅎ면白日의下에厲鬼가有ㅎ니라

【講】 人心이光明正大ㅎ야一毫의私僞가無ㅎ면黑暗한室中에在ㅎ야도昭昭ㅎ靑天을對ㅎ몸과同ㅎ고念頭가暗昧ㅎ야顚倒疑懼ㅎ면明朗한白日의

下에 在ᄒ야도 陰險ᄒᆫ 窟中에 入ᄒ야 厲鬼를 對ᄒᆷ과 同ᄒ니 佛書에 「心이 天

堂을 作ᄒᆫ고 心이 地獄을 作ᄒᆫ다」 ᄒᆷ이 是를 謂ᄒᆷ이로다

爲惡而畏人知。惡中猶有善路 爲善而急人知。善處卽是

惡根。

【讀】 惡을 爲ᄒ되 人의 知를 畏ᄒᆷᄂ 顯ᄒᆫ中에 오히려 善路가 有ᄒᆷ이오 善을

爲ᄒ되 人의 知를 急히ᄒᆷᄂ 善ᄒᆫ處가 卽是 惡根이니라

【講】 惡ᄒᆫ事를 行ᄒ되 此를 他人이 知ᄒᆯ셔 畏怯ᄒᆫᄂ者ᄂ 惡事의 不可ᄒᆷ를

知ᄒ야 羞恥의 心을 抱ᄒ미니 是ᄂ 悔改ᄒ기 易ᄒᆫ 種性이라 惡ᄒᆫ中에 도 一端

改善의 路가 有ᄒ미오 善事를 爲ᄒ되 他人이 不知ᄒᆯ셔 憂慮ᄒ야 急히 廣布ᄒ

야 他人으로 知得케ᄒ믄 名利를 求ᄒᄂ 私欲에셔 出ᄒ미니 是ᄂ 곳 利欲의 惡

根이니라

天之機緘不測。抑而伸。伸而抑。 皆是播弄英雄。顚倒豪

傑處。君子只是逆來順受。居安思危。天亦無所用其伎倆

矣。

【讀】 天의機緘은測지못흘지라抑호고伸호며伸호고抑호느니皆是、英雄을播弄호고豪傑을顚倒호느處라君子는只是、逆來호되順受호고安에居호되危를思호느니天도其伎倆을用흘所가無호니라

【講】 天의機緘은곳造物主의人物에對흔運命禍福을縱奪호는機關이라其運用이巧妙恍惚호야人의智識으로測量치못흘지라人物의運命을抑揚호미或、初에抑호야窮困케호고後에伸호야榮達케호며或、初에伸호야得意케호고後에抑호야失敗케호야英雄의一生을播弄反覆호고豪傑의百年을顚倒上下호느니泗上亭長劉邦이忽然히一躍호야漢太祖를作호며法國皇帝拿翁이一朝에零替호야孤島의囚를被호니抑伸의不測이果然、是에極호도다然이나君子는逆境으로來호느事를順히忍受호고安處에居호되미리危機를思호야得失進退에其宜를得호야播弄顚倒를受치아니호느니비록機緘이不測호나天도其伎倆을用치못흘지니라英雄과君子의相異흔點을一評호면英雄은野心과私欲이有호야運名의播弄을被호고君子는野心

과私欲이 無하고公明正大하야順逆無碍하고抑揚自在하미니 然하면君子의道德이英雄의權能보다優美하믈推想하지로다

福不可徼。養喜神。以爲招福之本。〔招，作召。或本字下有而已。〕禍不可避。去殺機。以爲遠禍之方。〔或本方字下有而已。〕

【讀】 福은可히徼치못하지니喜神을養하야써福을招하눈本을爲하지오禍눈可히避치못하지니殺機를去하야써禍를遠히하눈方을爲하지니라

【講】 福을招하눈善因을修치아니하고한갓幸福의結果를強求力徵코져하면可히得지못하지니善良慶喜한精神을修養하야福을招하눈基本을立하지오災禍의惡因을作하고災禍의果報를幸免巧避코져하면可히得지못하지니毒害殺傷의心機를去하야禍를遠히하눈方法을사를지니라

天地之氣暖則生。寒則殺。故性氣清冷者、受享亦凉薄。唯氣和心暖〔作和氣暖心〕之人。其福亦厚。其澤亦長。

【讀】 天地의氣가暖하면곳生하고寒하면곳殺하나니故로性氣가清冷하

者는 受享이 쓰한 凉薄ᄒ고 오직 氣和心暖의 人이 其福이 亦厚ᄒ며 其澤이 亦長ᄒ니라

【講】 天地의 氣가 溫暖ᄒ면 萬物이 生育ᄒ고 寒冷ᄒ면 萬物이 衰殺ᄒ니 人의 性氣도 如是ᄒ야니 무淸冷枯潔ᄒ者는 物을 濟施ᄒᄂ 德量이 缺乏ᄒ故로 其反射되ᄂ 受用享福이 쓰한 凉薄ᄒ고 性氣가 和暢ᄒ며 心情이 溫暖ᄒ人은 物을 寬容懷柔ᄒᄂ 慈愛心이 豐富ᄒ故로 其反受ᄒᄂ 享福이 亦厚ᄒ고 其波及ᄒᄂ 惠澤이 亦長ᄒ니라

天理路上甚寬。稍遊心。胷中便覺廣大宏朗。人欲路上甚窄。纔寄跡。眼前俱是荆棘泥塗。

【讀】 天理路上은 甚히 寬ᄒ니 져기 心을 遊ᄒ면 胸中이 문득 廣大宏朗ᄒ믈 覺ᄒ고 人欲路上은 甚히 窄ᄒ니 게오 迹을 寄ᄒ면 眼前이 俱是 荆棘泥塗니라

【講】 天理ᄂ 本然의 道理라 其道理를 行ᄒᄂ 路ᄂ 甚히 寬濶無碍ᄒ야 邪曲窒塞의 蔽가 無ᄒ니 心思를 此處에 游泳ᄒ면 胸中이 廣大宏朗ᄒ야 一點의 障

塵이無ᄒ고天理에相反ᄒ눈人의私欲은其路가甚히狹窄陋劣ᄒ니行跡을
此處에寄ᄒ며前進의路가窮厄困苦ᄒ야荊棘泥塗와如ᄒ니荊棘泥塗와如
ᄒ人欲을過ᄒ고寬濶無碍ᄒ天理를循ᄒ지니라

一苦一樂相磨練。練極而成福者。其福始久。一疑一信相
參勘。勘極而成知者。其知始眞。

【讀】 一苦一樂이서로磨練ᄒ야福을成ᄒ者는其福이始久ᄒ
고一疑一信이서로參勘ᄒ야極ᄒ야知를成ᄒ者는其知가始眞ᄒ니라

【講】 暴富橫福은其勢ㅣ不長이라苦樂의境을累閱極磨ᄒ야禍苦의渣滓
를滌盡ᄒ고幸福의根本을厚植ᄒ後에成就ᄒ福樂은永久히享ᄒ고事物을
對ᄒ야泛然히皮相으로知ᄒ믄眞知가아니라一疑一信이參酌勘考ᄒ야硏
究를極ᄒ야一毫의疑惑이無ᄒ後에成就ᄒ知識은疑誤가無ᄒ眞知니安逸
怠惰에處ᄒ야分外의福樂을望ᄒ며無硏究非存養의妄想을極ᄒ야偶然의
大覺을期ᄒ눈者눈愚筞이아니리오

地之穢者多生物。水之清者常無魚。故君子當存含垢納

汚之量。不可持好潔獨行之操。

【讀】 地의 穢호 者는 만히 物을 生호고 水의 清호 者는 는 魚가 無호느니 故로 君子는 맛당히 垢를 含호고 汚를 納호는 量을 存홀지오 可히 潔을 好호고 獨히 行호는 操를 持치아니홀지니라

【講】 汚穢호 土地에 는 種種의 植物이 多生호고 清淨호 水中에 는 魚族이 集住치안는지라 故로 君子는 맛당히 寬仁弘大호야 垢穢를 含受호고 汚濁을 容納호는 度量을 存호야 民物을 利益케 호는 事功을 成홀지오녀 무 高潔獨行의 節操를 持호야 一己의 偏心만을 快히 호믄 不可호니라

【讀】 人只一念貪私。便銷剛爲柔。塞智爲昏。變恩爲慘。染潔爲汚。壞了一生人品。故古人以不貪爲寶。所以度越一世。

【讀】 人이 다만 一念으로 私를 貪호면 문득 剛을 銷호야 柔를 爲호고 智를 塞

ᄒᆞ야 昏을 爲ᄒᆞ고 恩을 變ᄒᆞ야 慘을 爲ᄒᆞ고 潔을 染ᄒᆞ야 汚를 爲ᄒᆞ야 一生의 人品을 壞了ᄒᆞᆯ지라 故로 古人은 貪치 아니ᄒᆞ므로써 寶를 爲ᄒᆞᆫ이 一世를 度越ᄒᆞᆫ바ー니라

【講】人이 一念으로 貪染의 私欲을 務ᄒᆞ면 其貪心을 因ᄒᆞ야 心氣의 變化를 生ᄒᆞᄂᆞ니 或剛毅ᄒᆞᆫ 氣를 銷ᄒᆞ야 柔弱을 成ᄒᆞ며 或明察의 智를 塞ᄒᆞ야 昏愚를 成ᄒᆞ며 或恩慈의 心을 變ᄒᆞ야 慘酷을 成ᄒᆞ며 或廉潔의 操를 染ᄒᆞ야 汚濁을 成ᄒᆞ야 一生의 品格을 破壞ᄒᆞᆯ지라 故로 古의 哲人은 金銀玉帛으로 寶를 爲치 아니ᄒᆞ고 不貪으로 寶를 爲ᄒᆞ니 此가 一世를 順히 度越ᄒᆞᄂᆞᆫ 所以니라

耳目見聞爲外賊。情欲意識爲內賊。只是主人公。公或
惺惺不昧 獨坐中堂。賊便化爲家人矣。作翁

【讀】耳目見聞은 外賊이 되고 情欲意識은 內賊이 되ᄂᆞ니 只是、主人公이 惺惺히 昧치 아니ᄒᆞ야 홀로 中堂에 坐ᄒᆞ면 賊이 문득 化ᄒᆞ야 家人이 되ᄂᆞ니라

【講】耳눈 聲을 聞ᄒᆞ고 目은 色을 見ᄒᆞ미 耳目의 根과 聲色의 境이 相對ᄒᆞᆯᄉᆡ 識

ᄒᆞ야 本性의 美德을 喪ᄒᆞᄂᆞᆫ 故로 在外의 盜賊과 如ᄒᆞ고 情欲意識은 種種의 妄
想을 起ᄒᆞ야 塵俗에 泥着ᄒᆞ고 好惡로 分軸ᄒᆞ야 紛然擾亂ᄒᆞ야 眞心의 虛明을
傷ᄒᆞᄂᆞᆫ 故로 在內의 寇賊과 如ᄒᆞ지 마 主人翁되ᄂᆞᆫ 本心이 惺惺不昧ᄒᆞ야 一身
의 中堂에 儼然獨坐ᄒᆞ야 外物의 牽制ᄅᆞᆯ 被치아니ᄒᆞ고 主動的의 命令을 發ᄒᆞ
면 內寇外賊이 變化ᄒᆞ야 惟命是從의 家人이 되ᄂᆞ니라

氣象要高曠。而不可疎狂。心思要愼細（愼細或作續密）。而不可瑣
屑。趣味要冲淡。而不可偏枯。操守要嚴明。而不可激烈。

【讀】 氣象은 高曠을 要ᄒᆞ되 可히 疎狂치 못ᄒᆞᆯ지며 心思ᄂᆞᆫ 愼細ᄅᆞᆯ 要ᄒᆞ되 可
히 瑣屑치 못ᄒᆞᆯ지며 趣味ᄂᆞᆫ 冲淡을 要ᄒᆞ되 可히 偏枯치 못ᄒᆞᆯ지며 操守ᄂᆞᆫ 嚴明
을 要ᄒᆞ되 可히 激烈치 못ᄒᆞᆯ지니라

【講】 人의 氣象은 高尚曠達ᄒᆞ야 俗累에 拘縛치아니ᄒᆞᆯ지나 常度ᄅᆞᆯ 過ᄒᆞ야
疎散放狂ᄒᆞ믄 不可ᄒᆞ며 心思ᄂᆞᆫ 謹愼細密ᄒᆞ야 行事에 疎忽의 失이 無ᄒᆞᆯ지나
常度ᄅᆞᆯ 過ᄒᆞ야 瑣小煩屑ᄒᆞ믄 不可ᄒᆞ며 趣味ᄂᆞᆫ 冲虛淡泊ᄒᆞ야 情欲에 泥着치

精選講義菜根譚 （槪論）

一三七

아니ᄒ지 나 常度를 過ᄒ야 偏潔枯孤ᄒ믄 不可ᄒ며 操守는 峻嚴明白ᄒ야 節

義에 瑕疵가 無ᄒ지나 常度를 過ᄒ야 激烈ᄒ믄 不可ᄒ니라

風來踈竹, 風過而竹不留聲。鴈度寒潭。鴈去而潭不留
影。故君子事來而心始現。事去而心隨空。

【讀】風이 踈竹에 來ᄒ되風이 過ᄒ면竹에 聲이 留치아니ᄒ고鴈이 寒潭에
度ᄒ되鴈이 去ᄒ면潭에 影이 留치안ᄂ니 故로君子는 事가 來ᄒ면心이 始現
ᄒ고事가 去ᄒ면心이 隨空ᄒᄂ니라

【講】·風이 吹ᄒ야 踈竹에 來ᄒ면竹에 風聲이 有ᄒ되風이 吹過ᄒ면 聲이 留
在치아니ᄒ고鴈이 飛ᄒ야 寒潭에 度ᄒ미潭에 鴈影이 映ᄒ되鴈이 飛去ᄒ면
影이 留映치안ᄂ니君子의 用心도 如是ᄒ야 事物이 來到ᄒ면心始發現ᄒ야
其事物을 應接處理ᄒ고事物이 過去ᄒ면心隨空虛ᄒ야 執着留戀이 無ᄒ야
應用歸軆에 縱橫自在ᄒ니라

清能有容。仁能善斷。明不傷察。直不過矯。是謂蜜饀不

甜。海味不醎。纔是懿德。

【讀】 淸ᄒᆞ고 能히 容을 有ᄒᆞ며 仁ᄒᆞ고 能히 斷을 善히ᄒᆞ며 明ᄒᆞ고 能히 察에 傷치 아니ᄒᆞ며 直ᄒᆞ고 矯에 過치 아니ᄒᆞ면 是가 蜜醴이 甜치 아니ᄒᆞ며 海味가 醎치 아니ᄒᆞᆷ이라 謂ᄒᆞᆷ이니 纔是 懿德이니라

【講】 淸潔ᄒᆞᆫ者의 弊ᄂᆫ 物을 包容ᄒᆞᄂᆫ 雅量이 少ᄒᆞ기 易ᄒᆞ거ᄂᆞᆯ 淸ᄒᆞ고 能히 容量을 有ᄒᆞ며 仁善ᄒᆞᆫ者의 弊ᄂᆫ 事에 對ᄒᆞ야 決斷ᄒᆞᄂᆫ 勇敢이 乏ᄒᆞ기 易ᄒᆞ거ᄂᆞᆯ 仁ᄒᆞ고 能히 善斷ᄒᆞ며 精明ᄒᆞᆫ者의 弊ᄂᆫ 瑣屑ᄒᆞᆫ 苛察에 陷ᄒᆞ기 易ᄒᆞ거ᄂᆞᆯ 明ᄒᆞ고 察에 傷치 아니ᄒᆞ며 剛直ᄒᆞᆫ者의 弊ᄂᆫ 急矯ᄒᆞ야 用意가 周到치 못ᄒᆞ기 易ᄒᆞ거ᄂᆞᆯ 直ᄒᆞ고 過矯치 아니ᄒᆞ면 是ᄂᆫ 蜜醴이 過甜치 아니ᄒᆞ고 海味가 過醎치 아니ᄒᆞᆷ과 如ᄒᆞ니 纔是、中道의 懿德이니라

貧家淨掃地。貧女淨梳頭。景色雖不艷麗。氣度自是風雅。士君子〔下有一字 或本子字〕當窮愁寥落。奈何輒自廢弛哉。

【讀】 貧家가 淨히 地를 掃ᄒᆞ고 貧女가 淨히 頭를 梳ᄒᆞ면 景色이 비록 艷麗치

못ᄒᆞ나 氣度는 自是、風雅ᄒᆞ지라 士君子가 窮愁寥落에 當ᄒᆞ나 엇지 輒自廢弛ᄒᆞ리오

【講】 貧寒ᄒᆞᆫ 家庭이라도 浮潔히 庭地를 掃灑ᄒᆞ고 貧窮ᄒᆞᆫ 女子라도 端淨히 頭髮을 梳飾ᄒᆞ면 其貧寒ᄒᆞᆫ 景色이 비록 艶潤華麗치는 못ᄒᆞ나 其淨潔ᄒᆞᆫ 氣度는 스스로 風致雅淡ᄒᆞᆯ지라 士君子가 不幸히 一時의 否運에 陷ᄒᆞ야 窮愁寥落의 境에 當ᄒᆞ나 엇지 自廢自弛ᄒᆞ야 修身의 操守와 治事의 常度를 失ᄒᆞ리오 비록 窮愁寥落에 處ᄒᆞᆫ 人이라도 勉勵自新ᄒᆞ면 其動作이 活潑壯快치는 못ᄒᆞ나 其襟懷가 엇지 磊落精固치 아니ᄒᆞ리오 貧家도 오히려 地를 淨掃ᄒᆞ고 貧女도 오히려 頭를 淨梳ᄒᆞ거든 엇지 大事業을 經綸ᄒᆞᆫ 大男兒가 一時의 失敗를 不堪ᄒᆞ야 自廢自弛ᄒᆞ리오

閒中不放過。忙中（作處 中或）有受用。靜中不落空。動中（作處 中或）有受用。暗中不欺隱。明中（作處 中或）有受用

【讀】 開中에 放過치 아니ᄒᆞ면 忙中에 受用이 有ᄒᆞ고 靜中에 落空치 아니ᄒᆞ

면動中에受用이有ᄒ고暗中에欺隱치아니ᄒ면明中에受用이有ᄒ니라

【講】 開眼無事의中에放浪空過치말고미리種種의準備를整頓ᄒ야緯緯
裕餘의定籌이自在ᄒ면應接不暇의紛忙中에在ᄒ야도不煩不擾의受用이
有ᄒ고寂靜ᄒ中에枯木死灰와如히無思無慮ᄒ頑空에落치말고惺惺ᄒ活
機를轉ᄒ면喧動의中에在ᄒ야도從容平淡의受用이有ᄒ고黑暗의中에셔
心事를公平正大히ᄒ야一毫도欺瞞隱匿치아니ᄒ면白日의下와市朝의中
에在ᄒ야도俯仰無愧ᄒ야洋洋自得의受用이有ᄒ리라

念頭起處. 緣覺向欲路上去. 便挽從理路上來. 一起便
覺. 一覺便轉. 此是轉禍爲福. 起死回生的關頭. 切莫輕
易放過.

【讀】 念頭起處에제요欲路의上을向ᄒ야去ᄒ를覺ᄒ면곧득挽ᄒ야理路
의上을從ᄒ야來케ᄒ야一起의便覺ᄒ고一覺이便轉홀지라此是、禍를轉
ᄒ야福을爲ᄒ고死를起ᄒ야生을回ᄒ는的의關頭니切히輕易히放過치말

【講】　一念이 起홀 時에 猛然히 省察ᄒ야 此 一念이 私欲의 方面을 向ᄒ야 去ᄒ믈 覺知ᄒ면 문득 挽回ᄒ야 道理의 路上으로 從來케ᄒ야 私欲의 念이 一起ᄒ면 卽時에 覺知ᄒ고 一次覺悟ᄒ면 卽時에 轉回홀지라 如此ᄒ면 私欲의 禍를 轉ᄒ야 道理의 福을 爲ᄒ고 災禍의 餘殃으로 出ᄒ눈 死亡을 起ᄒ야 慶福의 結果로 得ᄒ눈 生活에 回ᄒ눈 機關이 될지니 一念의 起處를 輕易히 放過치 말지니라

天薄我以福。吾厚吾德以迓之。天勞我以形。吾逸吾心以補之。天阨我以遇。吾亨吾道以通之。天且奈我何哉。

【讀】　天이 我를福으로써 薄케ᄒ거든 吾는 吾의 德을 厚케ᄒ야써 迓ᄒ며 天이 我를 形으로써 勞케ᄒ거든 吾는 吾의 心을 逸케ᄒ야써 補ᄒ며 天이 我를 遇로써 阨케ᄒ 거든 吾는 吾의 道를 亨ᄒ야써 通ᄒ면 天이 또한 我에 奈何ᄒ리오

【講】天이 我의 福分을 薄케 ᄒ거든 吾는 吾의 善德을 厚養ᄒ야 新福을 迓ᄒ며 天이 我의 形體를 勞苦케 ᄒ거든 吾는 吾의 心思를 安逸히 ᄒ야 形體의 勞苦를 補ᄒ며 天이 我의 遭遇를 窮阨케 ᄒ거든 吾는 吾의 道德을 亨達ᄒ야 阨境을 開通ᄒ야 自然的의 運命을 順受ᄒ는 同時에 人爲的의 自助를 伸張ᄒ면 비록 天의 機權이라도 我의 自助에 奈何ᄒ리오

聲妓晚景從良。 一世之烟（烟或作胭）花無碍。貞婦白頭失守。 半生之清苦俱非。語云看人。只看後半截。眞名言也。

【讀】聲妓도 晚景에 良을 從ᄒ면 一世의 烟花가 碍가 無ᄒ고 貞婦도 白頭에 守를 失ᄒ면 半生의 淸苦가 俱非라 語에 云ᄒ되 人을 看ᄒ미 다 吷後의 半截을 看혼다ᄒ니 참 名言이로다

【講】聲歌舞曲으로 蕩情을 賣ᄒ든 倡妓라도 晚年에 良人을 從ᄒ야 良婦의 操行을 守ᄒ면 一世의 烟月花柳的의 婬奔生涯도 이의 閨門貞操로 變ᄒ야 拘碍가 無ᄒ고 妙年에 貞德烈行을 保ᄒ든 婦人이라도 白頭의 老景에 貞守를 失

ᄒᆞ면前半生의淸操苦節이居然히水泡에歸ᄒᆞᄂᆞ니人은한갓初年의經歷을顧戀치말고末路의自新을圖ᄒᆞᆯ지라古語에云ᄒᆞ되人을看ᄒᆞ미다만後의半截을看ᄒᆞ다ᄒᆞ니眞實로名言이로다

平民肯種德施惠。惠或作恩　便是無位的卿作公相。士夫徒貪權市寵。竟成有爵的乞人。

【讀】　平民이질겨德을種ᄒᆞ고惠를施ᄒᆞ면便是、位가無ᄒᆞᆫ的의卿相이오士夫가한갓　權을貪ᄒᆞ고寵을市ᄒᆞ면마침내爵을有ᄒᆞᆫ的의乞人을成ᄒᆞᄂᆞ니라

【講】　平民은爵位가無ᄒᆞᆫ人이오恩德을種ᄒᆞ고惠澤을施ᄒᆞᆫ문公卿宰相의責任이라爵位가無ᄒᆞᆫ平民의資格으로能히卿相의事業을行ᄒᆞ야德을種ᄒᆞ고惠를施ᄒᆞ면是ᄂᆞᆫ無位的의卿相이오是와反ᄒᆞ야爵祿이有ᄒᆞᆫ士夫가種德施惠를行치아니ᄒᆞ고한갓權利를貪爭ᄒᆞ며榮寵을市ᄒᆞ야私欲을充ᄒᆞ매營營汲汲ᄒᆞ면마침내有爵的의乞人을成ᄒᆞᄂᆞ니라

君子而詐善。無異小人之肆惡。君子而改節。不若（君或 作及 小）
人之自新。

【讀】 君子가善을詐호믄小人의惡을肆홈과異가無호고君子가節을改호
믄小人의自新만갓지못호니라

【講】 相當혼學識이有호고德行이有호다稱호는君子가內情으로名利를
圖호기爲호야皮面으로僞善을詐호믄自心으로他人을瞞過호는心理上
의罪過ー니不學無識호고頑悖에近호小人의惡事를蕩然히肆行호는行爲
上의罪過와差異가無호고操行을保守호는君子가忽然히其節을改호야染
汚에墮落호면沒廉恥不道德호小人의悔改自新홈만不如호니라

家人有過。不宜暴揚。（揚怒 作） 不宜輕棄。此事難言。借他事。
而或（本無） 隱諷之。今日不悟。俟來日。正（正或 作再警之） 如春
而字
風之解凍。和氣之消氷。纔是家庭的型範。

【讀】 家人이過가有호미맛당히暴揚치말며맛당히輕棄치말지라此事가

言ᄒ기 難ᄒ거든 他事를 借ᄒ야 隱諷ᄒ며 今日에 悟치 못ᄒ거든 來日을 俟ᄒ
야 正警ᄒ야 春風의 凍을 解ᄒ과 和氣의 氷을 消ᄒ과 如히ᄒ면 纔是、家庭的
의 型範이니라

【講】 一家에 同居ᄒᄂᆫ 人이 過失이 有ᄒ미 其罪過를 卒暴히 宣揚ᄒ면 反히
其人의 惡懺을 動ᄒ야 恩義를 傷ᄒ기 易ᄒ며 棄置 不問ᄒ면 矯正ᄒᆯ 道가 無ᄒ
니 暴揚과 輕棄가 俱非ᄒ지라 其過失의 事가 直言正告ᄒ기 難ᄒ 嫌이 有ᄒ면
他의 類似ᄒ 事를 借引譬喩ᄒ야 不覺中에 諷警ᄒ며 今日에 解悟치 못ᄒ거든
다시 來日을 俟ᄒ야 正警ᄒ야 漸漸 其過失을 消ᄒ되 春風의 凍을 解ᄒ고 和氣
의 氷을 消ᄒ과 如히ᄒ야 自然히 融化케ᄒ면 是가 家庭을 治ᄒᄂᆫ 模範이 될지
니라

此心常看得圓滿。天下自無缺陷之世界。此心常放得寬
平。天下自無險側之人情。

【讀】 此心이늘 看ᄒ야 圓滿을 得ᄒ면 天下에 스스로 缺陷의 世界가 無ᄒ고

此心이늘 放ᄒ야 寬平을 得ᄒ면 天下에 스ᄉ로 險側의 人情이 無ᄒ리라

【講】 塞帶의 氷海와 熱帶의 地方은 尋常ᄒ人이 見ᄒ면 其厭惡를 不堪ᄒ지나 探險家의 眼에 入ᄒ면 其價値를 生ᄒ고 奇險ᄒ峯巒과 透迤ᄒ溪澗은 旅行人이 見ᄒ면 其苦悶을 感ᄒ지나 地理學者의 眼에 入ᄒ면 其與味를 呈ᄒ지나 若好若惡는 人의 趣味를 隨ᄒ야 自心의 分別로 假定ᄒ미라 心이 恒常圓滿을 得ᄒ면 世界도 坐한 心의 圓滿을 隨ᄒ야 缺陷ᄒ處가 無ᄒ지오 心이 開放ᄒ야 寬大平穩을 得ᄒ야 善惡을 勿論ᄒ고 다 包容融和ᄒ면 天下에 險側ᄒ人情이 絶無ᄒ리니 佛書의 「三界惟心」 이라ᄒ미 是를 謂ᄒ미라

淡泊之士。必爲濃艶者所疑。檢飾之人。多爲放肆者所忌。君子處此。固不可小變其操履。亦不可太露其鋒鋩。

【讀】 淡泊의 士는 반ᄃ시 濃艶ᄒ者의 疑ᄒ눈바ㅣ되고 檢飭의 人은만히 放肆ᄒ者의 忌ᄒ눈바ㅣ되ᄂ니 君子가 此에 處ᄒ미 可히 少도 其操履를 變치 말며 亦可히 너무 其鋒鋩을 露치 말지니라

精選講義 菜根譚 (槪論)

一四七

【譯】　淡泊高潔한士는濃厚柔艷한者의相敵的嫌疑를被하고節檢謹飭의
人은放縱橫肆한者의反對的猜忌를受하ᄂᆞ니淡泊檢飭의君子가만일如此
히疑忌를被하ᄂᆞᆫ境遇에處하ᄆᆡ人의疑忌를因하야其操履를變함도진실로
不可하며坯한其行爲의鋒鋩을太露하야疑忌者의感情을衝突하야禍害를
招함도不可하니라

居逆境中。周身皆鍼砭藥石。砥節礪行而不覺。處順境
內。滿前盡兵刄弋矛銷膏糜骨而不知。

【讀】：逆境中에居하ᄆᆡ身을周하ᄆᆡ다鍼砭藥石이라節을砥하고行을礪하
되覺지못하고順境內에處하ᄆᆡ前에滿하ᄆᆡ다兵刃戈矛라膏를消하고骨을
糜하되知치못하ᄂᆞ니라

【講】　自心을違하ᄂᆞᆫ逆境의中에居하ᄆᆡ自身의周圍에接觸하ᄂᆞᆫ事物이一
一히病을治療하ᄂᆞᆫ鍼（金針）砭（石針）藥（藥物）石（石灸）과如하야節
을砥하고行을礪하ᄂᆞ니何故오心을拂하ᄂᆞᆫ逆境中의事는다我의堅忍力을

增長케ㅎ야不覺中에自然히節義品行을砥礪케ㅎ고是에反ㅎ야事事이心
을快히ㅎ는順境의內에處ㅎ미眼前에充滿ㅎ事物이다人을傷ㅎ는兵刃戈
矛와如ㅎ야膏를消ㅎ고骨을糜ㅎ나니何故오心을愉快히ㅎ는順境內의事
는다我의驕逸惰怠를馴致ㅎ야不知中에高潔ㅎ精髓와灑落ㅎ骨格을消糜
ㅎ나니東西古今에偉節大義는强牛이나千辛萬苦의逆境中에起ㅎ고庸君
暗主는매양前詔後媚의順境中에出ㅎ지라然ㅎ면人이快心의順境만을藥
ㅎ고拂心의逆境을厭ㅎ믄愚算이아니리오

生長富貴叢中的。嗜欲如猛火。權勢似烈燄。若不帶些清
冷氣味。其炎〔炎或作火〕燄。不至焚人。必將自焚。〔焚或作爍矣〕

【讀】 富貴叢中에生長ㅎ的은嗜欲이猛火와如ㅎ고權勢가烈燄과如ㅎ니
만일此의清冷ㅎ氣味를帶치아니ㅎ면其炎燄이人을焚ㅎ메至치아니ㅎ면
必將、自焚ㅎ나니라

【講】 富貴의世家에生長ㅎ人은其嗜欲이厭足이無ㅎ야猛火의熾然과如

ᄒᆞ며 其權勢가 裁制를 不受ᄒᆞ고 分外에 橫肆ᄒᆞ야 烈火의 狂炎과 如ᄒᆞ니만일 些少ᄒᆞᆫ 淸冷의 氣味를 帶치아니ᄒᆞ면 其欲火勢燄이 或他人을 焚殺ᄒᆞ거나不然ᄒᆞ면반ᄃ시自身을焚亡ᄒᆞ메至ᄒᆞᄂ니라

人心一眞。便霜可飛。城可隕。金石可貫。若僞妄之人。形骸徒具。眞宰已亡。對人。則面目可憎。獨居。則形影自愧。

【讀】 人心이 一眞ᄒᆞ면뮨득霜을可히飛ᄒᆞ며城을可히隕ᄒᆞ며金石을可히貫ᄒᆞ지라만일僞妄의人이形骸가徒具ᄒᆞ나眞宰가已亡ᄒᆞ면人을對ᄒᆞ미곳面目이可憎ᄒᆞ고獨居ᄒᆞ미곳形影이自愧ᄒᆞᄂ라

【講】 人의心誠이純一眞實ᄒᆞ면能히造物의權能을感變ᄒᆞ야可히五月의炎熱에寒霜을飛케ᄒᆞ며可히牢固ᄒᆞ城郭을破隕ᄒᆞ며可히堅剛ᄒᆞ金石을透貫ᄒᆞ지라精誠이一到ᄒᆞ면何를敗치못ᄒᆞ며何를成치못ᄒᆞ야成치못ᄒᆞ리오만일詐僞虛妄ᄒᆞ人이한갓肢體臟腑를具ᄒᆞ나眞心의主宰가已亡ᄒᆞ면是눈魂不散의死人이라他人과相對ᄒᆞ면其面目이可憎ᄒᆞ고獨居ᄒᆞ면形影이

自愧ᄒᆞ니莊子에云ᄒᆞ되「哀는心死에莫大ᄒᆞ고身死는次라」ᄒᆞ니古今

兩人의心思가上下千載에遙遙相照ᄒᆞ얏도다

文章做到極處。無有他奇。只是恰好。人品做倒極處。無

有他異。只是本然。

【讀】文章은做ᄒᆞ야極處에到ᄒᆞ면他의奇가有ᄒᆞ미無ᄒᆞ고只是恰好ᄒᆞ며

人品은做ᄒᆞ야極處에到ᄒᆞ면他의異가有ᄒᆞ미無ᄒᆞ고只是本然이니라

【講】文章의著作이練熟ᄒᆞ야至善의極度에到達ᄒᆞ면別로奇巧ᄒᆞ特色이

有ᄒᆞ미아니라當文에對ᄒᆞ야理想이適當ᄒᆞ고字句가調順ᄒᆞ야圓滿恰好ᄒᆞ

而已오人의品格을修養ᄒᆞ야極度에達ᄒᆞ면他의特異ᄒᆞ事가有ᄒᆞ미아니라

本然ᄒᆞ道理에還源ᄒᆞᆯ而已니라

以幻跡言。無論功名富貴。卽肢體亦屬委形。以眞境言。

無論父母兄弟。卽萬物皆吾一體。人能看得破。認得眞。

繞可任天下之負擔。亦可脫世間之韁鎖。

【讀】 幻跡으로써言ᄒᆞ면功名富貴ᄂ 論치말고 ᄯ肢體도 ᄯᅡᆫ委形에屬ᄒ
며眞境으로써言ᄒᆞ면父母兄弟ᄂᆫ論치말고 ᄯ萬物도다吾의一體라人이能
히看得破ᄒᆞ고認得眞ᄒᆞ면纔可히天下의負擔을任ᄒᆞ며亦可히世間의羈鎖
ᄅᆯ脫ᄒᆞᆯ지니라

【講】 夢幻과如ᄒᆫ假跡으로言ᄒᆞ면浮雲과如히起滅이無常ᄒ功名富貴ᄂ
易知의幻跡이니贅論ᄒᆞᆯ바ㅣ無ᄒ거니와我의肢節體肉도 ᄯᅡᆫ委托의假形
이니肢體도乍起旋滅ᄒᆞ야生前에ᄂ老少의差異를生ᄒ고死後에ᄂ消磨無
餘ᄒ야塵土로化ᄒᄂ故며眞境의本體로言ᄒᆞ면同氣同血의父母兄弟ᄂ天
倫의一體라假論ᄒᆞᆯ바ㅣ無ᄒ거니와有情無情의森羅萬像이다同一ᄒ眞體
라佛經에云ᄒᆞ되「衆生國土가同一佛性이라」ᄒᆞ며張橫渠ㅣ云ᄒᆞ되「民
吾同胞오物吾與也라」ᄒᆞ니다相通의辭라天地萬物을假相으로見ᄒᆞ면千
差萬別의幻跡이나眞理로見ᄒᆞ면同一平等의體性이有ᄒᆞ니人이以上의道
理를看破眞知ᄒᆞ야偉大ᄒ魄力으로生死의念을抛棄ᄒᆞ면可히天下의大事
를負擔ᄒᆞ며平等의達觀으로親踈憎愛의妄情을遣破ᄒᆞ면可히世間의羈鎖

를解脫ᄒ리라

天地有萬古。此身不再得。人生只百年。此日最易過。幸
生其間者。不可不知有生之樂。亦不可不懷虛生之憂。

【讀】 天地에ᄂᆫ萬古가有ᄒᄒ거ᄂᆯ此身은再得지못ᄒ며人生은다만百年이
어ᄂᆯ此日은가쟝過ᄒ기易ᄒ지라幸히其間에生ᄒ者ㅣ可히生을有ᄒ樂을
知치아니치못ᄒ지오亦可히虛生의憂를懷치아니치못ᄒ지니라

【講】 天地에ᄂᆫ永遠ᄒ萬古의時間이有ᄒ거ᄂᆯ此의人身은一死ᄒ後에再
得지못ᄒ며人의宇宙間에生活ᄒᄂᆫ期限은大槪百年의短期에不過ᄒ거ᄂᆯ
流水와如ᄒ此日의光陰은奔馬와如히易過ᄒᄂᆫ지라其再得ᄒ기難ᄒ百年
의間에生活ᄒᄂᆫ者ᄂᆫ其幸生의樂을知ᄒ지오또釋奪과如히生死大事를打
破ᄒ야永劫의生活을圖ᄒ거나美事大業을成ᄒ야芳蹟을永遠에遺치못ᄒ
고醉生夢死의無情ᄒ機械的生活을造物의縱奪에一任ᄒ띠有生의時가已
死의日과同ᄒ지라故로一生虛度의愛를懷치아니치못ᄒ지니라

精選講義菜根譚　（槪論）

老來疾病。都是少（少或作壯）壯時招得（得或作的）。衰時罪業。都是盛時作得。故持盈履滿。君子尤兢兢焉。

【讀】老來의疾病은都是、少時에招得ᄒᆞ며오衰時의罪業은都是、盛時에作得ᄒᆞᆫ故로盈을持ᄒᆞ고滿을履ᄒᆞᄆᆡ君子가더욱兢兢ᄒᆞᆯ지니라

【講】老來에疾病에罹ᄒᆞᆷ은少時에種種의衛生을妨害ᄒᆞᆫ結果로自招ᄒᆞᄆᆡ오勢運이衰退ᄒᆞᆫ時에罪業을受ᄒᆞᆷ은勢運이正盛ᄒᆞᆯ時에威福을恣用ᄒᆞ야禍殃의原因을作ᄒᆞᆫ故라故로氣血이充盈ᄒᆞᆯ少壯의時를持保ᄒᆞ고勢運이盛滿ᄒᆞᆫ威福의時를履過ᄒᆞᄆᆡ君子ᄂᆞᆫ兢兢謹愼ᄒᆞ야老年의疾病과衰時의罪業을免ᄒᆞᆯ지니라

公平正論。不可犯手。一犯手（手字或本無）。則貽羞萬世。權門私寶。不可着脚。一着脚（脚字或本無）。則玷污終身。

【讀】公平正論에ᄂᆞᆫ可히手를犯치못ᄒᆞᆯ지라한번手를犯ᄒᆞ면羞를萬世에貽ᄒᆞ고權門私寶에ᄂᆞᆫ可히脚을着지못ᄒᆞᆯ지라한번脚을着ᄒᆞ면終身을

汚ᄒᄂ니라

【講】　公平無私ᄒ야正論에ᄂᆞᆫ偏私ᄒᆞ야詐見으로手를犯ᄒ야違逆지못ᄒ지라
一次犯手ᄒ면羞恥를萬世에貽傳ᄒᆞ고權勢의門과私利의竇에ᄂᆞᆫ可히脚을
着ᄒ야踏入치못ᄒᆞᆯ지라一次着脚ᄒ면終身을玷汚ᄒ야可히磨滅치못ᄒᄂᆞ
니正論을無視ᄒᆞ고權門에諂諛ᄒ야私利를圖ᄒᄂᆞᆫ可憐ᄒᆞᆫ賤丈夫ᄂᆞᆫ萬世의
羞恥와終身의玷汚가可懼치아니ᄒ리오

曲意而使人喜。不若直節節或作躬而使人忌。無善而致人譽。
不如無惡而致人毀。

【讚】　意를曲ᄒ야人으로ᄒ야곰喜케ᄒᆞᆷ은節을直ᄒ야人으로ᄒ야곰忌케
ᄒᆞᆷ만갓지못ᄒᆞ며善이無ᄒᆞ고人의譽를致ᄒᆞᆷ은惡이無ᄒᆞ고人의毀를致ᄒᆞᆷ만
갓지못ᄒᄂᆞ라

【講】　他人을喜悅케ᄒᆞᆷ은凶事가아니나自己의意志를詐曲히ᄒ야人을喜
ᄒᆞᆷ은不可ᄒ고他人으로我를忌憚케ᄒᆞᆷ은吉事가아니나自己의所行을正

精選講義菜根譚　（概論）

一五五

直히 호매 對 호야 人이 無故히 我를 忌 호 면 是 는 過失이 忌憚 호 는 彼人에 在 호

니 故로 我의 意志를 曲 호 야 他人을 歡喜케 호 믄 寧히 我의 操節을 直 호 야 他人

의 忌避를 受 호 만 不如 호 고 쓰 人의 稱譽를 受 호 믄 惡事가 아니나 實踐의 善事

가 無 호 고 人의 虛譽를 受 호 믄 不當 호 며 人의 毁謗을 受 호 믄 美事가 아니나 實

行의 惡事가 無 호 고 人의 誤毁를 受 호 믄 其曲이 毁謗 호 는 其人에 在 호 니 故로

善德이 無 호 고 他人의 虛譽를 致 호 믄 寧히 過惡이 無 호 고 他人의 誤毁를 受 호

만 不如 호 니라

處父兄骨肉之變。宜從容。不宜激烈。遇朋友交遊之失。

宜剴切。不宜優遊。

【讀】　父兄骨肉의 變에 處 호 미 맛당히 從容히 홀지 오 맛당히 激烈히 못 홀지

며 朋友交遊의 失을 遇 호 미 맛당히 剴切히 홀지 오 맛당히 優遊치 못 홀지니라

【講】　父兄骨肉은 天倫의 至親이라 非常 혼 事變이 有 호 미 其自心에 感觸되

미 親切急迫 호 지라 然 호 나 다시 三思를 加 호 야 從容히 處理 홀지라 卒暴激烈

히ᄒᆞ면 不期의 過失과 誤決의 後悔를 生ᄒᆞᆯ지며 朋友交遊ᄂᆞᆫ 損을 捨ᄒᆞ고 益을 取ᄒᆞ미라 一定不易의 骨肉과 異ᄒᆞ니 朋友의 過失을 遇ᄒᆞ미 其過失이 輕小ᄒᆞ면 卽時에 忠告ᄒᆞ야 悔改를 勸ᄒᆞ고 過失이 重大ᄒᆞ야 不道德의 大惡이 有ᄒᆞ면 卽時에 交誼를 絶ᄒᆞ도 可ᄒᆞ니 其過失에 對ᄒᆞ處置ᄂᆞᆫ 剴切히ᄒᆞ고 優遊遷延치 말지라 優遊不斷ᄒᆞ면 其惡過에 連累되기易ᄒᆞ니라

小處不滲漏。暗中不欺隱。末路不怠荒。纔是 或本是字 下有個字 眞
正英雄．

【讀】 小處에 滲漏치아니ᄒᆞ고 暗中에 欺隱치아니ᄒᆞ고 末路에 怠荒치아니ᄒᆞ면 纔是眞正ᄒᆞᆫ英雄이니라

【講】 英雄은 種類가 甚多ᄒᆞ야 互相長短이有ᄒᆞ나 其心思의磊落과處事의 權變과 快樂의情欲은 大槩同然ᄒᆞ지라 磊落의弊ᄂᆞᆫ 些小ᄒᆞᆫ事에 踈忽滲漏ᄒᆞ기易ᄒᆞ고 權變의弊ᄂᆞᆫ 暗密ᄒᆞ中에 欺隱瞞過ᄒᆞ기易ᄒᆞ고 情欲의弊ᄂᆞᆫ 功成事遂ᄒᆞ後에 安逸怠荒ᄒᆞ기易ᄒᆞ지라 小事에 도薄氷을 履ᄒᆞᆷ과 如히 謹愼ᄒᆞ야 滲

漏치말고暗中에도大賓을見ᄒᆞᆷ과如히敬懼ᄒᆞ야欺隱치말고末路에도初心과如히勤勉ᄒᆞ야怠荒치말면是가缺點이無ᄒᆞᆫ眞正의英雄이니라

驚奇喜異者。終（終字或本無）無遠大之識。苦節獨行者。要（要字或本無）有恒久之操。

【讀】奇ᄅᆞᆯ驚ᄒᆞ고異ᄅᆞᆯ喜ᄒᆞᄂᆞᆫ者ᄂᆞᆫ마ᄎᆞᆷ내遠大와識이無ᄒᆞ고苦節獨行의者ᄂᆞᆫ恒久의操ᄅᆞᆯ有ᄒᆞᆷ을要ᄒᆞᆯ지니라

【講】奇恠異常ᄒᆞᆫ事ᄂᆞᆫ浮輕劣昧ᄒᆞᆫ人의一時的耳目을驚動케ᄒᆞᆯ而已라故로奇異ᄒᆞᆫ事ᄅᆞᆯ驚喜ᄒᆞᄂᆞᆫ者ᄂᆞᆫ其志氣가薄弱ᄒᆞ야다만眼前의事境을逐ᄒᆞ야變動ᄒᆞ고確立不拔ᄒᆞᄂᆞᆫ遠大ᄒᆞᆫ知識이無ᄒᆞ며清苦ᄒᆞᆫ節義와孤獨ᄒᆞᆫ操行은其實行이刻苦ᄒᆞ고景色이慘凜ᄒᆞ야永久히保有ᄒᆞ기難ᄒᆞ니故로苦節獨行을持ᄒᆞᄂᆞᆫ者ᄂᆞᆫ時로溫和沉靜에反照ᄒᆞ야其操ᄅᆞᆯ恒久持保ᄒᆞᆯ지니라

當怒火慾水正騰沸時。明明知得。又明明犯著。知得是誰。犯著又是誰。此處能猛然轉念。邪魔便爲眞君矣。

【讀】 怒火慾水가 正히 騰沸홀 時에 當ᄒᆞ야 明明히 知得ᄒᆞ고 또 明明히 犯著ᄒᆞ나니 知得은 是誰며 犯著은 又是誰오 此處에 能히 猛然히 念을 轉ᄒᆞ면 邪魔가 문득 眞君이 되나니라

【講】 火慾과 如히 熾盛ᄒᆞ는 怒氣와 水勢와 如히 滔滔ᄒᆞ 情慾이 相煎ᄒᆞ야 騰沸홀 時에 此가 怒氣情慾이믈 明明히 知得ᄒᆞ고 또 怒氣와 情慾에 分明히 犯著ᄒᆞ나니 知得ᄒᆞ는 者는 何物이며 犯著ᄒᆞ는 者는 何物인고 怒火慾水와 知得犯著이다 別物이아니라다만 一念의 妄動이니 能히 猛然省悟ᄒᆞ야 妄動의 一念을 轉ᄒᆞ면 怒慾의 邪魔가 變ᄒᆞ야 泰然ᄒᆞ 眞君이될지니 「一念反照ᄒᆞ면 煩惱가 即菩提라」 ᄒᆞᆫ 古語가 是니라

【讀】 偏信而爲奸所欺。毋自任而爲氣所使。毋以己之長而形人之短。毋以己之拙而忌人之能。

【讀】 偏信ᄒᆞ야 奸의 欺ᄒᆞ는 바ㅣ 되지 말며 自任ᄒᆞ야 氣의 使ᄒᆞ는 바ㅣ 되지 말며 己의 長으로써 人의 短을 形치 말며 己의 拙로써 人의 能을 忌치 말지니라

【講】　他人을偏信ᄒᆞᄂᆞᆫ者ᄂᆞᆫ奸巧ᄒᆞᆫ者의所欺가되기易ᄒᆞ고事를自任ᄒᆞᄂᆞᆫ者ᄂᆞᆫ客氣의所使가되기易ᄒᆞ며自己의長處를宣揚ᄒᆞ기爲ᄒᆞ야他人의短處를露形ᄒᆞ기易ᄒᆞ고自己의鈍拙을覆護ᄒᆞ기爲ᄒᆞ야他人의才能을猜忌ᄒᆞ기易ᄒᆞ니人은맛당히此等의過失을遠離ᄒᆞ지니라

人之短處를要曲爲彌縫。如暴而揚之。是以短攻短。人有頑的。要善爲化誨。如忿而嫉之。是以頑濟頑。

【讀】　人의短處ᄂᆞᆫ曲히彌縫ᄒᆞ를要ᄒᆞᆯ지니만일暴ᄒᆞ야揚ᄒᆞ면是ᄂᆞᆫ短으로ᄡᅥ短을攻ᄒᆞ미오人의頑이有ᄒᆞᆫ的은善히化誨ᄒᆞ를要ᄒᆞᆯ지니만일忿ᄒᆞ야嫉ᄒᆞ면是ᄂᆞᆫ頑으로ᄡᅥ頑을濟ᄒᆞ미니라

【講】　他人의短處ᄂᆞᆫ固己短處이나人의短處를暴揚ᄒᆞ믄쏘한我의短處오他人의頑悖ᄂᆞᆫ固己頑悖나人의頑悖를忿嫉ᄒᆞ믄쏘한我의頑悖라故로人의短處를彌縫掩護ᄒᆞ면是ᄂᆞᆫ寬容의德이나만일暴露宣揚ᄒᆞ면是ᄂᆞᆫ我의短으로써人의短을攻ᄒᆞ미오頑悖ᄒᆞᆫ者를教化誨諭ᄒᆞ면是ᄂᆞᆫ我의謙忍이나만일

忿怒憎嫉ᄒᆞ면是ᄂᆞᆫ我의頑으로人의頑을濟ᄒᆞ며니엇지事를濟ᄒᆞ리오

遇沉沉不語之士。且莫輸心。見悻悻自好之人。應須防
口。

【讀】 沉沉ᄒᆞ야語치안ᄂᆞᆫ士를遇ᄒᆞ미쯰한心을輸치말고悻悻自好의人을
見ᄒᆞ미應須히口를防ᄒᆞᆯ지니라

【講】 沉沉默守ᄒᆞ야心事를吐語치안ᄂᆞᆫ者를遇ᄒᆞ미其人의胸中에如何ᄒᆞᆫ
心術을包藏ᄒᆞ얏ᄂᆞᆫ지知치못ᄒᆞᆯ지라我의心思를輕率히輸出ᄒᆞ면或不測의
禍害를生ᄒᆞ써恐ᄒᆞ니心을輸치말지오悻悻히自矜自好ᄒᆞ야人의是非를快
論ᄒᆞᄂᆞᆫ人을對ᄒᆞ야眞情을露出ᄒᆞ면其醜語ᄒᆞᆫ事를他人에게傳泄ᄒᆞ야如何
ᄒᆞᆫ不利益을生ᄒᆞᄂᆞᆫ지知치못ᄒᆞᆯ지니故로口를防ᄒᆞ야肝膽을傾論치말지라
人情의險側이如是ᄒᆞ故로許心의難이如是ᄒᆞ도다

念頭昏散處。要知提醒。念頭喫緊時。要知放下。不然。恐
去昏昏之病。又來憧憧之擾矣。

【讀】 念頭가 昏散ᄒᆞᆫ 處에ᄂᆞᆫ 提醒ᄋᆞᆯ 知ᄒᆞᆯᄆᆞᆯ 要ᄒᆞᆯ지오 念頭가 喫緊ᄒᆞᆫ 時에ᄂᆞᆫ 放下ᄅᆞᆯ 知ᄒᆞᆯᄆᆞᆯ 要ᄒᆞᆯ지니 然치아니ᄒᆞ면 昏昏의 病을 去ᄒᆞ나 ᄯᅩ 憧憧의 擾ᄅᆞᆯ 求ᄒᆞ쎄 恐ᄒᆞ니라

【講】 思念이 昏暗沉散ᄒᆞᆫ 處에ᄂᆞᆫ 猛省活着ᄒᆞ야 提起惺惺ᄒᆞ고 思念이 刻苦 緊縮ᄒᆞᆫ 時에ᄂᆞᆫ 開放順下ᄒᆞ야 活潑愉快히ᄒᆞᆯ지라 不然ᄒᆞ야다만 提醒을 偏行ᄒᆞ면 昏昏의 病은 去ᄒᆞ나 放下치아니ᄒᆞ면 憧憧勞鬱의 擾ᄅᆞᆯ 招ᄒᆞᄂᆞ니라

霽日靑天。 倏變爲迅雷震電。 疾風怒雨。 倏轉爲朗月晴空。 氣機何嘗（作常或） 一毫凝滯。 太虛何嘗（作常或） 一毫障蔽。 人之心體。亦當如是。

【讀】 霽日靑天도 倏變ᄒᆞ야 迅雷震電이되고 疾風怒雨도 倏轉ᄒᆞ야 朗月晴空이 되ᄂᆞ니 氣機ᄂᆞᆫ 何嘗、 一毫나 凝滯ᄒᆞ며 太虛ᄂᆞᆫ 何嘗、 一毫나 障蔽ᄒᆞ리오 人의 心體도 亦當히 是와 如ᄒᆞᆯ지니라

【講】 一點의 曇이 無ᄒᆞᆫ 霽日靑天도 倏變ᄒᆞ야 迅速ᄒᆞᆫ 轟雷와 震激ᄒᆞᆫ 閃電을

生하고疾吹의暴風과怒降의驟雨도倏然히轉하야明朗한月色과淸淨한天
空을呈하야動靜雨晴의變幻萬狀이一定한常度가無하니天地의氣機는엇
지一毫의凝滯가有하며曠漠한太虛는엇지一毫의障蔽가有하리오其氣變
을一任하야人의心體도如是하야一毫의凝滯가無하되다만情欲의變
動이有할而已니만일起滅千萬의妄想을除하면一塵不動의心體가現하리
라

横逆困窮。是煆煉豪傑的一副爐錘。能受其煆煉者。（或本無者字）
則身心交益。不受其煆煉者。（或本無者字）
則身心交損。

【讀】横逆困窮은是豪傑을煆煉하는的의一副爐錘라能히其煆煉을受하
는者는곳身心이交益하고其煆煉을受치안는者는곳身心이交損하나니라

【講】爐錘는金玉을煆煉琢磨하는機械오横逆困窮은豪傑의大人物을煆
煉造成하는譬喩的의爐錘라金玉은爐錘의煆煉을受한後에精美한器寶를
成하고豪傑은横逆困窮의煆煉을受하야九死一生의間에出入하고一躍十

寒의 中에 上下호 後에 偉大호 功業을 成호 느니 故로 能히 其 叚煉을 受호 는 者는 身軆、心思가 共히 禪益을 得호고 其叚煉을 不受호고 한갓 安逸惰忌에 陷호면 身軆、心思가 共히 損害를 被호 느니 世에 生호아 困難을 虎狼과 如히 畏호고 安逸을 甘飴와 如히 貪호 는 區區호 兒 女子的의 小丈夫는 反思호지니라。

害人之心不可有。防人之心不可無。此戒疎於慮者。者或

寧受人之欺。毋逆人之詐。此警傷於察者。作也 二語幷

存。精明。 或下有而字 渾厚矣。

【讀】 人을害호 는心은可히有치못호지나人을防호 는心은可히無치못호지니此는慮에疎호 는者오寧히人의欺를受호지언졍人의詐를逆지말지니此는察에傷호 는者라二語가幷存호 면精明渾厚호리라

【講】 自己가他人을害호 는心을有호 믄不可호나他人이自己를害코져호면此를防禦호 는心은無치못호지니此는預備호 는思慮에疎漏호믈勸戒호

미오自己가寧히他人의欺瞞을受홀지언졍他人의詐心을預察ᄒ야逆防치
말지니此는過度히苛察ᄒ야自己의厚德을傷ᄒ를警醒ᄒ미라以上의二語
가並存ᄒ야一邊의偏廢가無ᄒ면思慮가精明ᄒ고德意가渾厚ᄒ리라

毋因羣疑而阻獨見。毋任己意而廢人言。 毋私小惠而傷
大體。毋借公論而快私情。

【講】 羣疑를因ᄒ야獨見을阻치말며己意를任ᄒ야人言을廢치말며小惠
를私ᄒ야大體를傷치말며公論을借ᄒ야私情을快치말지니라

【譯】 偉人哲士의特異ᄒ創見은往往히衆多ᄒ普通人의疑訝를受ᄒ노니
然ᄒ나群衆의謬疑를因ᄒ야獨見을阻絕치말지니自信ᄒ는確見이
有ᄒ면羣疑를排斥ᄒ고勇行ᄒ지라大發明家大改革家가自己의獨見을決
行ᄒ야結果가아닌가哥倫布의獨見은千謗萬疑를排闢ᄒ고極苦奇難中에空
前絕後의探險을行ᄒ야美洲의黃金世界를發見ᄒ미一例라雖然이나我의
獨見을行ᄒ지라도他人의意見을斟酌取捨ᄒ야正見에合ᄒ믈務홀지오自

己의 意思로 一任하야 他人의 言은 絕對로 廢棄치 말지니 何故오 英雄豪傑의
慘澹호 經營이 一早에 失敗에 至하도 往往히 自意로 專任하야 人言을 廢하매
出하나니 可히 愼치 아니하리오 또 些小호 恩惠를 私施하야 道義의 大體를 傷
치 말며 羣衆의 公論을 假借利用하야 自己의 私情을 快雪치 말지니라

青天白日的 節義。自暗室屋漏中培來。旋乾轉坤的 經綸。
從 作自 臨深履薄 中或 處 操出。

【讀】 青天白日的 節義는 暗室屋漏의 中으로 自하야 培來하고 乾을 旋하
고 坤을 轉하는 的 經綸은 深에 臨하고 薄을 履하는 中으로 從하야 操出하
ᄂ니다

【講】 漏는 屋의 西北隅니 곳 隱奧의 處라 人의 不見하는 隱暗호 處에서는 不
善을 行하다가 白晝稠人의 中에 在하야는 其 不善을 掩하고 其善을 著하면 是
는 一時的의 僞善이라 良果를 受치 못하나니 故로 青天白日과 如히 光明公正
호 貞節大義는 暗室屋漏中에서 培養得來호 結果라 「君子必愼其獨」이라

호과 「君子不愧屋漏」라 호는 語가 是오 乾坤을 掀旋動轉호는 大經綸은 踈

放호 考慮에셔 出호미아니라 深淵에 臨호고 薄氷을 履호과 如호 謹愼에셔 出

호느니라

父慈子孝兄友弟恭. 縱做到極處. 俱是合當如是. 作此 着

不得一毫感激的念頭. 如施者任德. 受者懷恩. 便是路

人便成市道矣.

【讀】 父慈子孝兄友弟恭은비록做호야 極處에 到호야도 俱是合當히是와

如호지라 一毫의 感激的의 念頭를 着호야 得치 못홀지니만일 施者가 德을 任

호고 受者가 恩을 懷호면 便是路人이오믄득 市道를 成호느니라

【講】 父는 其子를 慈養호고子는 其父를 孝事호며 兄은 其弟를 友愛호고弟

는 其兄을 恭敬호믄 當然호 人道의 分內事라 비록 慈孝友恭을 做호야 極度의

善에 到達호야도 俱是 當然호 事라 一毫도 感激호 思念을 計着지 못홀지니

만일 慈愛를 施호는 父兄이 特別호 恩을 施호과 如히 自認호고 孝敬을 行호는

子弟가 分外의 德을 修ᄒ고과 如히 自任ᄒ야 施者가 德을 任ᄒ고 受者가 恩을 懷ᄒ면 是ᄂ 路上行人의 事오 市塲에 聚合ᄒᄂ 謀利輩의 道라 엇지 父子兄弟間의 倫義리오

炎凉之態。富貴更甚於貧賤。妬忌之心。骨肉尤狠於外人。此處若不當以冷腸。御以平氣。鮮不日坐煩惱障中矣。

【讀】 炎凉의 態ᄂ 富貴가 다시 貧賤보다 甚ᄒ고 妬忌의 心은 骨肉이 더욱 外人보다 狠ᄒ니 此處에 만일 冷腸으로써 當ᄒ고 平氣로써 御치 아니ᄒ면 日로 煩惱障의 中에 坐치 아니ᄒ리라

【講】 炎凉은 時候의 變遷이니 炎凉과 如히 變遷進退ᄒᄂ 人情의 狀態ᄂ 富貴者가 오히려 貧賤ᄒ者보다 甚ᄒ고 血屬의 骨肉間에 妬氣가 起ᄒ면 더욱 血屬에 無關ᄒ 外人보다 狠毒ᄒ니 是ᄂ 常理의 變相이라 人이 不幸히 如此ᄒ 境遇에 處ᄒ미 冷靜ᄒ 心腸과 平淡ᄒ 氣度로 當御對治ᄒ지니 不然ᄒ면 日마

다 煩惱의 魔障中에 坐치아니홀時가 鮮少호리라

功過不宜作容或 小混。混則人懷惰隳之心, 恩仇不可太
明。明則人起携貳之志。

【讀】 功과過는 맛당히 小도混치못홀지니混ᄒ면곳人이惰隳의心을懷ᄒ
고恩과仇는 히녀무明치못홀지니明ᄒ면곳人이貳를携ᄒ눈志를起ᄒᄂ
니라

【講】 功勞와罪過는混雜치못홀지니分明히區別ᄒ야功을賞ᄒ고過를罰
홀지라만일功過를混同ᄒ야功이有ᄒ되賞치아니ᄒ면勉勵의心이墮落ᄒ
고過가有ᄒ되罰치아니ᄒ면忌憚의慮가廢弛ᄒ야다惰隳의心을懷홀지오
恩德과仇怨은太過히明析지말고均等히渾厚ᄒ待遇를加홀지니만일此恩
彼仇를酷分ᄒ야我에게怨仇가有ᄒ者에對ᄒ야苛察酷待ᄒ면我에對ᄒ야
宿怨이有ᄒ者는 一體의酷待를受홀세疑懼ᄒ야背叛의二心을携ᄒᄂ니漢
太祖가天下를得ᄒ고면저其首怨되눈雍齒를封ᄒ야諸將羣臣의疑懼를解

精選講義菜根譚 （槪論）

一六九

ㅎ야 携貳의 叛心을 防ㅎ미 是道를 知ㅎ미로다

惡忌陰。善忌陽，故惡之顯者禍淺，而隱者禍深。善之顯者功少。而隱者功大。

〔讀〕 惡은陰을忌ㅎ고善은陽을忌ㅎㄴ니故로惡의顯ㅎ者는禍가淺ㅎ고隱ㅎ者는禍가深ㅎ며善의顯ㅎ者는功이少ㅎ고隱ㅎ者는功이大ㅎ니라

〔講〕 惡事는陰隱을忌ㅎ고善事는陽顯을忌ㅎㄴ니惡事가顯露ㅎ면法律의裁制或他人의忠告를因ㅎ야悔改ㅎ기易ㅎ故로其禍가淺薄ㅎ고惡事를隱匿ㅎ면外物의裁制를不受ㅎ고內로漸自延長ㅎ야마침내不測의罪惡에陷ㅎ야非常ㅎ災禍를被ㅎㄴ니故로其禍가深厚ㅎ며善事는反是ㅎ야顯著者는功이少ㅎ고隱藏ㅎ者는功이大ㅎ니例컨디百戰百勝의功보다不戰而勝ㅎㄴ功이優ㅎ미是니라

德者才之主。才者德之奴。有才無德。如家無主而奴用事矣。幾何不魍魎〔或本魍字下有而字〕猖狂。

【讀】 德이란者는才의主요才란者는德의奴라才가有호고德이無호면家
에主가無호고奴가事를用호과幾何나魍魎猖狂치아니호리오
【講】 道德과才能을比較호면德은主人과如호고才는奴僕과如호니다만
才만有호고德이無호면一家에主人이無호고奴僕이家事를擅行호야蕩亂
호파如호니엇지魍魎과如히猖狂치아니호리오德이無호人이才를恃호고
事를行호면狼貝가多호니滿天下의才子는德을修홀지니라

士君子。貧不能濟物者。遇人痴迷處。出一言提醒之。遇
人急難處。出一言解救之。亦是無量功德。

【讀】 士君子ㅣ貧호야能히物을濟치못호는者가人의痴迷호믈遇호는處
에一言을出호야提醒호고人의急難호믈遇호는處에一言을出호야解救호
면亦是量이無혼功德이니라
【講】 士君子가貧窮호야財穀으로能히物을救濟치못호는者가愚痴迷惑
혼人을遇호는處에一言을出호야其痴迷를指導提醒호고危急困難혼人을

遇ᄒᆞᆫ 處에 一言을 出ᄒᆞ야 其急難을 解救ᄒᆞ면 是ᄂᆞᆫ 衆生을 爲ᄒᆞ야 苦ᄅᆞᆯ 拔ᄒᆞ고 樂을 與ᄒᆞ미니 是亦無量ᄒᆞᆫ 功德이니라

處處或己者。觸事。皆成藥石。尤人者。動念。卽是戈矛。一以闢衆善之路。一以濬諸惡之源。相去霄壤矣。

【讀】 己에 處ᄒᆞᄂᆞᆫ 者ᄂᆞᆫ 事에 觸ᄒᆞ미다 藥石을 成ᄒᆞ고 人을 尤ᄒᆞᄂᆞᆫ 者ᄂᆞᆫ 念을 動ᄒᆞ미 卽是 戈矛라 一은 써 衆善의 路를 闢ᄒᆞ고 一은 써 諸惡의 源을 濬ᄒᆞᄂᆞ니 相去가 霄壤이니라

【講】 何事이던지 失敗ᄒᆞᆫ 後에 其失敗ᄒᆞᆫ 過失의 原因을 反求ᄒᆞ야 自己를 責ᄒᆞᄂᆞᆫ 者ᄂᆞᆫ 何事에 觸ᄒᆞ든지 病을 治ᄒᆞ고 身을 養ᄒᆞᄂᆞᆫ 藥石과 如히 過失을 除ᄒᆞ고 智德을 養ᄒᆞ며 過失을 自己에 反求치 아니ᄒᆞ고 天을 怨ᄒᆞ며 人을 尤ᄒᆞᄂᆞᆫ 者ᄂᆞᆫ 一念을 動ᄒᆞ미 卽是、 人을 傷ᄒᆞᄂᆞᆫ 戈矛와 如ᄒᆞᆫ지라 前의 一은 衆善의 通路를 開闢ᄒᆞ미오 後의 一은 諸惡의 源泉을 濬鑿ᄒᆞ미라 兩者의 相去가 霄壤의 遠파 如ᄒᆞ니 一念의 差가 天地懸隔의 善惡을 成ᄒᆞ미라 可히 愼치 아니ᄒᆞ리오

事業文章隨身消毁。而精神萬古如新。功名富貴逐世轉移。而氣節千載一日。君子信不當以彼易此也。

【讀】事業文章은 身을隨호야消毁호되 精神은 萬古에 新과如호며 功名富貴는 世를逐호야 轉移호되 氣節은 千載도 一日이라 君子가참맛당히 彼로써 此를易지아니호리오

【講】偉大き事業과神妙き文章이라도 身이死호미 其身을隨호야消磨毁滅호되 大聖偉人의 活養き精神은萬古를歷호야도 消滅지아니호고 益益新鮮호며 隆盛き功名과繁榮き富貴라도 世運을逐호야轉移호되 忠臣義士의 森嚴き氣節은 千載를經호야도 變易지아니호야 一日과如호니 君子가맛당히 彼의事業文章과功名富貴로 此의精神과氣節을 易지아니호리오

【讀】魚網之設。鴻則羅其中。螳螂之貪。雀又乘其後。機裏藏機變外生變。智巧何足恃哉。

魚網의 設에 鴻이곳其中에羅호고螳螂의 貪에雀이쏘其後를乘호ᄂ

니 機裏에 機를 藏ᄒᆞ고 變外에 變을 生ᄒᆞ미라 智巧를엇지 足히 恃ᄒᆞ리오

【講】 魚網을 設ᄒᆞ믄 魚를 取ᄒᆞ는 殺機어눌 鴻이 其中에 罹ᄒᆞ니 是는 魚의 殺

機의 裏에 鴻의 殺機를 藏ᄒᆞ미오 螳螂이 虫을 貪ᄒᆞ믄 虫의 災變이어눌 雀이쏘

其後를 乘ᄒᆞ야 螳螂을 取코저ᄒᆞ니 是는 虫의 災變의 外에 螳螂의 災變을 生ᄒᆞ

미라 是가 機裏에 機를 藏ᄒᆞ고 變外에 變을 生ᄒᆞ미니 鴻과 螳螂이비록 智巧가

有ᄒᆞᄂ엇지 機裏의 機와 變外의 變을 逃ᄒᆞ리오 人事의 機變도 是와 如ᄒᆞ니 人

의 智巧눈 足히 恃치 못ᄒᆞ지니라

作人無一 一字本無 點眞懇的念頭。便成個花子。事事皆虛。

涉世無一 一字本無 段圓活的機趣。便是個木人。處處有礙。

【讀】 人을 作ᄒᆞ메 一點의 眞懇的 念頭가 無ᄒᆞ면문득個의 花子를 成ᄒᆞ야 事

事가 皆虛ᄒᆞ고 世를 涉ᄒᆞ메 一段의 圓活的 機趣가 無ᄒᆞ면便是、 個의 木人이

라 處處에 礙가 有ᄒᆞ니라

【講】 人格을 作成ᄒᆞ메 一點의 眞實懇切ᄒᆞ 實念이 無ᄒᆞ면 是ᄂ 意識이 無ᄒᆞ

一個의花子 (花子는人形物이니 卽塑像의類) 와如ᄒ야事事가皆虛妄ᄒ
야實効가無ᄒ고世上을度涉ᄒ메一段의圓通敏活ᄒ機趣가無ᄒ면是는情
識이無ᄒ一個의木人과如ᄒ야處處에礙滯가有ᄒ니好人格을作ᄒ고世를
利涉코져ᄒ면眞實효思念과圓活ᄒ機趣를幷行ᄒ지니라

事有急之不白者寬之或自明。毋躁急以速其忿。人有操
之不從者。縱之或自化。毋操切以益其頑。

【讀】 事에急히ᄒ야白지안는者가有ᄒ미寬히ᄒ면或自明ᄒ노니躁急히
ᄒ야써其忿을速히말며人에操ᄒ야從치안는者가有ᄒ미縱ᄒ면或自化ᄒ
노니操切히ᄒ야써其頑을益케말지니라

【講】 事故로査問ᄒ메急迫히ᄒ야告白지안는者가有ᄒ미或寬緩히ᄒ면
當事人이自白ᄒ거나或自然히顯露ᄒ는事가有ᄒ되躁急히迫問ᄒ면反히
其人의忿恨을招ᄒ야査覈上에困難을生ᄒ기易ᄒ니故로躁急히ᄒ야其忿
을速招치말며人을敎化ᄒ메操束ᄒ야服從치안는者가有ᄒ미或寬縱ᄒ야

放任ㅎ면自然히感化ㅎ는事가有ㅎ되一向히嚴切히操束ㅎ면反히其惡憾

을動ㅎ야頑抗을益ㅎ기易ㅎ니故로過히操切ㅎ야其頑을益助치말지니

라

節義傲靑雲。文章高白雪。若不以德性陶鎔之。終爲血氣

之私。技（藝作）能之末。

【讀】節義가靑雲을傲ㅎ고文章이白雪에高ㅎ되만일德性으로陶鎔치아

ㅎ면마침내血氣의私와技藝의末이되ㄴ니라

【講】節義가屑凜ㅎ야靑雲을凌傲ㅎ고文章이淨灑ㅎ야白雪보다高潔ㅎ

되만일道德의性情으로薰陶鎔和치아니ㅎ면節義는血氣의私에歸ㅎ고文

章은技藝의末이되ㄴ니武夫俠客의一時的節義와詩人騷客의浮華的文章

이是의類니라

謝事。當謝於正盛之時。居身。宜居於獨後之地。謹德。須

謹於至微之事。施恩。務施於不報之人

【讀】 事를 謝ㅎ미 맛당히 正盛의 時에 謝ㅎ지오 身을 居ㅎ미 맛당히 獨後의 地에 居ㅎ지오 德을 謹ㅎ미 모루미 至微의 事에 謹ㅎ지오 恩을 施ㅎ미 힘써 報치 안는 人에 施ㅎ지니라

【講】 任事를 謝ㅎ미 勢力正盛ㅎ 時代에 謝ㅎ면 亢極反衰의 悔를 免ㅎ고 有餘不盡의 意를 存ㅎ야 其終을 保ㅎ며 一身을 利欲의 場에 居ㅎ미 他人이 不爭ㅎㄴ 獨後의 地에 居ㅎ면 猜忌를 脫ㅎ고 安全을 得ㅎ며 德行을 謹愼ㅎ미 至微ㅎ 事에 謹ㅎ면 遺漏의 德이 無ㅎ야 萬善이 全ㅎ며 恩惠를 施ㅎ미 不報의 人에 施ㅎ면 其恩이 眞全ㅎ고 其德이 愈久ㅎ니라

德者事業之基。未有基不固。而棟宇堅久者。心者修行（或作後裔）之根。未有根不植。而枝葉榮茂者

【讀】 德者는 事業의 基니 基가 固치 아니ㅎ고 棟宇가 堅久ㅎ 者가 有치 못ㅎ며 心者는 行을 修ㅎ미 根이니 根이 植지 못ㅎ고 枝葉이 榮茂ㅎ 者가 有치 못ㅎ니라

【講】　德과 事業을 比較ᄒᆞ면 德은 基礎와 如ᄒᆞ고 事業은 棟宇와 如ᄒᆞ지라 基礎가 固定치 못ᄒᆞ고 棟宇가 堅久ᄒᆞ家屋은 無ᄒᆞ니 是와 如히 道德이 堅固치 못ᄒᆞ者의 建立ᄒᆞ事業은 堅實永久치 못ᄒᆞ지라 事業을 成코져ᄒᆞ면 먼져 德을 建ᄒᆞ지 오心과 修行을 比較ᄒᆞ면 心은 根柢와 如ᄒᆞ고 修行은 枝葉과 如ᄒᆞ지라 根柢가 深植치 못ᄒᆞ고 枝葉이 榮茂ᄒᆞ草木은 無ᄒᆞ니 是와 如히 心性을 修養치 못ᄒᆞ人의 修行은 圓善치 못ᄒᆞ지라 實行을 修코져ᄒᆞ면 맛당히 먼져 心을 修ᄒᆞ지니라

道是一件作件或 公衆的物事。當隨人而接引。學是一個尋常的家飯。當隨事而警惕。

【讀】　道는 是、 一件의 公衆的物事ᅵ니 맛당히 人을 隨ᄒᆞ야 接引ᄒᆞ지오 學은 是、 一個의 尋常的家飯이니 맛당히 事를 隨ᄒᆞ야 警惕ᄒᆞ지니라

【講】　道는 個人의 所有로 指定ᄒᆞ私用品이 아니라 自由로 取ᄒᆞ고 普偏히 施用ᄒᆞ는 一件의 公衆的物事ᅵ니 맛당히 人을 隨ᄒᆞ야 何人이라도 應接引導ᄒᆞ

야 道에 合케 호지며 學問은 一定호 科程만 學호고 他事를 다 廢棄호미 아니라
常食호는 尋常의 茶飯과 如호니 日用常行의 事를 隨호야 何事에라도 警愓謹
愼호지니라

勤者敏於德義。而世人借勤。以濟其貪。貪或儉者淡於貨
利。而世人假儉。以飾其吝。君子持身之符。反爲小人營
私之具矣惜哉。

【讀】 勤이란 者는 德義에 敏호미어놀 世人은 勤을 借호야 써 其貪을 濟호고
儉이란 者는 貨利에 淡호미어놀 世人은 儉을 假호야 써 其吝을 飾호느니 君子
의 身을 持호는 符가 反히 小人의 私를 營호는 具가 되느지라 惜호도다

【講】 勤이란 者는 德義를 行호메 敏勉호야 惰怠치 아니홈을 謂홈이어놀 世
人은 勤의 名을 借호야 營營區區히 財利를 求호는 貪欲을 濟호고 儉이란 者는
貨利에 對호 情欲이 淡泊호야 奢侈의 心이 無호믈 謂호미어놀 世人은 儉의 名
을 假호야 貨利를 斋積코져 호는 吝嗇의 態를 飾호느니 德義에 敏호 勤과 貨利

에 淡ᄒᆞᆫ 儉은 君子의 其身을 修持ᄒᆞ는 靈符어늘 小人이 此를 假借ᄒᆞ야 貪을 濟

ᄒᆞ고 客을 飾ᄒᆞ야 私利를 營求ᄒᆞ는 品具를 作ᄒᆞ니 可惜ᄒᆞ도다

人之過誤宜恕。而在己則不可恕。己之困辱宜作。當忍。而

在人則不可忍。

【讀】 人의 過誤는 맛당히 恕훌지나 己에 在ᄒᆞ야는 곳 可히 恕치못훌지오 己

의 困辱은 맛당히 忍훌지나 人에 在ᄒᆞ야눈곳 可히 忍치못훌지니라

【講】 他人의 過失錯誤는 맛당히 容恕ᄒᆞ야 눈곳 可히 恕치못훌지니

에 過誤가 有ᄒᆞ면 卽自深責ᄒᆞ야 悔改新進훌지 오 自己가 當ᄒᆞ는 困難恥辱은

맛당히 忍耐ᄒᆞ야 立志를 變치아니훌지나 他人의 困辱을 被ᄒᆞ를 見ᄒᆞ면 傍觀

忍過치말고 能力을 盡ᄒᆞ야 解救훌지니라

恩宜自淡而濃。先濃後淡者。人忘其惠。威宜自嚴而寬。

先寬後嚴者。人怨其酷。

【讀】 恩은 맛당히 淡으로 自ᄒᆞ야 濃훌지니 먼져 濃ᄒᆞ고 後에 淡훌者는 人이

其惠를忘ᄒ고威는맛당히嚴으로自ᄒ야寬ᄒ지니면져寬ᄒ고後에嚴ᄒ者

눈人이其酷을怨ᄒ느니라

【講】人에게恩澤을施ᄒ미初에눈淡薄ᄒ되後에漸漸濃厚히ᄒ지니만일

先에濃厚ᄒ고後에淡薄ᄒ면其恩을蒙ᄒ는人의感心이稍稍冷淡ᄒ야其澤

을忘却ᄒ미至ᄒ고威儀눈初에눈嚴峻히ᄒ되後에漸漸寬緩히ᄒ지니만일

先에寬ᄒ고後에嚴ᄒ면其威를服從ᄒ눈人의情覺이盆盆拂厲ᄒ야其酷을

嗟怨ᄒ메至ᄒ느니라

士君子ᆞ處權門要路ᆞ操履要嚴明ᆞ心氣要和易ᆞ毋少隨

而近腥羶之黨ᆞ亦毋過激而犯蜂蠆之毒ᆞ

【讀】士君子ᅵ權門要路에處ᄒ미操履는嚴明을要ᄒ고心氣눈和易를要

ᄒ야少도隨ᄒ야腥羶의黨에近치말며坯한過激히ᄒ야蜂蠆의毒을犯치말

지니라

【講】士君子가權勢의門과樞要의路에處ᄒ미操守와履行은嚴正公明히

호고心思와氣象은溫和平易히호야少毫라도他를隨從호야腥羶과如호雜
流의黨에接近치말지니만일腥羶의黨에近호면其操履를墮落호며坐한過
激히自己의氣節을立호고他人의詐惡을攻호야蜂蠆과如호小人의毒을犯
치말지니만일小人의毒을犯호면誣陷의危害를被호ᄂ니라

遇欺詐的人。以誠心感動之。遇暴戾的人。以和氣薰蒸
之。遇傾邪私曲的人以名義氣節激礪之。天下無不入我
陶鎔　作冶或中矣

陶鎔의中에入지아니호미無호리라

【讀】、欺詐的의人을遇호미誠心으로써感動호고暴戾的의人을遇호미和
氣로써薰蒸호고傾邪私曲的의人을遇호미名義氣節로써激礪호면天下에
我의陶鎔의中에入지아니호미無호리라

【講】欺誑詐僞호人을遇호미我눈誠實無僞의心으로써待遇호야其欺詐
의心을感動호야欺詐를改호야誠信을作케호고暴惡狠戾호人을遇호미我
눈溫和호氣象으로待遇호야香氣가惡臭의物을薰蒸變化홈과如히我의和

氣로 彼의 暴戾를 薰蒸ᄒ야 暴戾를 變化ᄒ야 和氣가 되게ᄒ고 傾邪私曲ᄒᆫ人

을 遇ᄒ미 我는 名義와 氣節로 皷動激礪ᄒ야 傾邪私曲을 變ᄒ야 方正公直이

되게ᄒ리라 然ᄒ면 天下에 如何ᄒᆫ 人이라도 我의 薰陶鎔和의 中에 入ᄒ야 其

氣質을 變化치 안ᄂᆫ者가 無ᄒ리라

語云。登山耐險路。踏雪耐危橋。一耐字極有意味。如傾

險之人情。坎坷之世道。若不得一耐字。撑持過去。幾何

不墮入榛莽坑塹哉。

【註】 語에 云ᄒ되 山에 登ᄒ미 險路를 耐ᄒ고 雪을 踏ᄒ미 危橋를 耐ᄒᆫ다ᄒ

니 一의 耐字가 極히 意味가 有ᄒᆫ지라 傾險의 人情과 坎坷의 世道와 如ᄒ매만

일一의 耐字를 得ᄒ야 撑持過去치아니ᄒ면 幾何나 榛莽坑塹에 墮入지아니

ᄒ리오

【講】 古語에 云ᄒ되 山에 登ᄒ미 險路를 耐ᄒ고 雪을 踏ᄒ미 危橋를 耐ᄒᆫ다

ᄒ니是ᄂᆫ山에 登ᄒᄂᆫ人이 險側ᄒ道路를 過ᄒ미 畏怯ᄒ야 步를 退ᄒ면마침

精選講義菜根譚 (概論)　　　　　　　一八四

내登山의功을成就치못ㅎ지니 一層勇進ㅎ야多少의困難을忍耐ㅎ고山頂에達ㅎ면遠近의風光과下界의烟霞가다我의玩賞을任ㅎ지오積雪을踏行ㅎ時에危險ㅎ橋梁을遇ㅎ미退屈ㅎ야前進치못ㅎ면마침내彼岸에到치못ㅎ지니極히奮發ㅎ야如何ㅎ勞苦라도忍耐ㅎ고渡去ㅎ면目的의地點에達ㅎ야所志를成ㅎ지니 一의耐字가極히深長ㅎ意味가有ㅎ지라山路와如히傾險ㅎ人情을接ㅎ고雪橋와如히坎坷ㅎ世道를涉ㅎ미一의耐字로撑持ㅎ야過去치아니ㅎ면危險과困難을通過ㅎ야樂園에達치못ㅎ고榛莽坑塹ㅅ如ㅎ苦痛에陷入ㅎ지니不屈不撓의勇氣로危險困難을忍耐ㅎ여야圓滿ㅎ目的에達ㅎ리라

居官有二語。曰惟公則生明。惟廉則生威。居家有二語。曰惟恕則平情。惟儉則足用。

平情或作情平　足用或作用足

【讀】 官에居ㅎ메二語가有ㅎ니曰ㅎ되惟公ㅎ면곳明을生ㅎ고惟廉ㅎ면곳威룰生ㅎ미오家에居ㅎ메二語가有ㅎ니曰ㅎ되惟恕ㅎ면곳情을平ㅎ고

惟儉ᄒ면곳用을足ᄒ미니라

【講】 官에居ᄒ야常守ᄒ를二語가有ᄒ니惟公ᄒ면明을生ᄒ고惟廉ᄒ면威를生ᄒ다ᄒ며事를裁決處理ᄒ메公正ᄒ야私情의偏暗이無ᄒ면明白ᄒ治蹟이生ᄒ고淸廉ᄒ야賄賂를貪치아니ᄒ면人에對ᄒ야一毫의慚德이無ᄒ야正正堂堂ᄒ威光이生ᄒ지오家庭에居ᄒ야常守ᄒ를二語가有ᄒ니惟恕ᄒ면情을平ᄒ고惟儉ᄒ면用을足ᄒ다ᄒ미라我의心으로他人의心을忖度ᄒ야家人에게苦痛되ᄂ使役을施치말며多少의過失을見ᄒ되苛責치말고恒常寬恕ᄒ면心情이平和ᄒ며坐奢侈를絶ᄒ고儉約을守ᄒ야費用을節減ᄒ면用道가裕足ᄒ지니居官의公廉과居家의恕儉이實로惟一의法門이니라

處富貴之地。要知貧賤的痛癢。當少壯之時。湏念衰老的辛酸

【讀】 富貴의地에處ᄒ미貧賤的의痛癢을知ᄒ믈要을지오少壯의時에當

ᄒ미모루미衰老的의辛酸을念ᄒ지니라

【講】富貴의地에處ᄒ야貧賤的의痛癢을知ᄒ미必要ᄒ니何故오富貴의
幸福을享ᄒ눈者가貧賤的의苦痛을不知ᄒ면事情에暗昧ᄒ야慈善의心이
無ᄒ고博愛의德이欠ᄒ야衆人의怨恨을蒙ᄒ야其富貴를久享ᄒ기難ᄒ고
ᅀᅡ富貴눈浮雲과如히轉變不居ᄒ야一定호期限이無ᄒ니掀天의富貴라도
何時에落地의貧賤으로遷變ᄒᄂ지知키難호지라故로如何히富貴호者라
도貧賤의痛癢을周知ᄒ야慈善의事를行ᄒ고博愛의德을養ᄒ며ᅀᅡ恒常富
貴의變遷을念ᄒ야謹愼節儉ᄒ야當時의威福을濫用치말어셔其享福을永
保ᄒ지오身體가健壯ᄒ고氣血이正盛호少壯의時代에미리衰老的의辛酸
을念慮ᄒ야體養의衛生을謹愼ᄒ야晚年의健康을圖ᄒ지니라

休與小人仇讐。小人自有對頭。休向君子諂媚。君子原無
私惠。

【讀】小人으로더브러仇讐ᄒ를休ᄒ지라小人은스사로對頭가有ᄒ고君

子를向ᄒ야諂媚ᄒ믈休ᄒ지라君子ᄂ原히私惠가無ᄒ니라

【講】 小人을憎惡ᄒ야仇讐롤作치말지라何故오小人은事理의曲直을不關ᄒ고다만對頭的의作爲롤行ᄒ야我가彼롤仇讐ᄒ면彼ᄂ我에對ᄒ야倍徙의禍害롤加ᄒ지니仇讐치말고包容ᄒ며可ᄒ며君子롤向ᄒ야諂諛獻媚치말지라何故오君子ᄂ原來로公明正大ᄒ야偏曲ᄒ私惠가無ᄒ니諂諛ᄒ들何益이有ᄒ리오

磨礪當如百鍊之金。急就者非邃養。施爲宜似千鈞之弩。輕發者無宏功。

【讀】 磨礪ᄂ맛당히百鍊의金과가치ᄒ지니急히就ᄒᄂ者ᄂ邃養이아니오施爲ᄂ맛당히千鈞의弩와가치ᄒ지니輕히發ᄒᄂ者ᄂ宏功이無ᄒ니라

【講】 身心을磨礪ᄒ믄맛당히百鍊의金과如히精修爛磨ᄒ야一點의瑕疵도업시ᄒ지니만일一早의修煉으로急速히成就ᄒ면深邃ᄒ修養이아니라

荒癈ᄒᆞ고 기易ᄒᆞ고 行事의 施爲ᄂᆞᆫ 맛당히 千鈞의 强弩를 發홈과 如히 圓滿ᄒᆞ고 備裝을 加ᄒᆞ야 誤算이 無ᄒᆞᆫ 後에 發홀지니 만일 輕備虛發ᄒᆞᄂᆞᆫ者ᄂᆞᆫ 其勢가 錯至橫落ᄒᆞ야 宏大ᄒᆞᆫ 功蹟이 無ᄒᆞ니라

建功立業者。多虛圓之士。債事失機者。必執拗之人。

【讀】 功을 建ᄒᆞ고 業을 立ᄒᆞᄂᆞᆫ者ᄂᆞᆫ 虛圓의 士가 多ᄒᆞ고 事를 債ᄒᆞ고 機를 失ᄒᆞᄂᆞᆫ者ᄂᆞᆫ 반드시 執拗의 人이니라

【講】 大功을 建ᄒᆞ고 偉業을 立ᄒᆞᄂᆞᆫ者ᄂᆞᆫ 虛圓ᄒᆞᆫ 士가 多ᄒᆞ니 虛圓ᄒᆞᆫ 士ᄂᆞᆫ 自心을 虛ᄒᆞ야 胸中에 介滯가 無ᄒᆞ고 圓活自在ᄒᆞ야 物累에 偏着ᄒᆞ미 無ᄒᆞᆫ 故로 能히 善을 納ᄒᆞ고 機를 轉ᄒᆞ야 功業을 成ᄒᆞ며 事業을 債ᄒᆞ고 機會를 失ᄒᆞᄂᆞᆫ者ᄂᆞᆫ 반드시 執拗의 人이니 執拗의 人은 固執ᄒᆞ야 事理를 通치 못ᄒᆞ고 偏出ᄒᆞ야 人을 包容치 못ᄒᆞᄂᆞᆫ 故로 事機를 債失ᄒᆞᄂᆞ니 世에 在ᄒᆞ야 事業家로 自處ᄒᆞᄂᆞᆫ 人은 虛圓을 學ᄒᆞ고 執拗를 捨ᄒᆞᆯ지니라

毋憂拂意。毋喜快心。毋恃久安。毋憚初難

【讀】意를拂ᄒᆞ물變치말며心에快ᄒᆞ물喜치말며久安을恃치말며初難을憚치말지니라

【講】自己의意를拂戾ᄒᆞᄂᆞᆫ事ᄂᆞᆫ志行을煆煉ᄒᆞᄂᆞᆫ治鎔과如ᄒᆞ니此를利用ᄒᆞ야我의頑鈍ᄒᆞᆫ缺點을除ᄒᆞ고精明ᄒᆞᆫ智德을成ᄒᆞ면後에快意의時가有ᄒᆞᆯ지니拂意의事를憂愁치말며心을快樂케ᄒᆞᄂᆞᆫ事ᄂᆞᆫ志氣를廢弛ᄒᆞ고意荒에陷ᄒᆞ야終에傷心의悲凉을生ᄒᆞ기易ᄒᆞ니快心의事를喜樂지말며恒久의安泰를恃ᄒᆞ야危를防ᄒᆞᄂᆞᆫ預備를忘ᄒᆞ면一朝에事가有ᄒᆞ미危殆에濱ᄒᆞ기易ᄒᆞ니久安을專恃치말며何事라도初時에ᄂᆞᆫ多少의困難을經ᄒᆞᆫ後에功業을成ᄒᆞᄂᆞ니百折不屈의志로困難을忍耐ᄒᆞ고潤步로勇進ᄒᆞ면最後의成功을得ᄒᆞ지니初時의困難을忌憚치말지니라天下의事機ᄂᆞᆫ變動無常ᄒᆞ야一定ᄒᆞᆫ成敗가無ᄒᆞ니如何ᄒᆞᆫ境遇에處ᄒᆞ든지目前의現狀에拘泥치말고事物의公理에依ᄒᆞ야自己의義務를盡ᄒᆞᆯ而已니라

飲宴之樂多。不是個好人家。聲華之習勝。不是個好士子。名位之念重。不是個好臣工。（工或作士）

精選講義菜根譚　（槪論）

【讀】 飲宴의樂이多ㅎ면是、個의好人家가아니오聲華의習이勝ㅎ면是、

個의好士子가아니오名位의念이重ㅎ면是、個의好臣工이아니니라

【講】 好人家는禮節을尚ㅎ고惠施를樂ㅎ느니飲酒宴會의戲樂이多ㅎ면

是는好人家가아니오好士子는操行의實을學ㅎ느니聲曲을愛ㅎ고華麗를

尚ㅎ는風習이勝ㅎ면是는好士子가아니오好臣工（臣工은服務의有司를

謂ㅎ）은德義를守ㅎ야忠實을盡ㅎ느니名利와官位를貪ㅎ는念이重ㅎ면

是는好臣工이아니라頭를回ㅎ야朝鮮今日의上流社會를見ㅎ면此가獨一

無二의大法門이되지아니ㅎ랴

仁人心地寬舒。便福厚而慶長。事事成個寬舒氣象。鄙夫

念頭迫促。便祿薄而澤短。事事成作得個迫促規模。

【讀】 仁人은心地가寬舒ㅎ지라문득福이厚ㅎ고慶이長ㅎ야事事에個의

寬舒ㅎ氣象을成ㅎ고鄙夫는念頭가迫促ㅎ지라문득祿이薄ㅎ고澤이短ㅎ

야事事에個의迫促ㅎ規模를成ㅎ느니라

【講】 仁慈혼人은其心地가寬厚安舒호야人物을容愛호는故로其享福이
厚호고吉慶이長호야事事에寬舒혼氣像을成호고是와反호야鄙吝혼人은
其念頭가迫切促急호야外物의猜思를被호는故로福祿이薄호고惠澤이短
호야事事에迫促혼規模를成호느니 一念의應用에三思를加호야寬舒에進
호고迫促을謝홀지니라

用人不宜刻。刻則思效者去。交友不宜濫。濫則貢諛者
來。

【讀】 人을用호메 눈맛당히刻히호말지니刻히호면곳效를思호는者가去호
고友를交호메 눈맛당히濫히호말지니濫히호면곳諛를貢호는者가來호느니
라

【講】 人을使用호미刻薄히말지라人이他의事務를勤服호믄其功勞의報
酬를望호미어눌人을刻薄히待遇호야厚報가無호면事後의功效를思호는
者가絕望退去호고朋友를交호미賢을親호고惡을遠히호야交치말지니人

의善惡損益을不擇하고濫雜히交際하면諂諛를貢하는者가來하야自己의
聰明을壅蔽하야前途의禍害를招하나니라

大人不可不畏。畏大人。則無放逸之心。小民亦不可不
畏。畏小民。則無豪橫之名。

【讀】大人을可히畏치아니치못할지니大人을畏하면곳放逸의心이無하
고小民을또한可히畏치아니치못할지니小民을畏하면곳豪橫의名이無하
니라

【講】畏는敬愼의意라高德貴位의大人君子를畏敬치아니치못할지니大
人을畏敬하면恒常、恭敬의意를持하야放逸의心이無하고無德無位의小
民을또한可히畏敬치아니치못할지니小民을畏敬하면恒常、謹愼의實을
履하야驕豪專橫의名이無하니大人을褻慢하고小民을凌悔하면放逸豪橫
의過失에陷하느니라

事稍拂逆。便思不如我的人。則怨尤自消。心稍怠荒。便

思勝似我的人·則精神自奮·

【讀】 事가져기拂逆ᄒᆞ거든믄득我만如치못ᄒᆞᆫ人을思ᄒᆞ면곳怨尤가自消ᄒᆞ고心이져기意荒ᄒᆞ거든믄득我보다勝ᄒᆞᆫ人을思ᄒᆞ면곳精神이自奮ᄒᆞᄂᆞ니라

【講】 何事라도如意치못ᄒᆞ야心을拂逆ᄒᆞ면反感을起ᄒᆞ야天을怨ᄒᆞ고人을尤ᄒᆞ기易ᄒᆞ니此時를當ᄒᆞ미我만不如ᄒᆞᆫ人卽事의拂逆을當ᄒᆞᆫ困難이我보다甚ᄒᆞᆫ者를思ᄒᆞ면怨尤가自消ᄒᆞᄂᆞ니例컨디貧窮의事가心을拂逆ᄒᆞ면蒼天이何事로我를貧賤케ᄒᆞᄂᆞ가ᄒᆞᄂᆞᆫ怨과富人이不仁ᄒᆞ야我를救恤치안ᄂᆞ다ᄂᆞᆫ尤를發ᄒᆞ기易ᄒᆞ니此時에我보다貧窮이尤甚ᄒᆞᆫ者를思ᄒᆞ면我ᄂᆞᆫ오히려豐足ᄒᆞᆫ境遇에在ᄒᆞᆷ을覺ᄒᆞ야怨尤가自消ᄒᆞ지오쏘心이意荒ᄒᆞ야事에勤勉ᄒᆞᆯ意가少ᄒᆞ면精神이廢弛ᄒᆞ기易ᄒᆞ니此時에我보다勝ᄒᆞᆫ者卽種種의所守와境遇가我보다勝ᄒᆞ되勤勉不已ᄒᆞᄂᆞᆫ者를思ᄒᆞ면精神이自然奮發ᄒᆞ야勤勉의意가生ᄒᆞᄂᆞ니라

不可乘喜而輕諾. 不可因醉而生瞋. 不可乘恢(恢作·或快)而

多事. 不可因倦而鮮終。

【讀】 可히喜를乘ᄒᆞ야輕히諾지못ᄒᆞ며可히醉를因ᄒᆞ야瞋을生치못ᄒᆞ며可히快를乘ᄒᆞ야事를多치못ᄒᆞ며可히倦을因ᄒᆞ야終을鮮치못ᄒᆞᆯ지니라

【講】 一時의歡喜를乘ᄒᆞ야輕率히承諾ᄒᆞ면後에其諾을實踐치못ᄒᆞᄂᆞᆫ弊가有ᄒᆞ니故로喜를乘ᄒᆞ야輕諾지말며醉酒를因ᄒᆞ야瞋心을生ᄒᆞ면橫暴을致ᄒᆞ야後悔가多ᄒᆞ니故로醉를因ᄒᆞ야瞋心을生치말며暫時의滿足을得ᄒᆞ야心神이快ᄒᆞᆫ時에自負ᄒᆞᄂᆞᆫ客氣를乘ᄒᆞ야種種의事를多設ᄒᆞ면複雜散漫ᄒᆞ야一一히良果를收치못ᄒᆞ고中道에委靡ᄒᆞ기易ᄒᆞ니故로快樂ᄒᆞᆫ時를乘ᄒᆞ야事를多設치말며事를行ᄒᆞᄂᆞᆫ初에勤勉ᄒᆞ다가漸漸懈怠ᄒᆞ면其事를克終ᄒᆞᄂᆞᆫ者ᅵ鮮少ᄒᆞ야始設ᄒᆞᆫ功勞가水泡에歸ᄒᆞ야九仞의山을築ᄒᆞ다가一簣의功을虧홈과如ᄒᆞ니故로怠倦을因ᄒᆞ야事의終結을鮮少히말지니라喜、醉、快、倦의際에더욱謹愼ᄒᆞ야種種의弊가無케ᄒᆞᆯ지니라

釣水逸事也。尙持生殺之柄。奕棋清戲也。且動戰爭之心。可見喜事不如省事之爲適。多能不如無能之全眞。

【讀】 水에 釣호믄 逸事로딕 오히려 生殺의 柄을 持호고 奕棋는 淸戲로딕 坔한 戰爭의 心을 動호느니 可히 事를 喜호믹 事를 省호믹 適됨만 如치 못호고 能이 多호믹 能이 無호믹 眞을 全호믈 見홀지로다

【講】 水에 臨호야 魚를 釣호믄 塵世의 勞碌을 離호는 隱逸의 事 ㅣ나 오히려 魚를 生殺호는 柄을 持호야 反히 隱逸의 本志를 傷호고 一局의 奕棋는 浮生의 紛忙을 離호는 淸閒흔 遊戲나 坔 黑白의 勝負를 決호는 戰爭의 心을 動호야 反히 淸閒의 趣味를 失호느니 此로 由호야 觀호면 事를 喜호야 志를 傷호믹 事를 省호야 意에 適호만 不如호고 才能이 多호야 心身을 俱勞호믹 才能이 無호야 天眞을 全守호만 不如호느니라

鳥語蟲聲。總是傳心之訣。花英草色。無非見道之文。學者要天機淸徹。胸次玲瓏。觸物皆有會心處。

【讀】 鳥語蟲聲도 總是、 心을 傳호는 訣이오 花英草色도 道를 見호는 文아

니미無ᄒᆞ니 學者ᄂᆞᆫ 天機가 淸徹ᄒᆞ고 胸次가 玲瓏ᄒᆞ야 物을 觸ᄒᆞ매 다心에 會ᄒᆞᄂᆞ處가 有ᄒᆞ믈 要ᄒᆞᆯ지니라

【講】 傳心의 訣은 佛家의 名辭니 宇宙의 大道와 萬物의 眞理가 다 一心에 具ᄒᆞᆫ者라 佛은 「心外無物」이라ᄒᆞ니 心이 萬理萬事의 本源되믈 謂ᄒᆞ미라 故로 古聖이 自心을 悟ᄒᆞ고 他人의 心을 悟케ᄒᆞ므로 惟一의 宗旨를 사멋스나 然이나 心을 悟ᄒᆞᆷ은 決코 言語文字에 在ᄒᆞ미 아니라 輪扁의 技術도 其 精奧에 至ᄒᆞ야ᄂᆞᆫ 父에 傳치 못ᄒᆞ고 子가 能히 父에 受치 못ᄒᆞ며 釋尊의 四十九年 說法이 如雲如雨ᄒᆞ야 汗牛充棟의 藏經을 成ᄒᆞ고 諸大德의 論部가 雪片과 如히 多ᄒᆞ나 此ᄂᆞᆫ 古人의 糟粕에 不過ᄒᆞᆫ지라 言語文字에 着ᄒᆞ야 種種의 心力을 費ᄒᆞ나 能히 眞理를 悟치 못ᄒᆞᄂᆞᆫ 故로 禪家에셔 「不立文字敎外別傳」을 唱ᄒᆞ니 「以心傳心」이是라 雖然이나 心은 無形無體ᄒᆞ니 何를 依據ᄒᆞ야 傳心의 方法을 作ᄒᆞᆯ새 依據가 有ᄒᆞ야 一定ᄒᆞᆫ 方法을 立ᄒᆞ면 是亦 言語文字에 落ᄒᆞ미 오 傳心의 妙訣은 自心自修ᄒᆞ야 自然醒覺ᄒᆞᄂᆞᆫ 外에 他道가 無ᄒᆞᆫ지라 雖然이나 心外無物로 言ᄒᆞ면 自心을 除ᄒᆞ外에 宇宙萬物

이一도傳心의訣이아니오萬物의同一體性으로觀ᄒᆞ면森羅萬象이何者가

傳心의訣이아니리오故로禽鳥의囀語와昆蟲의鳴聲도總히傳心의妙訣이

오百花의紅英과芳草의綠色도다見道의文章이라香嚴禪師ᄂᆞᆫ擊竹의聲을

聞ᄒᆞ고道ᄅᆞᆯ悟ᄒᆞ며靈雲禪師ᄂᆞᆫ桃花ᄅᆞᆯ見ᄒᆞ고心을覺ᄒᆞ며奈端은萍實의地

에墜ᄒᆞᆯ을見ᄒᆞ고重學을倡ᄒᆞ며瓦特은沸水를因ᄒᆞ야汽學을大成ᄒᆞ니是가

明證이라竹聲桃花萍實沸水ᄂᆞᆫ人人見聞이로되千萬無量의人이다開悟치

못ᄒᆞ고千載의下、萬里의外에悟者其人이別有ᄒᆞ니是ᄂᆞᆫ悟가自心에在ᄒᆞ

고外物에在치아니ᄒᆞᆫ故오寂寂寥寥ᄒᆞ야見聞時에自然히覺悟치못

ᄒᆞ고各히一種의外物에感觸ᄒᆞ야覺悟ᄒᆞᆷ은自心이別로體가有ᄒᆞ미아니라

萬物에該通ᄒᆞᆫ故라一心이萬物이오萬物의一心이니何ᄅᆞᆯ取ᄒᆞ며何ᄅᆞᆯ捨ᄒᆞ

리오學者ᄂᆞᆫ煩惱의鈍濁을除ᄒᆞ고天然의心機를澄水와如히淸徹ᄒᆞ며胸次

ᄅᆞᆯ氷玉과如히玲瓏케ᄒᆞ야如何ᄒᆞᆫ事物에接觸ᄒᆞ던지自心에理會ᄒᆞ야覺悟

ᄒᆞᆯ지니라

人解讀有字書。不解讀無字書。知彈有絃琴。不知彈無絃

琴。以跡用。不以神用。何以得琴書佳作之趣

【讀】 人은字가有호書를讀호뒤解치못호뒤字가無호書를讀호믄解치못호며
絃이有호琴을彈호뒤知호뒤絃이無호琴을彈호믄知치못호야迹으로써用
호고神으로써用치못호느니엇지琴書의佳趣를得호리오

【講】 文字는事物의狀態와人類의思想을表호는符號오書籍은其符號를
模寫호는製圖니其符號製圖의原本되는宇宙의萬象과許多의人事가實로
縱橫錯綜호야雄格妙體를極호無文字의活書籍이라다만其符號되는文字
만咀嚼호고其精神의眞相을看破치못호면近世의用語와如히「機械的學
問」。「生物字典」이是오無字의書를讀호믄活眼을着호야精神의眞相을
解호며例호면漢의司馬遷이二十歲에南으로江淮에遊홀서山川風物의
精神을活捉호야自己의文章을經綸호얏다가後에史紀를著호미前日의活
捉호精神을文章에寓호야萬古의名文을成호야「史紀一部가名山大川에
在호다」는名言을傳호니是는司馬遷의大文章이山川風物의無字書를讀
호結果라世人은다만有字의書를讀호고無字의書를讀지못호며坯有絃의

琴을彈ᄒ고無絃의琴을彈ᄒ문知치못ᄒ니琴의絃은物의觸力을被ᄒ야聲
波를動ᄒ는被動的惰力物에不過ᄒ니絃으로聲을作ᄒ면凡夫의耳를悅
케ᄒ고而已라其妙音絶調를極ᄒ無聲의律呂는絃을離ᄒ古桐에在ᄒ니晋의
陶淵明이一張의無絃琴을撫ᄒ고詩를作ᄒ되「但得琴中趣。何勞絃上聲」
이라ᄒ니是가無絃琴을知ᄒ미오更히一步를進ᄒ야言ᄒ면山自峨峨水自
洋洋의妙曲은絃과古桐을拜離ᄒ山水間에在ᄒ지라故로다만有字의書만
讀ᄒ고有絃의琴만彈ᄒ눈人은形跡으로用ᄒ고精神으로用치못ᄒ미니엇
지琴書의眞妙ᄒ佳趣를得ᄒ리오

山河大地已屬微塵。而況塵中之塵。血肉身軀且歸泡影。
而況影外之影。非上上智。無了了心

［讀］ 山河大地도이믜微塵에屬ᄒ거든ᄒ믈며塵中의塵이며血肉身軀도
또한泡影에歸ᄒ기든ᄒ믈며影外의影이리오上上의智가아니면了了의心
이無ᄒ니라

【講】 天地도 成壞가 有ᄒᆞ니 山河 大地ᄂᆞᆫ 一의 微塵을 多積ᄒᆞ야 成ᄒᆞᆫ 微塵의 集合體라 故로 壞ᄒᆞᆯ 時에ᄂᆞᆫ 集合體가 分散ᄒᆞ야 되이려 微塵을 成ᄒᆞᄂᆞ니 山河 大地와 如ᄒᆞᆫ 廣大ᄒᆞᆫ 物體도 破壞ᄅᆞᆯ 免치 못ᄒᆞ야 微塵에 屬ᄒᆞ거든 ᄒᆞᆷ을며 塵中의 塵即 山河 大地中에 乍生旋滅ᄒᆞᄂᆞᆫ 人物이엇지 微塵에 歸ᄒᆞᆷ을 免ᄒᆞ며 且、 人의 血肉 身軀도 겨오 百年間의 存在를 維持ᄒᆞ다가 一死ᄒᆞ면 泡影과 如히 消失ᄒᆞᄂᆞ를 며 影中의 影即 人에 屬ᄒᆞᆫ 富貴功名 等이 엇지 永久히 保存ᄒᆞ리 오 宇宙萬有가 一도 永存不滅ᄒᆞᄂᆞᆫ 者ᅵ 無ᄒᆞ니 엇지 區區ᄒᆞᆫ 事物에 執着ᄒᆞ야 灑落自在 치 못ᄒᆞ리 오 上上의 明智가 아니면 了了의 悟心이 無ᄒᆞ니라

石火光中。爭長競短。幾何光陰。蝸牛角上。較雌論雄。許大世界。

【讀】 石火光中에 長을 爭ᄒᆞ고 短을 競ᄒᆞ니 幾何의 光陰이며 蝸牛角上에 雌론 較ᄒᆞ고 雄을 論ᄒᆞ니 許大의 世界오

【講】 人生의 百年을 悠久無窮ᄒᆞᆫ 時間에 比較ᄒᆞ면 其 短促ᄒᆞᆷ이 石과 石이 相

觸ᄒ야發ᄒᄂ火光의乍起旋滅홈과如ᄒ지라如是ᄒ短期中에彼短我長의得失을互相競爭ᄒ니幾何의光陰이며「莊子」에云ᄒ되「蝸의左角에國이有ᄒ니曰觸氏오蝸의右角에國이有ᄒ니曰蠻氏라時로地를爭ᄒ야戰ᄒ니伏尸數萬이라逐北ᄒ야旬有五日而後에反이라」ᄒ니此ᄂ狹窄ᄒ世界에人과物이區區ᄒ利害를較計ᄒ야爭奪相殘ᄒ믈諷刺ᄒ寓言이라達人의眼孔으로觀ᄒ면世界가一蝸牛의角가同ᄒ고所謂英雄豪傑의大戰爭도蠻觸二氏의競爭과如ᄒ니「淸虛」和尙의詩에云ᄒ되「萬國都城如蟻垤。千家豪傑似醯鷄」라ᄒ미是의意라蝸牛의角上에孰雌孰雄을較計論斷ᄒ니幾許ᄂ廣大ᄒ世界오達觀虛懷로宇宙永劫을看破ᄒ면百年生活中에雌雄得失을競爭ᄒ미엇지區區齷齪치아니ᄒ리오

延促由於一念。寬窄係之寸心。故機閒者。一日遙於千古。意寬(寬 或)者。斗室廣於(廣於 或 作寬若)兩間。

【讀】 延促이一念에由ᄒ고寬窄이寸心에係ᄒᄂ니故로機가開ᄒ者ᄂ一

日이千古보다遙ᄒ고意가寬ᄒ者ᄂ斗室이兩間보다廣ᄒ니라

【講】時間의延長과短促은日月에在ᄒ미아니라人의一念에由ᄒ고空間의寬濶과狹窄은通塞에在ᄒ미아니라人의寸心에係ᄒᄂ니故로心機가悠閒ᄒ者ᄂ一日의短晷를經過ᄒ되千古의長時를歷ᄒ보다遙遠히思ᄒ며躁紛忙ᄒ態가無ᄒ고意志가寬濶ᄒ者ᄂ斗와如히小ᄒ室에居ᄒ되天地의兩間보다廣大히思ᄒ야狹窄을感치안ᄂ니時間空間은本來自如ᄒ거ᄂ促寬狹의差異ᄂ人의一念으로假定ᄒ미라엇지自心으로自忙自狹ᄒ야久ᄒ時間을短促히ᄒ며廣濶ᄒ空間을狹窄히ᄒ리오

趨炎附勢之禍。甚慘亦甚速。棲恬守逸之味。最淡亦最長。

【讀】炎에趨ᄒ고勢에附ᄒᄂ禍ᄂ甚히慘ᄒ고坐한甚히速ᄒ며恬에棲ᄒ고逸을守ᄒᄂ味ᄂ가쟝淡ᄒ고坐한가쟝長ᄒ니라

【講】炎火와如히熾盛ᄒ權勢의處에趨附ᄒᄂ者ᄂ其禍가甚히慘酷ᄒ고

ᄯ한 甚히 疾速ᄒᆞ니 何故오 權勢家에 趨赴ᄒᆞᄂᆫ 者는 반ᄃ시 名利의 情欲이 熾盛ᄒᆞ야 其志槪를 喪失ᄒᆞ고 諂諛阿附ᄒᆞ야 種種 不道德의 行爲로 一時의 欲望을 達ᄒᆞ다가 一朝에 其機를 失ᄒᆞ면 慘酷ᄒᆞ 禍가 直至ᄒᆞ미 오 紅塵萬丈中의 名利를 浮雲과 如히 視ᄒᆞ야 恬靜에 棲ᄒᆞ고 淸逸을 守ᄒᆞ면 其趣味가 가쟝 淡泊ᄒᆞ고 ᄯ한 가쟝 長久ᄒᆞ니라

色慾火熾。而一念及病時。便興似寒灰。名利飴甘。而一想到死地。便味如嚼蠟。故人常憂死慮病。亦可消幻業。而長道心。

【讀】 色慾이 火熾ᄒᆞ되 一念이 病時에 及ᄒᆞ면 믄득 興이 寒灰와 似ᄒᆞ고 名利가 飴甘ᄒᆞ나 一想이 死地에 到ᄒᆞ면 믄득 味가 蠟을 嚼ᄒᆞᆷ과 如ᄒᆞ니 故로 人이늘 死를 變ᄒᆞ고 病을 盧ᄒᆞ면 ᄯ한 可히 幻業을 消ᄒᆞ고 道心을 長ᄒᆞ리라

【講】 人이 血氣가 正盛ᄒᆞᆫ 時에 色慾이 火와 如히 熾盛ᄒᆞ되 疾病에 罹ᄒᆞ야 疲苦ᄒᆞ 時를 念ᄒᆞ면 其與趣가 消亡ᄒᆞ야 寒灰와 似ᄒᆞ고 情欲이 交蔽ᄒᆞ면 名利의

味가 飴糖과 如히 甘ᄒᆞ나 忽然히 死亡을 事를 想起ᄒᆞ면 其味가 蠟을 嚼
히 淡薄ᄒᆞᄂ니 故로 人이 恒常、死亡을 憂ᄒᆞ고 疾病을 慮ᄒᆞ면 可히 色慾과 名
利等의 夢幻과 如ᄒᆞ 作業을 消除ᄒᆞ고 貞操와 美德 의 眞實ᄒᆞ 道 心을 長ᄒᆞ지
니라

貪得者分金恨不得玉。封侯（侯或作公）怨不授公。（公或作侯）權豪自甘乞丐。知足者藜羹旨於膏粱。布袍煖於狐貉。編民不讓王公。

【讀】　得을 貪ᄒᆞᄂ者ᄂ 金을 分ᄒᆞ미 玉을 得지 못ᄒᆞᆯ을 恨ᄒᆞ고 侯를 封ᄒᆞ미 다시 公을 授치 아니ᄒᆞᆯ을 怨ᄒᆞ야 權豪가 스사로 乞丐를 甘ᄒᆞ며 足을 知ᄒᆞᄂ者ᄂ 藜羹도 膏粱보다 旨ᄒᆞ고 布袍도 狐貉보다 煖ᄒᆞ야 編民도 王公에 讓치 안ᄂ니라

【講】　多得을 貪ᄒᆞᄂ者ᄂ 金을 分與ᄒᆞ미 다시 玉을 得지 못ᄒᆞᆯ을 恨ᄒᆞ고 侯爵을 封ᄒᆞ미 다시 公爵을 授치 아니ᄒᆞᆯ을 怨ᄒᆞ야 富貴權豪에 處ᄒᆞ되 恒常、不足의 心을 抱ᄒᆞ야 營營苟苟ᄒᆞ 乞丐的의 情態를 自甘ᄒᆞ고 是에 反ᄒᆞ야 足ᄒᆞ을 知

ㅎ는者는 藜羹의羹이라도 膏粱의珍味보다 旨ㅎ줄로思ㅎ고 麻布의龜袍라도 狐貉의輕裘보다 煖ㅎ줄로思ㅎ야 少毫도 不滿足ㅎ心이 無ㅎ야 編民即無爵無位ㅎ平民의地位에在ㅎ야도 其處心은恒常、泰安ㅎ야 尊貴ㅎ王公에 遜讓치안ㄴ니 佛書에 云ㅎ되 「知足者는 비록地上에 臥ㅎ나 오히려安樂ㅎ고 不知足者는 비록天堂에 處ㅎ나 心에不適ㅎ다」 ㅎ미 人間의苦樂은 富貴貧賤에 在ㅎ미아니오 自心에在ㅎ니 富貴를圖ㅎ메 汲汲치말고 自心을 修ㅎ메 勤勉ㅎ지니라

山林是勝地。一營戀。便成市朝。書畫是雅事。一貪痴。便成商賈。盖心無染着。欲境（境或作界）是仙都。心有係牽（牽或作戀）。樂境成悲地（悲地或作苦海）。

【讀】 山林은 是勝地로되 한번營戀ㅎ면 문득 市朝를成ㅎ고 書畫는 是雅事로딕 한번貪痴ㅎ면 문득商賈를成ㅎㄴ니 盖、心에染着이 無ㅎ면 欲境도 是仙都오 心에係牽이 有ㅎ면 樂境도 悲地를成ㅎㄴ니라

【講】　山林은塵俗을離ᄒᆞᄂᆞᆫ名勝의地區로ᄃᆡ此에營戀沈着ᄒᆞ면是ᄂᆞᆫ貪愛의塵境과同ᄒᆞ야ᄃᆞᆫᄃᆞᆨ名利를營戀ᄒᆞᄂᆞᆫ市朝를成ᄒᆞᄂᆞ니山林과市朝의外境은不同ᄒᆞ나貪戀은同一ᄒᆞᆫ故오書畵ᄂᆞᆫ利欲을離ᄒᆞᆫ風雅의事로ᄃᆡ此에貪利의癡念을起ᄒᆞ면風雅의韻致가忽敗ᄒᆞ야ᄃᆞᆫᄃᆞᆨ欲塵萬丈의營利的商賈를成ᄒᆞᄂᆞ니心에貪染愛着이無ᄒᆞ면利欲의境界도卽是仙人의都府오心에係縛牽引이有ᄒᆞ면快樂의境界도悲凉ᄒᆞ地를成ᄒᆞᄂᆞ니라

時當。作當時　喧雜則平日所記憶者。皆漫然忘去。境在淸寧。則夙昔所遺忘者。又悅爾現前。可見靜躁稍分。昏明頓異。　或本異字　下有也字

【讀】　時가喧雜에當ᄒᆞ면곳平日에記憶ᄒᆞᆫ바者도다漫然히忘去ᄒᆞ고境이淸寧에在ᄒᆞ면夙昔에遺忘ᄒᆞᆫ바者도ᄯᅩ한悅爾히前에現ᄒᆞᄂᆞ니可히靜躁가稍分ᄒᆞ면昏明이頓異ᄒᆞ믈見ᄒᆞᆯ지니라

【講】　喧囂冗雜ᄒᆞᆫ時에ᄂᆞᆫ平日에歷歷히記憶ᄒᆞᆫ事라도다漫然히忘却ᄒᆞᄂ

니是는心神이外物의喧雜을隨ᄒ야混亂ᄒ故오淸淨寧靜ᄒ境에在ᄒ야는

夙昔에遺忘ᄒ事라도恍然明白ᄒ야目前에現ᄒᄂ니此는心神이外境의淸

寧을隨ᄒ야澄徹ᄒ故라寂靜과喧躁가稍分ᄒ면昏忘과明現이頓異ᄒ니人

은맛당히淸寧을守ᄒ고喧雜을離ᄒ지니라

出世之道。卽在涉世中。不必絕人以逃世。了心之功。卽
在盡心內。不必絕慾以灰心。

【讀】 世를出ᄒᄂ道는곳世를涉ᄒᄂ中에在ᄒ니반ᄃ시人을絕ᄒ야써世
를逃치말지오心을了ᄒᄂ功은곳心을盡ᄒᄂ內에在ᄒ니반ᄃ시慾을絕ᄒ
야써心을灰치말지니라

【講】 出世의道는心에世間의貪着을離ᄒ미오肉體를世間에出離ᄒ야永
히人世를謝絕ᄒ미아니라道를修ᄒᄂ人이出世의道는世外에在ᄒᄆ로思
ᄒ야世間을出離ᄒ고超然히深山幽谷에入ᄒ야社會的交際를永絕ᄒ고種
種厭世의行을修ᄒᆷ믄誤解라何故오山谷과市朝가同一ᄒ世間이어늘市朝

의世間을出離ᄒᆞ야山谷의世間에入ᄒᆞ니奚取奚捨며山谷을世間의外라假
定ᄒᆞ더라도世間의貪着을出離ᄒᆞ야기爲ᄒᆞ야다시世間을出離코져ᄒᆞᄂᆞᆫ貪着
을生ᄒᆞ면世間의貪着이나出世間의貪着이나同一ᄒᆞ지라엇지貪着
을離코져ᄒᆞᄂᆞᆫ本意에符合ᄒᆞ리오故로人世의社交를厭棄ᄒᆞ고山林의孤寂
에沈溺ᄒᆞ야木石的의生活을做ᄒᆞ면出世道의眞意가아니라眞出世間의道
ᄂᆞᆫ一切世間을涉ᄒᆞᄂᆞᆫ中에在ᄒᆞ니世間에處ᄒᆞ되世俗에沈溺치아니ᄒᆞ미라
例컨뒤蓮은淤泥中에生ᄒᆞ되淤泥에染汚치아니ᄒᆞ고反히鮮明ᄒᆞ花를開ᄒᆞ
며微妙ᄒᆞ香을發ᄒᆞᄂᆞ니是ᄂᆞᆫ淤泥에處ᄒᆞ되淤泥에出ᄒᆞ미라出世間의道를
學ᄒᆞᄂᆞᆫ人은맛당히蓮을學ᄒᆞᆯ지오ᄃᆞᆫ自己의心性을明悟了達ᄒᆞ
미니了心의功은心力을盡ᄒᆞ야修煉ᄒᆞᄂᆞᆫ內에在ᄒᆞ지라人의情欲을永絶ᄒᆞ
야無情의枯木과如히ᄒᆞ고心氣를昏沈ᄒᆞ야一點의煖氣가無ᄒᆞ冷灰와如히
ᄒᆞᆷ은不可ᄒᆞ지라寂寂ᄒᆞ야妄想을窮ᄒᆞ고惺惺ᄒᆞ야心機를活ᄒᆞ면了心의功
을得ᄒᆞᄂᆞ니라

我不希榮。何憂乎利祿之香餌。我不競進。何畏乎仕官之危機。

【讀】 我가 榮을 希치아니ᄒᆞ면엇지 利欲의 香餌를 憂ᄒᆞ며 我가 進을 競치아니ᄒᆞ면엇지 仕官의 危機를 畏ᄒᆞ리오

【講】 「三畧」에 云ᄒᆞ되 「香餌의 下엔반ᄃᆞ시 死魚가 有ᄒᆞ고 重賞의 下엔반ᄃᆞ시 勇夫가 有ᄒᆞ다」ᄒᆞ니 香餌는 魚를 死ᄒᆞᄂᆞᆫ 物이오 利祿은 人을 釣ᄒᆞᄂᆞᆫ 香餌라 昔을 轉ᄒᆞ야 東西古今의 歷史를 溯考ᄒᆞ면 區區ᄒᆞᆫ 利祿의 香餌를 貪ᄒᆞ야 或忠義를 賣ᄒᆞ고 節操를 喪ᄒᆞ야 萬古의 恥辱을 甘受ᄒᆞᄂᆞᆫ 者가 幾人이나되ᄂᆞᆫ고 此ᄂᆞᆫ 無他라 一時의 虛榮을 希求ᄒᆞᄂᆞᆫ 心이 勝ᄒᆞᆫ故라 만일 我가 榮華를 希望치아니ᄒᆞ면엇지 利祿의 香餌를 憂慮ᄒᆞ며 또 官爵의 進級을 圖ᄒᆞ고 威權을 得ᄒᆞ기爲ᄒᆞ야 酷烈ᄒᆞᆫ 競爭으로 宦海의 風波를 起ᄒᆞ야 不測ᄒᆞᆫ 危機를 釀成ᄒᆞᄂᆞ니 近世各國에 內閣組織 或選擧의 時를 際ᄒᆞ미 各政黨의 競爭이 慘烈ᄒᆞ야 互相猜忌ᄒᆞ고 甚ᄒᆞ면 或殺害의 慘劇을 演ᄒᆞᄂᆞᆫ 事에 至ᄒᆞ미 是라 만일 進級을 競爭치아니ᄒᆞ면엇지 仕官의 危機를 畏怯ᄒᆞ리오

世人只緣認得我字太眞。故多種種嗜好種種煩惱。前人

云。不復知有我。安知物爲貴。又云知身不是我。煩惱更

何侵真破的之言也。

【讀】　世人이다만我字를認得ᄒᆞ미太眞ᄒᆞ믈緣ᄒᆞᄂᆞᆫ故로種種의嗜好와種
의煩惱가多ᄒᆞᆫ지라前人이云ᄒᆞ되다시我가有ᄒᆞᆷ을知치아니ᄒᆞ면엇지物
의貴되믈知ᄒᆞ리오ᄒᆞ고又云ᄒᆞ되身이是、我ㅣ아니믈知ᄒᆞ면煩惱가更何
侵고ᄒᆞ니眞、破的의言이니라

【講】　世人이「我」字를너무眞實히認得ᄒᆞᆯ을因緣ᄒᆞ야種種의嗜好와種
種의煩惱가多ᄒᆞᆫ지라前人이云ᄒᆞ되我가有ᄒᆞᆷ을不知ᄒᆞ면엇지他物의貴重
의言이라何故오我의身體ᄂᆞᆫ地水火風等種種原素의集合體라無常ᄒᆞᆫ此ᄂᆞᆫ破的
ᄒᆞ믈知ᄒᆞ며身體가是我가아닌줄로知ᄒᆞ면煩惱가更何侵고ᄒᆞ니此ᄂᆞᆫ破的
病死의變遷을隨ᄒᆞ야忽生忽死ᄒᆞᄂᆞ니眞實ᄒᆞ我가아니어늘世人이如此ᄒᆞ
無常의假我를常住不滅ᄒᆞᄂᆞᆫ眞我로認得執着ᄒᆞ야種種의嗜好와煩惱를起
ᄒᆞᄂᆞ니만일我의無常을看破ᄒᆞ야無我의理를證得ᄒᆞ면我에對ᄒᆞ感情이一

切消釋ᄒ야 內心의 煩惱와 外物의 貴賤이 都絶ᄒ지니 是는 我가 無ᄒ면 物도 無ᄒ고 物이 無ᄒ면 我와 物의 間에 生ᄒ는 感情的의 好惡가 泯絶ᄒ는 故라 個人主義의 我를 愛着ᄒ야 一切의 公益을 謝絶ᄒ는 者는 我를 幾多 時間이나 保有ᄒ리오 無我의 言이 眞實로 破格的의 言이니라

眼看西晋之荆榛。猶矜白刃。身屬北邙之狐兎，尚惜黄金。語云猛獸易伏。人心難降。谿壑易塡。〔塡作滿或〕人心難滿。

信哉。

【譯】 眼으로 西晋의 荆榛을 看ᄒ되 오히려 白刃을 矜ᄒ고 身이 北邙의 狐兎에 屬ᄒ되 오히려 黄金을 惜ᄒ는지라 語에 云ᄒ되 猛獸는 伏ᄒ기易ᄒ나 人心은 降ᄒ기 難ᄒ고 谿壑은 塡ᄒ기易ᄒ나 人心은 滿ᄒ기難ᄒ나니 信ᄒ도다

【講】 西晋의 人索靖이 其國의 將亡을 知ᄒ고 洛陽宫門에 在ᄒ 銅駝를 指ᄒ고言ᄒ되 「반드시 汝가 荆榛의 中에 在ᄒ리라」 ᄒ더니 後에 果然 其言과 如

히西晋이滅亡호지라世間의事物은如何히隆盛호야도반드시衰亡호느니富强太平호든西晋도一朝에滅亡호야都門에荆榛이生호지라匹夫의勇氣를何可足恃리오亡國의餘痕卽西晋의荆榛을看호고또오히려勇氣를皷호야白刃을誇矜호느니白刃의勇氣가幾時를保호며且人이生호미誰가死치아니호리오早晚에死호미身體를北邙山 (洛陽城外의墓地) 에埋호야狐兎의餌食에屬호눈지라此를知호고도오히려黃金을惜호야永久의活計를圖호니甚히愚痴호事가아니리오古語에云호되猛獰호獸類눈制伏호기易호나人心은降伏호기難호고深廣호谿壑은塡塞호기易호나人心은滿足이기難호다호니信然호도다此눈人의客氣的勇心과貪鄙의欲心에涯限이無호를謂호미니라

狐眠敗砌。兎走荒臺。盡是當年歌舞之地。露冷黃花。烟迷衰草。悉屬舊時爭戰之塲。盛衰何常。强弱安在。念此令人心灰。

【讀】 狐가 敗砌에 眠ᄒᆞ고 兎가 荒臺에 走ᄒᆞ며 盡是、 當年歌舞의 地오 露가 黃花에 冷ᄒᆞ고 烟이 衰草에 迷ᄒᆞ며 盡時 爭戰의 塲에 屬ᄒᆞ지라 盛衰가 何常이며 强弱이 安在오 此를 念ᄒᆞ미 人으로ᄒᆞ야 곰 心이 灰ᄒᆞᄂᆞᆫ도다

【講】 狐狸가 敗壊ᄒᆞᆫ 砌에 眠ᄒᆞ고 兎狸이 荒廢ᄒᆞᆫ 臺에 走ᄒᆞ미 其荒凉을 不勝ᄒᆞ지나 是ᄂᆞᆫ 當年의 錦帳華閣에 佳人才子를 雲集ᄒᆞ야 皓皓其齒와 纖纖玉手로 淸歌妙舞를 極ᄒᆞ던 地오 쏘 白露가 黃花에 冷滴ᄒᆞ고 蒼烟이 衰草에 連迷ᄒᆞ미 其凄傷을 不堪ᄒᆞ지나 此ᄂᆞᆫ 舊時의 連營高壘에 英雄豪傑을 號令ᄒᆞ던 井井ᄒᆞᆫ 旗幟와 凛凛ᄒᆞᆫ 兵戈로 龍戰虎鬪ᄒᆞ던 疆場이라 當年의 富貴와 舊時의 强盛이 忽然히 水流雲空에 歸ᄒᆞ니 盛衰가 何常이며 强弱이 安在오 絶世豪傑의 綮華와 千古英雄의 權能을 茫茫ᄒᆞᆫ 宇宙에 更尋ᄒᆞᆯ 處가 有ᄒᆞ가 此를 念ᄒᆞ미 名利의 心이 自然 消失ᄒᆞ야 冷灰를 成ᄒᆞᄂᆞᆫ도다

晴空朗月。 何天不可翺翔。 而飛蛾獨投夜燭。 清泉綠竹。 何物不可飲啄。而鴟鴞偏嗜腐鼠。 噫世之不爲飛蛾作或竹鴟鴞者幾何人哉。

【讀】 晴空朗月에 何天을 可히 翶翔치 못ᄒ리오마ᄂ 飛蛾ᄂ 獨히 夜燭에 投ᄒ고 淸泉綠竹에 何物을 可히 飮啄지 못ᄒ리오마ᄂ 鴟鴞ᄂ 偏히 腐鼠ᄅ 嗜ᄒᄂ니 噫라 世의 飛蛾鴟鴞가 되지안ᄂ者ㅣ 幾何人인고

【講】 晴蒼ᄒ空中파 皎朗ᄒ月色은 廣潤淸明ᄒ야 萬物의 遨遊ᄅ 放任ᄒᄂ니 晴空朗月의 何天을 可히 翶翔치 못ᄒ리오마ᄂ 飛蛾ᄂ 獨히 夜間의 燈燭에 投ᄒ야 燒死ᄒᄂ니 此ᄂ 飛蛾의 自取ᄒ오 淸冽ᄒ泉水와 綠翠ᄒ竹實은 源源累累ᄒ야 飮啄에 供ᄒ기足ᄒ니 淸泉綠竹의 中에 何物을 可히 飮啄치 못ᄒ리오마ᄂ 鴟鴞ᄂ 獨히 腐敗ᄒ 死鼠ᄅ 嗜ᄒ야 他의 美味ᄅ 不知ᄒᄂ니 此ᄂ 鴟鴞의 自拙이라 世人이 廣大天地와 淸泉黃粱에 居住飮食을 自由 치못ᄒ고 區區ᄒ 名官利祿을 貪ᄒ야 一生을 苟全코져ᄒ다가 反히 禍敗에 陷ᄒ미 飛蛾鴟鴞와 如ᄒ지라 噫라 世人의 飛蛾鴟鴞가 되지안ᄂ者가 幾人인고 實로 慨惜ᄒ事이로다

權貴龍驤。英雄虎戰。以冷眼視之。如蠅作蠅或聚羶。如蟻作蠅或競血。是非蜂起。得失蝟興。以冷情當之。如冶化金。如湯消雪。

〔讀〕 權貴가 龍驤하고 英雄이 虎戰하되 冷眼으로써 視하면 蠅의 羶에 聚홈과 如하고 蟻의 血을 競홈과 如하며 是非가 蜂起하고 得失이 蝟興하되 冷情으로써 當하면 冶의 金을 化홈과 如하고 湯의 雪을 消홈과 如하니라

〔講〕 權貴의 人이 毒龍과 如히 超驤하야 勢力을 爭하고 英雄이 猛虎와 如히 戰爭하야 勝負를 決하미 當人의 思想에 온天下의 大事를 行홈과 如하나 勢力의 念이 絶하고 勝負의 心이 無한 局外達人의 冷靜한 眼目으로 視하면 冷然히 蠅蚋가 腥羶에 聚하야 相爭홈과 如하고 蜉蟻가 血液에 集하야 競奪홈과 如하야 實로 陋陋를 不堪하며 坐是非의 事가 蜂과 如히 起하고 得失의 端이 蝟와 如히 興하야 미紛紛擾擾하야 端緒를 尋하기 困難하나 物外道人의 冷淡한 心情으로써 當하면 縱橫複雜호 是非得失이 一時消失하야 大冶의 金을 鎔化홈과 如

ᄒ고沸湯의雪을消融홈과如ᄒ야能히胸懷ᄅᆯ罣碍쳐못ᄒᆞᄂ니라

以我轉物者。得固不喜。失亦不憂。大地盡屬逍遙。以物

役我者。逆固生憎。順亦生愛。一毫（毫或作毛）便生纏縛。

【讀】 我로써物을轉ᄒᄂ者ᄂ得ᄒ되진실로喜치아니ᄒ고失ᄒ되쏘한愛ᄅᆯ生ᄒ야一毫에라도믄득纏縛을生ᄒᄂ니

치아니ᄒ야大地가다逍遙에屬ᄒ며物로써我ᄅᆯ役ᄒᄂ者ᄂ逆ᄒ미진실로憎을生ᄒ고順ᄒ미쏘한愛ᄅᆯ生ᄒ야一毫에라도믄득纏縛을生ᄒᄂ니

【講】 我가主體가되야外物을轉變ᄒᄂ者ᄂ一切의事物을得ᄒ되驚喜치아니ᄒ고一切의事物을失ᄒ되憂愁치아니ᄒ야廣大天地에逍遙自在ᄒᄂ니何故오事物이來ᄒ면得ᄒ고事物이去ᄒ면失ᄒ야其得失을事物에一任ᄒ야內心의喜憂가無ᄒ미오反是ᄒ야事物을爲ᄒ야我ᄅᆯ勞役ᄒᄂ者ᄂ我가事物의動轉을被ᄒ야逆境을當ᄒ미怨憎을生ᄒ고順境을當ᄒ미愛戀을生ᄒ야一毫의事物에라도반드시纏縛을生ᄒᄂ니是ᄂ一切의事物에貪着ᄒᄂ故로外境의順逆을隨ᄒ야內心의憎愛ᄅᆯ生ᄒᄆᆞ니라

試思未生之前有何象貌。又思既死之後有作（或）何景色。則萬念灰冷。一性寂然。自可超物外而（而字本無）遊象先。

【讀】試ᄒᆞ야生치아니ᄒᆞᆫ前에何의象貌가有ᄒᆞ믈思ᄒᆞ면꼿萬念이灰冷ᄒᆞ고一性이寂然ᄒᆞ야自可히物外에超ᄒᆞ고象先에遊ᄒᆞ리라

【講】人은己生ᄒᆞᆫ後에象貌가始現ᄒᆞᄂᆞ니未生의前에何의象貌가有ᄒᆞ리오故로未生의前에何의象貌가有ᄒᆞ믈思ᄒᆞ미大小姸醜의諸般象貌가都絶ᄒᆞ고人은生存의間에景色이有ᄒᆞᄂᆞ니旣死의後에何의景色이有ᄒᆞ리오故로旣死의後에何의景色이有ᄒᆞ믈思ᄒᆞ미貧富强弱等의萬種景色이永泯ᄒᆞ지라已生以後未死以前의區區ᄒᆞᆫ生活에對ᄒᆞ야何의眞的이有ᄒᆞ리오此를思ᄒᆞ미熱炎과如히熾起ᄒᆞ던千萬無量의妄念이忽然히冷灰와如히沈靜ᄒᆞ고惟一의眞性이寂然不動ᄒᆞ야可히萬物有生의外에超ᄒᆞ고萬象未分의先에遊ᄒᆞ야逍遙自在ᄒᆞ리라

繩鋸木斷。水滴石穿。學道者須要努力。〔要努力或作加力索〕水到渠成。苽熟蔕落。得道者　任天機。

【讀】　繩鋸에 도木이 斷ᄒᆞ고 水滴에 도石이 穿ᄒᆞᄂᆞ니 道를 學ᄒᆞᄂᆞ者ᄂᆞᆫ 모루미 努力을 要ᄒᆞᆯ지오 水가 到ᄒᆞ미 渠가 成ᄒᆞ고 苽가 熟ᄒᆞ미 蔕가 落ᄒᆞᄂᆞ니 道를 得ᄒᆞᄂᆞ者ᄂᆞᆫ 天機를 一任ᄒᆞᆯ지니라

【講】　細繩으로 鋸를 作ᄒᆞ되 引擦不息ᄒᆞ면 可히 固體의 木을 斷絕ᄒᆞ고 水의 小滴도 頻數히 零落ᄒᆞ야 積久에 至ᄒᆞ면 可히 堅厚ᄒᆞᆫ 石을 穿透ᄒᆞᆯ지라 道를 學ᄒᆞᄂᆞ者ᄂᆞᆫ 모루미 努力勉勵ᄒᆞ야 惰怠中止의 弊가 無케ᄒᆞ며 水가 到ᄒᆞ면 渠가 成ᄒᆞ고 苽가 熟ᄒᆞ면 蔕가 落ᄒᆞ믄 自然의 勢라 人의 道를 學ᄒᆞᆷ도 是와 如ᄒᆞ야 工力을 積ᄒᆞ야 圓滿에 至ᄒᆞ면 自然히 道를 得ᄒᆞᆯ지니 人은 다만 工力을 累積ᄒᆞ야 己오 道를 得ᄒᆞᄂᆞ 結果ᄂᆞᆫ 天機에 一任ᄒᆞ야 期待치 말지니 事業을 經營ᄒᆞᄂᆞ者도 自己의 心力을 盡ᄒᆞ야 義務를 行ᄒᆞ고 己오 成敗의 結果ᄂᆞᆫ 足히 問ᄒᆞᆯ바ㅣ아니니라

人生原是。或本是字 傀儡只要把柄、作根蒂 在手一線不
亂。卷舒自由。行止在我。一毫不受他人提掇。便超此場
中矣。

【讀】 人生은 原是 傀儡라 다만 柄을 把ᄒᆞ야 手에 在ᄒᆞ야 一線이 亂치아니ᄒᆞ
며 卷舒가 自由ᄒᆞ고 行止가 我에 在ᄒᆞ야 一毫도 他人의 提掇을 受치아니ᄒᆞᆯ
要ᄒᆞ야 문득 此의 場中을 超ᄒᆞᆯ지니라

【講】 字宙는 萬有의 劇場이오 人生은 登場의 傀儡라 傀儡는 字訓에 木偶니
即人造의 機械的 人形이라 其裡部의 機關에 線繩을 繫ᄒᆞ고 其線의 一端은 指
使者 卽 裡頭人의 手에 持ᄒᆞ야 其線으로 種種의 作用을 行止ᄒᆞ미니 此處에 傀
儡라ᄒᆞ믄 裡頭人을 合ᄒᆞ傀儡의 全作用을 通稱ᄒᆞ미라 傀儡의 作用은 劇場의
主眼인 故로 宇宙의 大劇場에 主眼되는 人生을 傀儡에 比ᄒᆞ미라 人生이이믜
傀儡이면 맛당히 其主柄을 自手에 把ᄒᆞ야 一線도 紛亂치안케ᄒᆞ며 卷舒自由
ᄒᆞ고 行止在我ᄒᆞ야 一毫도 他人의 提掇을 受치아니ᄒᆞ야 此의 劇場의 中에 超

勢利紛華。不近者爲潔。 近之而不染者爲尤潔。 智械機

巧。不知者爲高。知之而不用者爲尤高。

出ᄒᆞ지니라

【讀】 勢利紛華ᄂᆞᆫ近치안ᄂᆞᆫ者ㅣ潔ᄒᆞ나近ᄒᆞ되染치안ᄂᆞᆫ者가尤潔ᄒᆞ며智

械機巧ᄂᆞᆫ知치안ᄂᆞᆫ者ㅣ高ᄒᆞ나用치안ᄂᆞᆫ者가尤高ᄒᆞ니라

【講】 權勢名利의紛忙繁華ᄒᆞ處에ᄂᆞᆫ貪欲과侈心이盛ᄒᆞ야操行을失ᄒᆞ고

德義를損ᄒᆞ기易ᄒᆞ니如是ᄒᆞ處에接近치안ᄂᆞᆫ者가廉潔ᄒᆞ다謂ᄒᆞ지나勢利

紛華의處에接近ᄒᆞ되能히貪欲移心에染着지아니ᄒᆞ야操行을保ᄒᆞ고德義

를守ᄒᆞ면是가特尤ᄒᆞᆫ廉潔이며 ᄯᅩ智械機巧ᄂᆞᆫ 꾂人을欺狂顚倒ᄒᆞᄂᆞᆫ權謀術

數니此等의事를不知ᄒᆞᄂᆞᆫ者가高尙ᄒᆞ나知ᄒᆞ되此를使用치안ᄂᆞᆫ者가尤高

ᄒᆞ니라

天地寂然不動。而氣機無息少停。日月晝夜奔馳。而貞明

萬古不易。故君子閑時要有喫緊的心思。忙處要有悠閑

的趣味。

【讀】 天地는 寂然ㅎ야 動치 아니ㅎ되 氣機는 息ㅎ야 少도 停ㅎ미 無ㅎ고 日月은 晝夜奔馳ㅎ되 貞明은 萬古에 易치 안느니 故로 君子는 閑時에 喫緊的의 心思를 有ㅎㅎ를 要ㅎ지오 忙處에 悠閑的의 趣味를 有ㅎㅎ를 要ㅎ지니라

【講】 天地의 形體는 寂然ㅎ야 動搖치 아니ㅎ되 天地의 氣機는 恒常、運轉循環ㅎ야 少毫도 停息이 無ㅎ며 日月은 晝夜로 奔馳代謝ㅎ야 暫停치 아니ㅎ되 日月의 光明은 長時亘輝ㅎ야 萬古에 變易치 안느니 人도 맛당히 天地日月을 效則ㅎ야 靜中에 動을 有ㅎ고 動中에 靜을 有ㅎ지라 閑寂無事의 靜時에는 昏沉散漫치 말고 惺惺不昧의 喫緊的心思를 存ㅎ야 精神을 活養ㅎ지오 紛忙繁劇의 動時에는 慌忙顛倒치 말고 平淡冷靜ㅎ悠閑的趣味를 有ㅎ야 眞宰를 靜養ㅎ지니라 天地不動日月奔馳의 說을 學說에 伴ㅎ야 古의 天動說과 今의 地動說에 恭準ㅎ면 事實이 相違ㅎ나 此는 科學上의 理說이아니오 行爲上의 喩意니다만 其喩意를 吟味ㅎ지니라

放得功名富貴之心下。便可脱凡。放得道德仁義之心下。

纔可入聖。

【讀】　功名富貴의 心을 放得ㅎ야 下ㅎ면 便可히 凡을 脫ㅎ며 道德仁義의 心을 放得ㅎ야 下ㅎ면 纔可히 聖에 入ㅎㄴ니라

【講】　功名富貴는 貪欲上의 事ㅣ니 功名富貴를 希求ㅎ는 心이 胷中에 蟠居ㅎ면 種種의 情塵에 染着ㅎ야 塵俗의 凡夫를 作ㅎ지니 故로 功名富貴의 心을 放下消盡ㅎ면 凡夫의 境界를 脫ㅎ며 道德仁義의 心은 實로 善良한 心이나 一直히 是心을 堅執繫縛ㅎ면 坐한 道德仁義의 奴隸를 作ㅎ야 活潑自由의 本性을 碍ㅎ지니 故로 道德仁義의 心을 放下ㅎ야 自然히 道德에 合ㅎ면 聖人의 地域에 入ㅎ지라 例컨터 孔子가 「七十에 心의 所欲을 從ㅎ야 矩를 蹈치 아니ㅎ다」 ㅎ니 心의 所欲을 從ㅎ다ㅎ믄 道德仁義의 心에 拘束되지 아니ㅎ고 曠然히 放下ㅎ믈 意味ㅎ미 오 禪語에 云ㅎ되 「佛求에 도 不着ㅎ고 法求에 도 不着ㅎ고 僧求에 도 不着ㅎ다」 ㅎ미 是의 意니라

吉人無論作用安詳。卽夢寐神魂無非和氣。凶人無論行事狼戾。卽聲音笑語渾是殺機。

【譯】 吉人은 作用의 安詳은 論치말고곳 夢寐神魂이라도 和氣아님이 無호

고凶人은 行事의 狼戾는 論치말고곳 聲音笑語라도 渾是 殺機니라

【講】 吉人은 有德호人이니 有德호人은 事 爲에 對호 作用호믄 宜當

의事니 贅論홀거시 無호되 尋常호夢寐中의 神魂이라도 蕩然호 和氣가 有호

고是에 反호 凶人은 곳 惡毒호人이니 惡毒호人은 其故作호는 行事의 狼戾호

믄 例然의 事니 無論이나 平時의 聲音笑語라도다 殺機를 帶호느니라

人之際遇。有齊。有不齊。而能使己獨齊乎。己之情理 有

順。有不順。能使人皆順乎。以此相觀對治。亦是一方便

法門。

【譯】 人의 際遇는 齊도 有호고 齊치아니홈도 有호거늘能히己로호야곰獨

히齊호며己의 情理는 順도 有호고 順치아니홈도 有호거늘能히人으로호야

곰다 順케호리오此로써 相觀對治호면亦是、一의方便法門이니라

【講】 人의 際遇는 十分圓滿하기 難하야 齊一하도 有하고 齊一치 못하도 有
하니 例컨디 或富貴를 兼하되 疾病이 多하거나 或名譽가 有하되 貧窮이 甚한
等의 事니 是는 世間通有의 缺憾이라엿지 能히 自己만 獨히 具齊하야 滿足한
際遇를 得코져하며 또 自己의 情理는 事物에 對하야 順從하도 有하고 順從치
아니하도 有하거놀엇지 能히 他人으로하야곰 다 我의 旨를 順從케하리오 彼
此相勘하고 人我 對治하야 我의 際遇에 缺陷이 有하거든 他人의 際遇에도 不
齊가 有함을 觀하야 愁惱치 말며 他人이 我의 心을 拂逆하거든 我의 情理에도
他를 不順하미 有함을 推하야 忍恕하면 此가 安心하는 方便이라（方便法
門은 佛家의 用語니 卽方法의 權便을 謂하미라）이니라

欹器以滿覆。樸滿以空全。故君子寧居無。不居有.寧處
缺.不處完。

【讀】 欹器는 滿으로써 覆하고 樸滿은 空으로써 全하느니 故로 君子는 寧히
無에 居할지언졍 有에 居치 아니하며 寧히 缺에 處할지언졍 完에 處치 아니하

니라

【講】 欹器는 形像이 죠곰傾欹호 金屬製의器라 水를注入호야 充滿호면傾覆호눈 物이니 魯國桓公의 廟에 此器가 有호지라 孔子ㅣ 此를 見호고 云호되 此눈 古人이 滿分을 誠호 기爲호야 設호거시라호고 弟子로호야곰 水를注호니 果然 水가 滿호미 器가 忽然히 覆호지라 故로 欹器눈 滿으로써 覆호다호미오 樸滿은 土로 造호 器니 中이 空虛호고 一邊에 竅穴이 有호야 錢을 畜호메用호눈 器라 此눈 內部가 空虛호 故로 錢을 畜호메 用호나 內가 空虛치아니호면 用處가 無호야 棄却 破壞에 歸호지라 故로 樸滿은 空으로써 全호다호미니 君子눈 寧히 樸滿과 如히 心을 虛호야 無爲에 居호지언졍 有爲에 居치말며 身을 欹器와 如히 餘地가 有호 缺空에 處호지언졍 極滿호 完實에 處호지마라호미니 是눈 佛經의「我空」과 周易의「滿은損을招호다」호눈 語와 老子의「虛無」룰合호야 德을修호고命을全호눈 道룰 演호미니라

名根 未拔者。縱輕千乘。甘一瓢。惣墮塵情。客氣 未融者。雖澤四海。利萬世。終爲剩技。

精選講義菜根譚　（槪論）

【讀】 名根이 拔치 못훈者는 비록 千乘을 輕ㅎ고 一瓢를 甘ㅎ되 다 塵情에 墮ㅎ고 客氣가 融치 못훈者는 비록 四海를 澤ㅎ고 萬世를 利ㅎ되 마침내 剩技가 되나니라

【講】 千乘은 支那周代의 制라 戰爭의 時에 兵車千乘을 出ㅎ는 國을 千乘의 國이라ㅎ니 곳 人衆地廣의 大國을 謂ㅎ미오 孔子의 弟子顏回가 一簞의 食, 一瓢의 飮으로 陋巷에 處ㅎ되 貧을 安ㅎ고 道를 樂ㅎ니 一瓢는 곳 貧窮을 代表ㅎ語라 名譽를 求ㅎ는 心의 根本을 拔除치 못훈者는 비록 千乘國의 富貴를 輕視ㅎ고 一瓢飮의 淸貧을 甘受ㅎ되 此를 利用ㅎ야 淸廉高潔의 名譽를 博코져ㅎ면 千乘을 輕ㅎ고 一瓢를 甘ㅎ는 事가 總히 名譽를 博코져ㅎ는 紹介物에 不過훈故로 反히 塵情에 墮ㅎ미 오立 客氣가 融和치 못훈者는 비록 惠澤이 四海에 加ㅎ고 利益이 萬世에 及ㅎ는 功業을 成ㅎ되 마침내 剩技가 될지니 何故오 客氣를 因ㅎ야 成훈 功業은 眞正훈 德義가 아닌 故라 故로 眞正훈 聖賢君子는 胸中에 一點의 私欲과 塵氣가 無ㅎ니라

靜中念慮澄徹。見心之眞體。閑中氣像從容。識心之眞機。淡中意趣冲夷。得心之眞味。觀心證道。無如此三者。

【讀】 靜中에 念慮가 澄徹ᄒ면 心의 眞體를 見ᄒ고 閒中에 氣像이 從容ᄒ면 心의 眞機를 識ᄒ고 淡中에 意趣가 冲夷ᄒ면 心의 眞味를 得ᄒ지니 心을 觀ᄒ고 道를 證ᄒ미 此의 三者와 如ᄒ미 無ᄒ니라

【講】 寂靜한 中에 念慮가 澄徹ᄒ면 紛雜한 妄想이 無ᄒ야 心의 眞體를 見ᄒ고 閒暇한 中에 氣象이 從容ᄒ면 一點의 客氣가 無ᄒ야 心의 眞機를 識ᄒ고 淡泊한 中에 意趣가 冲淡平夷ᄒ면 紛華의 浮欲이 絶ᄒ야 心의 眞味를 得ᄒ지니 心을 觀ᄒ고 道를 證ᄒ는 要路는 此의 三者와 如ᄒ미 無ᄒ니라

靜中靜。非眞靜。動處靜得來。纔見心體之眞機。非眞樂。苦中樂得來。纔是性天之眞境。樂處樂。

【讀】 靜中의 靜은 眞靜이아니라 動處에 靜을 得來ᄒ야사 纔是、性天의 眞境이오 樂處의 樂은 眞樂이아니라 苦中에 樂을 得來ᄒ야사 게오 心體의 眞機를 見ᄒᄂ니라

【講】　囂塵이 遠隔ᄒᆞ고 閙氣이 永絕ᄒᆞᆫ 深山幽谷의 寂靜ᄒᆞᆫ 中에 在ᄒᆞ야 靜을 得ᄒᆞᆷ은 寂靜ᄒᆞᆫ 境을 隨ᄒᆞ야 靜ᄒᆞ미오 自成的의 眞靜이 아니라 硏 烟彈雨가 天을 蔽ᄒᆞ고 人喊馬嘶가 地를 撼ᄒᆞᆫ눈 喧動騷亂의 處에셔 鎭定靜肅을 得ᄒᆞ야샤 是가 天性의 眞靜이오 坐事事如意ᄒᆞᆫ 榮達愉快의 處에 在ᄒᆞ야 快樂을 得ᄒᆞᆷ은 自己의 情欲이 榮達愉快ᄒᆞᆫ 境遇의 感動을 被ᄒᆞ야 樂ᄒᆞ미오 自動的의 眞樂이 아니라 飢寒이 膚를 侵ᄒᆞ고 困難이 骨을 徹ᄒᆞᆫ눈 切迫ᄒᆞᆫ 苦境에 陷ᄒᆞ야도 半點의 憂愁가 업시 悠然自樂ᄒᆞ여야 是가 心體의 眞樂妙機를 見ᄒᆞ미니라

不責人小過。不發人陰私。不念人舊惡。三者可以養德。
亦可以遠害。

【讀】　人의 小過를 責지아니ᄒᆞ며 人의 陰私를 發치아니ᄒᆞ며 人의 舊惡을 念치아니ᄒᆞ면 三者가 可히 德을 養ᄒᆞ지오 亦可以、害를 遠히ᄒᆞ지니라

【講】　他人의 些少ᄒᆞᆫ 過失을 知ᄒᆞ되 此를 煩瑣히 譴責치말며 他人의 陰匿ᄒᆞ눈 私事를 知ᄒᆞ되 此를 公衆에 發露치말며 他人의 舊時의 惡事를 知ᄒᆞ되 此를

長久히 念頭에 掛置치 말면 此의 三者가 可히 自己의 德을 涵養ᄒᆞ고 亦可히 外
境에셔 來ᄒᆞᄂᆞᆫ 災害를 遠히ᄒᆞᆯ지니라

衰颯的景象。就在盛滿中。發生的機緘。卽在零落內。故
君子居安。宜操一心以慮患。處變。當堅百忍以圖成。

【讀】 衰颯的의 景象은 就ᄒᆞ야 盛滿ᄒᆞᆫ 中에 在ᄒᆞ고 發生的의 機緘은 곳 零落
ᄒᆞᆫ內에 在ᄒᆞᄂᆞ니 故로 君子ᄂᆞᆫ 安에 居ᄒᆞ미 맛당히 一心을 操ᄒᆞ야써 患을 慮ᄒᆞ
고 變에 處ᄒᆞ미 맛당히 百忍을 堅ᄒᆞ야써 成을 圖ᄒᆞᆯ지니라

【講】 宇宙의 事物은 一定ᄒᆞᆫ 運命이 無ᄒᆞ야 盛이 轉ᄒᆞ면 衰ᄒᆞ고 衰가 轉ᄒᆞ면
盛ᄒᆞ며 榮ᄒᆞᆫ 後에 枯ᄒᆞ고 枯ᄒᆞᆫ 後에 榮ᄒᆞ야 轉轉不窮ᄒᆞᆫ지라 故로 衰颯的의
景象은 其兆가 먼져 繁盛圓滿ᄒᆞᆫ 中에 伏在ᄒᆞᄂᆞ니 花ᄂᆞᆫ 盛開爛熳ᄒᆞᆫ 中에이의
落花紛紛의 景色을 含ᄒᆞ고 人은 壯健榮達의 時에이 의 衰老窮微의 胚胎를 藏
ᄒᆞ며 쏘 發生的의 機緘은 곳 零落ᄒᆞᆫ內에 在ᄒᆞ니 草ᄂᆞᆫ 霜寒露冷衰草茫茫의 時
에 일즉 風斜雨細芳草萋萋의 根性을 持ᄒᆞ고 人은 落拓窮困의 時에 일즉 得意

成功의根因을養ᄒ야萬事萬物이다轉變不居의態를極ᄒᄂ니故로君子ᄂ
安地에處ᄒ되放逸惰怠치말고맛당히一心을操攝ᄒ야不意의患難을預慮
ᄒ며或失敗의事變에處ᄒ되失意落望치말고맛당히百折不屈의忍耐를堅
持ᄒ야最後의成功을圖ᄒ지니라

覺人之詐。不形於言。受人之侮。不動於色。此中有無盡（盡或作窮）意味。亦有無窮受用。

【讀】 人의詐를覺ᄒ되言에形치아니ᄒ며人의侮를受ᄒ되色에動치아니
ᄒ면此中에盡ᄒ미無ᄒ意味가有ᄒ고쏘한窮ᄒ미無ᄒ受用이有ᄒ니라

【講】 他人의詐僞를覺知ᄒ야默恕ᄒ야言語에發形치아니ᄒ면是ᄂ忠恕
의道오他人의侮辱을受ᄒ되堅忍ᄒ야忿慚의氣가顔色에發動치아니ᄒ면
是ᄂ克己의工夫라此中에自然히自治上의無盡ᄒ意味가有ᄒ고應接上의
無窮ᄒ受用이有ᄒ니 無盡ᄒ意味와無窮ᄒ受用은躬行自得ᄒ야眞趣를自
知ᄒ미可ᄒ니라

君子宜淨拭冷眼。愼勿輕動剛腸。

【讀】 君子는맛당히冷眼을淨拭ᄒ고愼ᄒ야剛腸을輕動치말지니라

【講】 冷眼은冷靜ᄒᆫ心으로看ᄒᆫ眼을謂ᄒ미라人이經營希求ᄒᆫ熱眼、卽熱惱의心으로事物을對ᄒ면반드시一偏의誤謬에陷ᄒ야事物의眞相을見치못ᄒᄂ니例컨디色眼鏡을着ᄒ고物을見ᄒᆷ과如ᄒ야黄色의眼鏡을着ᄒ고見ᄒ면世界萬物이다黄色을成ᄒ고綠色의眼鏡을着ᄒ고見ᄒ면世界萬物이다綠色을成ᄒᄂ니然ᄒ나實際는萬物이다黄色이아니다眼鏡의色을隨ᄒ야現ᄒ而已니無色透明의眼鏡을着ᄒ면萬物의眞相을見ᄒ지라故로君子는情欲에拘碍치안는冷眼을淨拭ᄒ고事物을見ᄒ야公平을得ᄒ지오謹愼ᄒ야事物을經營希求ᄒᄂ熱惱의剛腸을輕動치말지니熱惱의剛腸을輕動ᄒ면事物에對ᄒ야公平ᄒᆫ眞衡을失ᄒᆯᄲᅮᆫ아니라急迫擇折의患이有ᄒ기易ᄒ니라

德隨量進。量由識長。故欲厚其德。不可不弘其量。欲弘

精選講義菜根譚 （槪論）

精選講義菜根譚 （概論）

二三二

其量·不可不大其識。

【讀】 德은 量을 隨ᄒ야 進ᄒ고 量은 識을 由ᄒ야 長ᄒᄂ니 故로 其德을 厚코 저ᄒ면 可히 其量을 弘치 아니 치 못홀지오 其量을 弘코저ᄒ면 可히 其識을 大 치 아니 치 못홀지니라

【講】 道德은 其人의 度量을 隨ᄒ야 增進ᄒᄂ니 度量이 寬弘ᄒ면 道德이 亦 厚ᄒ고 度量은 其人의 識見을 由ᄒ야 益長ᄒᄂ니 識見이 高大ᄒ면 度量이 亦 弘혼지라 故로 其德을 厚코져ᄒ면 먼져 其度量을 弘ᄒ고 其度量을 弘코져ᄒ 면먼져 其識見을 大홀지니라

交市人·不如友山翁·謁朱門·不如親白屋·聽街談巷語· 不如聞樵歌牧詠·談今人失德過擧·不如述古人嘉言懿 行

【讀】 市人을 交ᄒ미 山翁을 友ᄒ만 如치 못ᄒ고 朱門에 謁ᄒ미 白屋을 親ᄒ 만 如치 못ᄒ고 街談巷語를 聽ᄒ미 樵歌牧詠을 聞ᄒ만 如치 못ᄒ고 今人의 失

德過ᄅᆞᆯ 擧ᄒᆞ며 古人의 嘉言懿行을 述ᄒᆞ면 如치 못ᄒᆞ니라

【講】市井의 人을 交際ᄒᆞ면 菲薄ᄒᆞᆫ 謀利의 事에 染着ᄒᆞ기 易ᄒᆞ니 山村의 老翁을 交友ᄒᆞ야 質樸ᄒᆞᆫ 風度ᄅᆞᆯ 觀ᄒᆞ며 優美ᄒᆞ고 朱塗의 官門에 出入ᄒᆞ야 威權을 擅ᄒᆞᄂᆞᆫ 大官貴族을 謁見ᄒᆞ면 阿附媚悅에 近ᄒᆞ야 淸操ᄅᆞᆯ 失ᄒᆞ기 易ᄒᆞ니 淸貧ᄒᆞᆫ 白屋을 訪ᄒᆞ고 高潔ᄒᆞᆫ 士ᄅᆞᆯ 親ᄒᆞ야 淡泊ᄒᆞᆫ 志操ᄅᆞᆯ 學ᄒᆞ며 優美ᄒᆞ고 街人巷侶의 淫鄙ᄒᆞᆫ 俗談俚語ᄅᆞᆯ 聽ᄒᆞ면 情懷가 麁陋에 墮ᄒᆞ기 易ᄒᆞ니 樵童牧夫의 無邪ᄒᆞᆫ 氣호 山歌水詠을 開ᄒᆞ야 湖山의 淸趣ᄅᆞᆯ 惹起ᄒᆞ며 優美ᄒᆞ고 今人의 失德過擧ᄅᆞᆯ 談論ᄒᆞ야 他人의 短處ᄅᆞᆯ 討論ᄒᆞ면 人의 怨恨을 被ᄒᆞ기 易ᄒᆞ니 古人의 嘉言懿行을 陳述ᄒᆞ야 自己의 修養을 補益ᄒᆞ며 優美ᄒᆞ지라 人이 能히 外境의 邪正是非ᄅᆞᆯ 擇ᄒᆞ야 自己의 修養에 資ᄒᆞ면 自然히 高尙ᄒᆞᆫ 人格을 成ᄒᆞᄂᆞ니라

信人者ᄂᆞᆫ 人未必盡誠이니 已則獨誠矣오 疑人者ᄂᆞᆫ 人未必皆詐나 已則先詐矣니라

【讀】人을 信ᄒᆞᄂᆞᆫ 者ᄂᆞᆫ 人은 반ᄃᆞ시 盡誠치 못ᄒᆞ나 已ᄂᆞᆫ 곳 獨히 誠ᄒᆞ고 人을

精選講義菜根譚 （槪論）

二三三

疑ᄒᆞᄂᆞᆫ者ᄂᆞᆫ人은반ᄃᆞ시皆詐치아니ᄒᆞ나己ᄂᆞᆫ밋먼져詐ᄒᆞ니라

【講】　我가他人을信用ᄒᆞ미其信用을被ᄒᆞᄂᆞᆫ他人은 一一히誠實치못ᄒᆞ야

或我를欺誑ᄒᆞᄂᆞᆫ者가有ᄒᆞᆯ지라도我의他人을信ᄒᆞᄂᆞᆫ心은獨히誠實ᄒᆞ고是

에反ᄒᆞ야我가他人을疑慮ᄒᆞ미其疑慮를被ᄒᆞᄂᆞᆫ他人은 一一히詐僞치아니

ᄒᆞ야反히忠信ᄒᆞ者가有ᄒᆞ지나我의他人을疑ᄒᆞᄂᆞᆫ心은먼져詐僞ᄒᆞ니라

爲善不見其益。如草裡東苽。自應暗長。爲惡不見其損。

如庭前春雪。當必潛消。

【讀】　善을爲ᄒᆞ미其益을見치못ᄒᆞ나草裏의東苽와如ᄒᆞ야自應暗長ᄒᆞ지

오惡을爲ᄒᆞ미其損을見치못ᄒᆞ나庭前의春雪과如ᄒᆞ야當必潛消ᄒᆞ지니

라

【講】　善事를爲ᄒᆞ미其利益을目으로ᄂᆞᆫ見치못ᄒᆞᆯ지나不見의中에自然暗

長ᄒᆞ야草裡에生ᄒᆞ東苽의其漸長ᄒᆞᄂᆞᆫ形跡은見치못ᄒᆞ나自然히暗暗增長

宮ᄋᆞ야如ᄒᆞ고惡事를爲ᄒᆞ미其損害를目으로ᄂᆞᆫ見치못ᄒᆞ나不見의中에自然

損削ᄒ야 庭前春雪의 其消融ᄒᄂ 形跡은 見치못ᄒ나 潛然히 消散ᄒᆷ과 如ᄒ니 利益이 目前에 現露치아니ᄒ므로 善事를 行치아니치못ᄒ며 損害가 現場에 出現치아니ᄒ므로 惡事를 禁치아니치못ᄒ지니라

遇故舊之交。意氣要愈新。處隱微之事。心迹宜愈顯。待衰朽之人。恩禮當愈隆。

【讀】 故舊의交를遇ᄒ믜 意氣를愈新ᄒ고 隱微의事에處ᄒ믜 心迹을맛당히愈顯ᄒ고 衰朽의人을待ᄒ믜 恩禮를맛당히愈隆히ᄒ지니라

【講】 人은新交ᄒᆫ人을對ᄒ믄 愼重히ᄒ나 故舊의交를遇ᄒ믜 疎忽히ᄒ기易ᄒ니 此를省察ᄒ야 故舊의交를遇ᄒ믜 情意와氣象을 親密新鮮히ᄒ야 踈忽의失을救ᄒ지오 ᄯᅩ人은 光明ᄒᆫ公衆의前에在ᄒ야ᄂ 行事를公正히ᄒ고져ᄒ나 人의見치못ᄒᄂ處에ᄂ 自欺의事를行ᄒ기易ᄒ니 此를愼ᄒ야 人의見聞치못ᄒᄂ處에ᄡ 隱微ᄒᆫ事를行ᄒ믜 心迹을愈顯ᄒ야 自欺의蔽를防ᄒ지오 ᄯᅩ勢運이 全盛ᄒᆫ人을 待遇ᄒ메ᄂ 優越히ᄒ되 衰窮朽敗의人을 待遇ᄒ

며눈 輕蔑히ㅎ기 易ㅎ니 此를 戒ㅎ야 衰朽의 人을 待遇ㅎ미 恩誼와 禮度를 一
層隆盛히ㅎ야 輕蔑의 過를 矯ㅎ지니라

能脫俗。便是奇。作意尙奇者。不爲奇。而爲異。不合汚。便
是淸。絕俗求淸者。不爲淸。而爲激。

【讀】 能히 俗을 脫ㅎ면 便是奇ㅎ니 意를 作ㅎ야 奇를 尙ㅎ눈 者눈 奇가 되지못
ㅎ고 異가 되며 汚에 合지아니ㅎ면 便是淸이니 俗을 絕ㅎ야 淸을 求ㅎ눈 者눈
淸이 되지못ㅎ고 激이 되나니라

【講】 人이 能히 凡俗의 窠臼를 脫ㅎ면 便是奇人이니 만일 故意를 作ㅎ야 奇
事를 崇尙ㅎ눈 者눈 奇人이아니라 乖異ㅎ人을 成ㅎ고 쏘人이 汚穢의 塵欲에
混合지아니ㅎ면 便是淸操니 만일 世俗을 謝絕ㅎ고 淸操를 尋求ㅎ눈 者눈 淸
操가아니라 過激ㅎ人을 成ㅎ눈니라

我貴而人奉之。奉此峩冠大帶也。我賤而人侮之。侮此布
衣草履也。然則原非奉我。我胡爲喜。原非侮我。我胡爲

怒。

【讀】 我가貴ㅎ미人이奉ㅎ미ᄂᆞᆫ此羲冠大帶를奉ㅎ미오我가賤ㅎ미人이侮ㅎᄆᆞᆫ此布衣草履를侮ㅎ미라然ㅎ면原히我를奉ㅎ미아니我가엇지喜ㅎ며原히我를侮ㅎ미아니니我가엇지怒ㅎ리오

【講】 世間의人情은人의貴賤의境遇를隨ㅎ야其待遇의差等이有ㅎ지라만일人이我를待遇코져ㅎ면貴賤의境遇를分別치아니ㅎ고均一히待遇를지어ᄂᆞᆯ我가貴ㅎ時에ᄂᆞᆫ奉敬ㅎ고我가賤ㅎ時에ᄂᆞᆫ輕侮ㅎ면是ᄂᆞᆫ我를待遇ㅎ미아니오我의際遇ㅎ貴賤의外境을待遇ㅎ미니然ㅎ면我를奉ㅎᄆᆞᆫ原來로我를奉ㅎ미아니라我의貴ㅎ時에着ㅎᄂᆞᆫ羲冠大帶를奉ㅎ미니我가엇지그奉敬ㅎ를喜ㅎ며我를侮ㅎᄆᆞᆫ原來로我를侮ㅎ미아니라我의賤ㅎ時에着ㅎᄂᆞᆫ布衣草履를侮ㅎ미니我가엇지그輕侮ㅎ를怒ㅎ리오

無事時。心易昏冥。宜寂寂而照以惺惺。有事時。心易奔逸。宜惺惺而主以寂寂。

【讀】 事가 無한 時에 心이 昏冥한 기易한니 맛당히 寂寂히한야 되惺惺으로써 照한고 事가 有한 時에 心이 奔逸한 기易한니 맛당히 惺惺히한야 되寂寂으로써 主할지니라

【講】 人이 無事開居의 時에는 心이 死灰와 如히 昏冥한 기易한니 此時에는 맛당히 心을 寂寂히한야 紛起치말게한야 되惺惺한 活機로 靈照한야 昏沉의 病을 除한며 坐 有事紛忙한 時에 心이 悍馬와 如히 奔逸한 기易한니 此時에는 맛당히 心을 惺惺히한야 昏沉치말게한야 되寂寂한 眞體를 主한야 散亂의 病을 防할지니 此는 人이 恒常, 靜中에 動機를 忘치아니한고 動中에 靜體를 失치아니함을 謂한미니라

議事者身在事外。宜悉利害之情。任事者身居事中。當忘利害之慮。

【讀】 事를議한는 者는 身이 事外에 在한야 맛당히 利害의 情을 悉할지오 事를任한는 者는 身이 事中에 居한야 맛당히 利害의 慮를 忘할지니라

【講】　事를 評議ᄒ야 是非를 決定ᄒᄂᆫ 者ᄂᆫ 自身을 其議案되ᄂᆫ 當事의 外에
置ᄒ야 虛心冷眼으로 利害의 事情을 周悉ᄒ야 公平히 決定ᄒᆯ지니 만일 事를
議ᄒᄂᆫ 者가 自身을 當事의 中에 置ᄒ면 自身과 當事의 間에 利害得失의 關係
가 生ᄒ야 或 一偏의 私에 牽引ᄒ기 易ᄒ고 或「當局者迷」의 弊가 生ᄒ야 眞
正ᄒᆫ 判決을 下ᄒ기 難ᄒ니 近世 各國에 法律을 評議決定ᄒᄂᆫ 立法機關卽議
院을 行政、司法兩機關의 外에 置ᄒ야 其權을 互相侵越치 아니ᄒ미 是의 意
라ᄯᅩ 事의 實行을 擔任ᄒᄂᆫ 者ᄂᆫ 自身을 當事의 局中에 置ᄒ야 利害를 不顧ᄒ
야 種種의 疑慮를 打破忘却ᄒ고 一直勇行ᄒ지니 만일 事를 任ᄒᄂᆫ 者가 自身
을 當事의 外에 置ᄒ야 門外漢을 作ᄒ면 事에 對ᄒᆫ 誠力이 冷淡ᄒ야 마침내 其
事를 辦成치 못ᄒᄂ니라

【讀】

忙裏要偸閒。須先向閒時。討箇欄柄。鬧中要取靜。須先
從靜處。立個主宰。不然未有不因境而遷。隨事而靡者。

忙裡에 閒을 偸ᄒ믈 要ᄒ면 須先、閒時를 向ᄒ야 個의 欄柄을 討ᄒᆯ지

精選　義菜根譚　(槪論)

二三九

오鬧中에靜을取호믈要호면須先、静處를從호야個의主宰를立홀지니然치아니호면境을因호야遷호고事를隨호야靡치안눈者ㅣ有치못호리라

【講】多事紛忙의裡에在호야安閑호趣味를偸得코져호면먼져無事閑暇의時를向호야心神을修鍊호야閑忙自在호心의欄柄을討得홀지오喧鬧騷亂의中에處호야冷靜호氣度를取持코져호면먼져寂寥閑靜호處를從호야動靜無碍호心의主宰를建立홀지니만일不然호면外境을因호야變遷호고事變을隨호야委靡홀지니英雄이兵馬倥傯의陣中에在호되閑暇를偸호야風月烟雲의詩歌를唫味호야綽綽有餘의趣味가有호고偉人이霜雪과如호鈥戟과雷霆과如호號令의中에死生의大變을當호되方寸이不亂호고舉措가悠閒호야悠然自得호믄다開時에欄柄을討호고靜處에主宰를立호故니라

寧爲小人所忌毀。毋爲小人所媚悅、寧爲君子所責脩。毋爲君子所包容。

【讀】　寧히 小人의 忌毀ᄒᆞᄂᆞᆫ바가될지언졍小人의媚悅ᄒᆞᄂᆞᆫ바ᄂᆞᆫ되지말며

寧히君子의責修ᄒᆞᄂᆞᆫ바가될지언졍君子의包容ᄒᆞᄂᆞᆫ바ᄂᆞᆫ되지말지니라

【講】　剛方正直ᄒᆞᆫ君子ᄂᆞᆫ반ᄃᆞ시詐僞ᄒᆞᆫ小人의忌憚毁謗을被ᄒᆞ고貪鄙愚

痴의人은반ᄃᆞ시諂諛ᄒᆞᆫ小人의媚悅에惑ᄒᆞᄂᆞ니寧히剛方正直ᄒᆞ야詐僞ᄒᆞᆫ

小人의忌毁ᄒᆞᄂᆞᆫ바가될지언졍貪鄙愚痴ᄒᆞ야諂諛ᄒᆞᆫ小人의媚悅ᄒᆞᄂᆞᆫ바ᄂᆞᆫ

되지말며學深德高ᄒᆞᆫ君子ᄂᆞᆫ秀士學者와如ᄒᆞᆫ中等以上人의過失을見ᄒᆞ미

반ᄃᆞ시責善ᄒᆞ야改修를勸ᄒᆞ되至愚極劣ᄒᆞᆫ下類人의過惡을見ᄒᆞ미寬恕包

容ᄒᆞ야深責을不加ᄒᆞᄂᆞ니故로寧히君子의責修를被ᄒᆞᄂᆞᆫ中人이될지언졍

君子의包容을被ᄒᆞᄂᆞᆫ小人은되지말지니比較的의優劣을擇ᄒᆞ야寧히此優

에居ᄒᆞᆯ지언졍彼劣에居치말라ᄒᆞ미니라

受人之恩。雖深不報。怨則淺亦報之。聞人之惡。雖隱不

疑。善則顯亦疑之。此刻之極。薄之尤也。宜切戒之。

【讀】　人의恩을受ᄒᆞ미雖深ᄒᆞ나報치아니ᄒᆞ고怨은곳淺ᄒᆞ되亦報ᄒᆞ며人

精選講義菜根譚　(槪論)　二四二

의 惡을 聞ᄒ며 雖隱ᄒ나 疑치아니ᄒ고 善은곳 顯ᄒ되 亦 疑ᄒ면 此는 刻의 極

【講】 他人에게 受호 恩德은 비록 深厚ᄒ나 報치아니ᄒ고 他人에게 受호 怨

害는 비록 淺薄ᄒ나 必報ᄒ며 他人의 惡事를 聞ᄒ미 其惡事가 隱微ᄒ야 分明

치아니ᄒ되 疑치아니ᄒ고 他人의 善事를 聞ᄒ미 其善事가 顯著確實ᄒ되 信

치아니ᄒ면 此는 人情上, 殘刻의 極點이오 澆薄의 尤甚이니 宜切深戒ᄒ야

犯치말지니라

讒夫毀士。如寸雲蔽日。不久自明。媚子阿人。似隙風侵

肌。不覺其損。

【讀】 讒夫毀士는寸雲의日을蔽홈과如ᄒ야久치아니ᄒ야自明ᄒ고媚子

阿人은隙風의飢를侵홈과如ᄒ야其損을覺지못ᄒᄂ니라

【講】 人을讒訴ᄒᄂ人과人을毀謗ᄒᄂ者는寸雲의日을蔽홈과如ᄒ야不

久에自明ᄒᄂ니 寸許의片雲이白日의光線을蔽ᄒ미 一時의薄陰을生ᄒ나

忽然히風吹雲散ᄒᆞ면日의明光을復ᄒᆞᄂᆞᆫ지라是ᄂᆞ와如히人이如何히我를讒
言毁謗ᄒᆞᆯ지라도我에實容가無ᄒᆞ면自然히我의眞相이明現ᄒᆞ고人에게媚
悅阿諛ᄒᆞᄂᆞᆫ者ᄂᆞᆫ窓隙의風이肌膚를侵홈과如ᄒᆞ야其損害를覺知치못ᄒᆞᄂᆞ
니窓의小隙으로侵入ᄒᆞᄂᆞᆫ風은其跡이甚微ᄒᆞ야深重ᄒᆞᆫ關係가無ᄒᆞᆯᆺᄒᆞ나
漸漸侵逼ᄒᆞ미非常ᄒᆞᆫ疾病을感ᄒᆞ야酷烈ᄒᆞᆫ損害를被ᄒᆞᄂᆞᆫ지라是ᄂᆞ와如히我
에게媚詔阿附ᄒᆞᄂᆞᆫ者ᄂᆞᆫ甘言柔態로事事順從ᄒᆞ야重大ᄒᆞᆫ損害가無ᄒᆞᆯᆺᄒᆞ
나久久沉染ᄒᆞ면偏私의愛惑에陷ᄒᆞᄂᆞ니實로可畏ᄒᆞᆫ事라近世의人은讒夫
毁士ᄂᆞᆫ毒蛇와如히憎惡ᄒᆞ고媚子阿人은甘飴와如히愛戀ᄒᆞᄂᆞᆫ者가多ᄒᆞ니
可히愼치아니ᄒᆞ리오

日旣暮。而猶烟霞絢爛。歲將晚。而更橙橘芳馨。故末路
晚年。君子更宜精神百倍。

【讀】 日이旣暮ᄒᆞ되오히려烟霞가絢爛ᄒᆞ고歲가將晚ᄒᆞ되다시橙橘이芳
馨ᄒᆞᄂᆞ니故로末路晚年은君子가맛당히精神을百倍ᄒᆞᆯ지니라

精選講義菜根譚　（槪論）

二四三

【講】日影이 西山에 迫ᄒᆞ야 暮景에 至ᄒᆞ되 蒼烟丹霞가 夕輝를 帶ᄒᆞ야 絢爛ᄒᆫ色을 彩를 極ᄒᆞ고 歲色이 將晚ᄒᆞ야 窮冬에 至ᄒᆞ되 黃橙綠橘이 寒氣를 凌ᄒᆞ야 香烈ᄒᆞ고 芳馨을 呈ᄒᆞᄂ니 人도 如是ᄒᆞ야 비록 老年衰境에 至ᄒᆞ야도 可히 燦爛玲瓏ᄒᆞ야 事功을 成ᄒᆯ지라 故로 末路晚年은 君子가 맛당히 精神을 百倍皷勵ᄒᆞ야 怠荒에 至치 말지니라

居盈滿者。如水之將溢未溢。切忌再加一滴。處危急者。
如木之將折未折。切忌再加一撅。

【讀】盈滿에 居ᄒᆞᄂ 者ᄂ 水의 將溢ᄒᆞ되 溢치아니ᄒᆷ과 如ᄒᆞ니 切히 一滴을 再加ᄒᆷ을 忌ᄒᆞ고 危急에 處ᄒᆞᄂ 者ᄂ 木의 將折ᄒᆞ되 折치아니ᄒᆷ과 如ᄒᆞ니 切히 一撅을 再加ᄒᆷ을 忌ᄒᆯ지니라

【講】事功名位가 盈滿ᄒᆞ야 全盛의 極點에 達ᄒᆞ者ᄂ 水가 器에 充滿ᄒᆞ야 將溢未溢ᄒᆞ과 如ᄒᆞ니 將溢未溢의 水에 一滴의 水를 再加ᄒᆞ면 반ᄃ시 溢出ᄒᆯ지라 是와 如히 盈滿ᄒᆞ位에 居ᄒᆞ者가 오히려 不足의 念을 生ᄒᆞ야 다시 高進厚積

을 望ᄒ면 反히 傾敗에 至ᄒ지오且、 危急ᄒ 境에 處ᄒ 者ᄂ 木의 將折未折ᄒ

과 如ᄒ니 將折未折의 木에 一撓의 力을 再加ᄒ면 반ᄃ시 摧折ᄒ지니 是와 如

히 危急ᄒ 境에 處ᄒ 者가 謹愼安詳치아니ᄒ고 過激劇烈ᄒ면 반ᄃ시 災禍에

罹ᄒᄂ니라

節義之人。濟以和衷。纔不啓忿爭之路。功名之士。承以

謙德。方不開嫉妬之門。

【讀】 節義의 人은 和衷으로써 濟ᄒ여야게오 忿爭의 路를 啓치안ᄂ니ᄒ고 功

名의 士ᄂ 謙德으로써 承ᄒ여야 하로써 嫉妬의 門을 開치안ᄂ니라

【講】 節槩義氣를 尙ᄒᄂ 人의 缺點은 急矯激激烈ᄒ야 他人의 非를 見ᄒ야 미 忿

怒鬪爭ᄒ기易ᄒ니 溫和ᄒ 衷心으로써 其急激을 濟ᄒ야 忿爭의 路를 杜ᄒ고

功名을 尙ᄒᄂ 士의 缺點은 傲慢自高의 心을 懷ᄒ야 自己보다 勝ᄒ 者를 見ᄒ

미 猜忌嫉妬ᄒ기易ᄒ니 謙遜의 德으로써 其自高의 心을 治ᄒ야 嫉妬의 門을

閉ᄒ지니라

善讀書者。要讀到手舞足蹈處。方不落筌蹄。善觀物者。

要觀到心融神洽時。方不泥迹象。

【讀】　善히 書를 讀ᄒᆞ는 者는 讀ᄒᆞ야 手舞足蹈ᄒᆞ는 處에 到ᄒᆞ믈 要ᄒᆞ여야 바야흐로 筌蹄에 落지아니ᄒᆞ며 善히 物을 觀ᄒᆞ는 者는 觀ᄒᆞ야 心融神洽ᄒᆞ는 時에 到ᄒᆞ믈 要ᄒᆞ여야바야흐로 跡象에 泥치안ᄂᆞ니라

【講】　筌은 魚를 取ᄒᆞ는 機오 蹄는 兎를 取ᄒᆞ는 機라 書籍은 理想을 解ᄒᆞ기爲ᄒᆞ야 讀ᄒᆞ미 오 筌蹄는 魚兎를 得ᄒᆞ기爲ᄒᆞ야 設ᄒᆞ미라 書中의 理想을 知ᄒᆞ면 맛당히 文字를 捨ᄒᆞ지오 魚兎를 取ᄒᆞ면 맛당히 筌蹄를忘ᄒᆞ지라 故로 書를 善讀ᄒᆞ는 者는 熟讀玩味ᄒᆞ야 其意旨를 了解ᄒᆞ야 手舞足蹈를 不覺ᄒᆞ는 妙境에 至ᄒᆞ야 筌蹄와 如ᄒᆞᆫ 文字를 穿鑿ᄒᆞ는 愚境에 墮落지말지며 ᄯᅩ物을 善觀ᄒᆞ는 者는 맛당히 物理의 眞相을 觀ᄒᆞ야 心思가 融解ᄒᆞ고 精神이 淡洽ᄒᆞᆫ 妙境에 到ᄒᆞ야 其皮面의 迹象에 拘泥치말지니 如何ᄒᆞᆫ 事物을 對ᄒᆞ든지 其裡面의 眞相을 看破ᄒᆞ고 外形에 拘着치말지니라

至人何思何慮。愚人不識不知。可與論學。亦可與建功。
唯中才的人。多一番思慮知識。便多一番臆度猜疑。事事
難與下手。

【讀】 至人은 何思何慮리오 愚人은 識지못ᄒ고 知치못ᄒᄂ니 可히더브러
學을論ᄒ며 亦可히더브러功을建ᄒ지나 오직中才的의人은 一番의思慮知
識을多ᄒ면 一番의臆度猜疑를多ᄒ야 事事에 더브러手를下 ᄒ기難ᄒ니
라

【講】 至人은 智德이圓滿ᄒ야 至善의極點에達ᄒ人을謂ᄒ미니 至人은思
慮의功을加치아니ᄒ야도自然히事理에融合ᄒ야 滯碍가無ᄒ고愚痴ᄒ人
은 知識이無ᄒ야自解의力이無ᄒ故로人의指導를順從ᄒ야 違拒치안ᄂ니
至人은 可히承師ᄒ고愚人은 可히더브러學術을論ᄒ
며亦可히더브러功業을建ᄒ지라오직至人에及치못ᄒ고愚人보다稍勝ᄒ
中等才智를有ᄒ人은未知欲知의間에在ᄒ故로思慮와知識이多ᄒ고其思

慮와 知識을 隨ᄒᆞ야 臆度와 猜疑가 多ᄒᆞ야、事事에 手를 下ᄒᆞ야 同事ᄒᆞ기 難ᄒᆞ니라

口乃心之門。守口不密。洩盡眞機、意乃心之足。防意不嚴。走盡邪蹊。

【讀】 口ᄂᆞᆫ이에 心의門이니 口를守ᄒᆞ미 密치못ᄒᆞ면 眞機를洩盡ᄒᆞ고 意는이에 心의足이니 意를防ᄒᆞ미 嚴치못ᄒᆞ면 邪蹊를走盡ᄒᆞᄂᆞ니라

【講】 口ᄂᆞᆫ心의思想을音聲으로發出ᄒᆞᄂᆞᆫ處라 心의口로從ᄒᆞ야發露ᄒᆞ미 人의門으로出宮과如ᄒᆞ故로 口ᄂᆞᆫ心의門이라ᄒᆞ니 此口를愼密히守護치아니ᄒᆞ면 心中의秘藏ᄒᆞ眞機를漏洩ᄒᆞ야或、意外의災禍를招ᄒᆞ고 意ᄂᆞᆫ心의動緖라 心의本體ᄂᆞᆫ人人皆同ᄒᆞ나 意識의作用을隨ᄒᆞ야善惡의差別을生ᄒᆞᄂᆞ니 心의意를隨ᄒᆞ야變動ᄒᆞ미 人의足을隨ᄒᆞ야遷移宮과如ᄒᆞ故로 意ᄂᆞᆫ心의足이라ᄒᆞ니 此意를嚴重히防守치아니ᄒᆞ면 邪惡ᄒᆞ蹊徑에馳走ᄒᆞ야罪惡에陷ᄒᆞ기易ᄒᆞ니 人은맛당히口를密守ᄒᆞ고意를嚴防ᄒᆞ야不測의禍惡을避

홀지니라

子弟者。大人之胚胎。秀才者。士夫之胚胎。此時若火力

不到。陶鑄不純。他日涉世立朝。終難成個令器。

【讀】 子弟者는 大人의 胚胎오 秀才者는 士夫의 胚胎니 此時에 만일 火力이

到치못ᄒ야 陶鑄가 純치못ᄒ면 他日에 世를 涉ᄒ고 朝에 立ᄒ미 맛침내 個의

令器를 成ᄒ기 難ᄒ니라

【講】 幼少ᄒᆫ 子弟는 他日의 大人을 成ᄒ을 胚胎오 秀才는 支那制의 文官登庸

試驗에 及第ᄒᆫ 者의 名稱이니 此秀才는 他日의 士大夫를 成ᄒ을 胚胎니 此子弟

秀才의 時에 猛烈ᄒᆫ 火力을 加ᄒ야 土器를 陶ᄒ고 金品을 鑄ᄒ과 如히 嚴密ᄒᆫ

敎育을 加ᄒ야 心身을 修鍊치 아니ᄒ면 他日에 大人을 成ᄒ야 世事를 涉ᄒ고

士大夫를 成ᄒ야 朝廷에 立ᄒ미 偉美ᄒᆫ 令器를 成치못ᄒ지니 人은 幼少ᄒᆫ 時

에 嚴正ᄒ 家庭的 敎育을 受ᄒ고 秀才의 時에 眞實ᄒ 社會的 學問을 博ᄒ야 理

解實踐을 彙修ᄒ야 他日 有用의 令器를 成ᄒ지니라

精選講義 菜根譚 （槪論）

二四九

君子處患難。而不憂。當宴遊。而惕慮。遇權豪。而不懼。對
惸獨。而驚心。

【讀】　君子는患難에處ᄒᆞ되憂치아니ᄒᆞ고宴遊에當ᄒᆞ되慮를惕ᄒᆞ고權豪
를遇ᄒᆞ되懼치아니ᄒᆞ고惸獨을對ᄒᆞ되心을驚ᄒᆞᄂᆞ니라

【講】　君子는患禍困難에處ᄒᆞ미順受自勵ᄒᆞ야憂愁치아니ᄒᆞ고酒樂이淋
漓ᄒᆞᆫ宴會遊席에當ᄒᆞ미思慮를警惕ᄒᆞ야耽惑荒淫을戒ᄒᆞ고權勢豪威의人
을遇ᄒᆞ미已를正ᄒᆞ고禮를燕ᄒᆞ야一毫도懼縮치아니ᄒᆞ고孤枯困窮ᄒᆞᆫ惸獨
의人을對ᄒᆞ미悲悶의心을驚動ᄒᆞ야救恤의道를思ᄒᆞᄂᆞ니라

桃李雖艶。何如松蒼栢翠之堅貞。梨杏雖甘。何如橙黃橘
綠之馨冽信乎濃夭不及淡久。早秀不如晚成。

【讀】　桃李가雖艶ᄒᆞ나엇지松蒼栢翠의堅貞과如ᄒᆞ며梨杏이雖甘ᄒᆞ나엇
지橙黃橘綠의馨冽과如ᄒᆞ리오信호지라濃夭가淡久를及치못ᄒᆞ고早秀가
晚成만如치못ᄒᆞ도다

【講】 桃李의 華는 一時春光에 艶麗의 色을 極호나 「花는 十日의 紅이 無호
다」는 古語와 如히 風雨가 一至호면 落花狼籍호야 遊人騷客의 欺傷을 增호
ᄂ니 蒼松翠栢이 盛夏의 風雨를 經호고 隆寒의 霜雪을 耐호되 恒常、 蒼翠의
色을 不變호야 堅節貞操를 保홈만 不如호고 黎杏은 其味가 雖甘호나 壞亂腐
敗호기易호니 黃橙綠橘의 馨冽호 香味가 長時를 保홈만 不如호야 濃厚의 天
關이 淡泊의 久存에 不及호고 早速의 秀出이 遲晚의 成就만 不如호지라 人도
如是호야 浮華호 才智가 堅固호 節操만 不如호고 濃厚轉變의 利欲을 貪홈보
다 淡泊悠久의 道德을 守호미 可호니라

風恬浪靜中。見人生之眞境。味淡聲希處。識心體之本
然。

【讀】 風恬浪靜의 中에 人生의 眞境을 見호며 味淡聲希의 處에 心體의 本然
을 識호ᄂ니라

【講】 大陸에 風塵이 恬息호고 巨海에 波浪이 沉靜호야 萬象이 寂然호고 一

精選講義菜根譚 (槪論)

二五一

塵이 不動ㅎ는 開寂ㅎ中에 在ㅎ미 一切事物의 關係가 盡絕ㅎ는 故로 聖凡智
愚의 差別이 都消ㅎ야 寂靜平等ㅎ人生의 眞境을 見ㅎ며 趣味가 淡泊ㅎ고 聲
色이 希夷ㅎ야 好惡의 分別이 無ㅎ處에 在ㅎ미 一切의 妄情이 不動ㅎ야 虛徹
靈妙ㅎ心體의 本然을 識ㅎㄴ니라

鶯花茂而山濃谷艷。摠是乾坤之幻境。水木落而石瘦崖
枯。纔見天地之眞吾。

【讀】　鶯花가 茂ㅎ야 山이 濃ㅎ고 谷이 艷ㅎ미 總是、乾坤의 幻境이오 水木
이 落ㅎ야 石이 瘦ㅎ고 崖가 枯ㅎ미、天地의 眞吾를 見ㅎㄴ니라

【講】　春에 鶯鳥가 囀歌ㅎ고 百花가 爭發ㅎ야 山色이 濃厚ㅎ고 谷容이 艷麗
ㅎ야 一切의 境物이 繁榮ㅎ면 是ㄴ다 乾坤의 一時的 幻化境界오 秋後에 江水
가 初落ㅎ고 木葉이 盡脫ㅎ야 岩石이 瘦瘠ㅎ고 崖岸이 枯槁ㅎ야 森境萬物이
搖落淨灑ㅎ면 可히 天地의 眞吾를 見ㅎ지니 眞吾는 卽眞體라 朱子의 詩에
「木落水盡千崖枯、逈然我亦見眞吾」 라ㅎ니 卽此意라 人事도 如是ㅎㄴ니 幻

夢과 如ᄒᆞᆫ 世間의 勢利紛華를 解脫ᄒᆞ고 淡泊ᄒᆞᆫ 道德의 眞相을 看破ᄒᆞᆯ지니라

歲月本長。而忙者自促。天地本寬。而鄙者自隘。風花雪

月本閑。而勞攘者自冗。

【讀】 歲月은 本히 長ᄒᆞ거ᄂᆞᆯ 忙者가 自促ᄒᆞ고 天地ᄂᆞᆫ 本히 寬ᄒᆞ거ᄂᆞᆯ 鄙者가

自隘ᄒᆞ고 風花雪月은 本히 閒ᄒᆞ거ᄂᆞᆯ 勞攘ᄒᆞᆫ 者가 自冗ᄒᆞᄂᆞ니라

【講】 歲月은 長久無窮ᄒᆞ거ᄂᆞᆯ 煩忙ᄒᆞᆫ 者가 自促ᄒᆞ야 一生을 奔走無暇ᄒᆞᆫ中

에 送ᄒᆞ고 天地ᄂᆞᆫ 寬濶ᄒᆞ야 人間到處에 隨意傲遊、 自由活動을地가 有ᄒᆞ거

ᄂᆞᆯ 鄙劣ᄒᆞᆫ 者가 自隘ᄒᆞ야 茫茫ᄒᆞᆫ 宇宙에 一身을 容ᄒᆞ기 難ᄒᆞ며 淸風明月紅花

白雪은 悠閒道遙ᄒᆞ야 人의 幽賞에 供ᄒᆞ기 足ᄒᆞ거ᄂᆞᆯ 勞攘ᄒᆞᆫ 者가 自冗ᄒᆞ야 天

然의 景色을 苦澁無味ᄒᆞᆫ中에 看過ᄒᆞᄂᆞ니라

熱不必除。而除此熱惱。身常在淸凉臺上。窮不可遣。而

遣此窮愁。心常居安樂窩中。

【讀】 熱은 반ᄃᆞ시 除치못ᄒᆞᆯ지라 此의 熱惱를 除ᄒᆞ면 身은ᄂᆞᆯ 淸凉臺上에 在

호지오 窮은 可히 遣치 못호지라 此의 窮愁를 遣호면 心은늘 安樂窩中에 居호지니라

【講】 盛夏의 炎熱이 甚酷호야 金石을 流호고 土木을 焦호메 至호면 人은반드시 其熱을 不堪호야 或凉을 尋호고 扇을 揮호야 種種의 方法으로 熱을 除코져호지나 如此호면 身體의 熱苦를 除치 못홀뿐아니라 反히 心思의 熱惱를 增호지니 故로 外境의 熱氣를 除코져호지말고 此心의 熱惱를 除호야 「大紅爐裏放寒風」의 古句를 唅味호야 冷靜自持호면 一身이 恒常、淸凉臺上에 在호고 如호야 少毫도 熱苦를 不感호지오 人이 窮困을 當호미 其窮困을 不堪호야 愁惱를 起호지나 窮困은 人의 一時的 境遇를 範圍홀而已오 能히 人의 精神을 侵害치못호ㄴ니 비록 窮境에 在호나 窮困의 憂愁를 排遣호면 心은 恒常、安樂窩中에 居호파 如호야 悠然自得호지니라

嗜寂者。觀白雲幽石而通玄。趨榮者。見淸歌妙舞而忘倦。

惟自得之士。無喧寂。無榮枯。無往非自適之天。

【讀】　寂을嗜ᄒᆞᄂᆞᆫ者ᄂᆞᆫ白雲幽石을看ᄒᆞ고玄을通ᄒᆞ며榮에趨ᄒᆞᄂᆞᆫ者ᄂᆞᆫ清歌妙舞를見ᄒᆞ고倦을忘ᄒᆞᄂᆞ니오직自得의士ᄂᆞᆫ喧寂이無ᄒᆞ고榮枯가無ᄒᆞ야往ᄒᆞ매自適의天아니미無ᄒᆞᄂᆞ라

【講】　喧鬧를避ᄒᆞ고寂靜을嗜ᄒᆞᄂᆞᆫ者ᄂᆞᆫ塵烟을遠隔ᄒᆞᆫ山林中의白雲幽石을觀ᄒᆞ며悠間自養ᄒᆞ야玄玄ᄒᆞᆫ妙理를硏通ᄒᆞ며枯寂을厭ᄒᆞ고繁榮을樂ᄒᆞᄂᆞᆫ者ᄂᆞᆫ春城花市中의清歌妙舞를見ᄒᆞ며心醉神蕩ᄒᆞ야疲倦을忘ᄒᆞᄂᆞ니其寂靜과繁榮의兩境은不同ᄒᆞ나다一邊의偏弊가有ᄒᆞ야欣厭取捨의苦痛이隨ᄒᆞᄂᆞ오직事事無礙悠然自得의士ᄂᆞᆫ喧寂의欣厭과榮枯의取捨가無ᄒᆞ야春城花市의熱鬧中에도足히白雲幽石의靜趣를得ᄒᆞ고青山流水의冷寂ᄒᆞᆫ中에도能히清歌妙舞의娛樂을見ᄒᆞ지라何處에往ᄒᆞ든지自適의天趣가아니미無ᄒᆞᄂᆞ라

悠長之趣。不得於醲釀。而得於啜菽飲水。惆悵之懷。不生於枯寂。而生於品竹調絲。固知濃處味常短。淡中趣獨眞也。

【讀】　悠長의 趣는 醲醾에 得지 못호고 菽을 啜호고 水를 飮호며 得호며 惆悵
의 懷는 枯寂에 生치 아니호고 竹을 品호고 絲를 調호메 生호느니 진실로 濃處
에는 味가 常短호고 淡中에는 味가 獨眞호믈 知홀지니라

【講】　悠長혼 淸趣는 酒醲醋醾의 美味를 飮호는 濃厚혼 間에 得호미아니라
菽菜를 啜호고 淸水를 飮호는 淡薄혼 中에 得호며 惆悵哀怨의 感懷는 靜慮獨
坐의 枯寂혼 處에 生호미아니라 竹製의 樂器 卽簫簧을 品評호고 琴瑟의 絃絲
를 調節호야 悠揚急數의 聲韻이 錯雜相間호야 如怨如慕혼 中에서 生호느니
「千歲琵琶作胡語、 分明怨恨曲中論」의 古句가 是라 是로 由호야 觀호면 醲
醾、 絲竹의 濃厚혼 處에 눈 其味가 短促호고 菽水、 枯寂의 淡泊혼 中에 눈 其
趣가 獨히 眞率호지라 一身을 酒醲醋醾品竹調絲의 濃處에 投호야 鹿浮혼 短
味를 樂호는 者는 엇지 首를 回호야 啜菽飮水靜慮寂養의 淡中에 悠長혼 眞趣
를 取치아니호리오

倘徉於山林泉石之間。而塵心漸息。夷猶於詩書圖畫之

內。而俗氣潛消。故君子雖不玩物喪志。亦常借境調心。

【讀】 山林泉石의 間에 徜徉ᄒᆞ면 塵心이 漸息ᄒᆞ고 詩書圖畵의 內에 夷猶ᄒᆞ면 俗氣가 潛消ᄒᆞᄂᆞ니 故로 君子는 비록 物을 玩ᄒᆞ야 志를 喪치 아니ᄒᆞᆯ지나 亦常、 境을 借ᄒᆞ야 心을 調ᄒᆞᆯ지니라

【講】 百務倥偬萬緣錯雜의 塵世 中에 顚倒出沒ᄒᆞ다가 往往、 蕭灑淡泊ᄒᆞᆫ 山林泉石의 間에 徜徉ᄒᆞ면 塵心이 漸次 止息ᄒᆞ야 分外의 淸爽을 覺ᄒᆞ고 利害紛紛是非曉曉의 場上에 馳騁追逐ᄒᆞ다가 時時로 淸高奧妙ᄒᆞᆫ 詩書圖畵의 內에 夷猶(夷猶는 舒緩悠閒의 意)ᄒᆞ야 其趣를 賞ᄒᆞ면 俗氣가 潛然消失ᄒᆞ야 驟來의 雅意를 得ᄒᆞᆯ지라 故로 君子는 비록 外物을 玩好ᄒᆞ야 本志를 溺喪ᄒᆞ믄 不可ᄒᆞ나 맛당히 他境을 假借ᄒᆞ야 自心을 調理ᄒᆞᆯ지라 近世에 大都會에 公園과 圖書縱覽所를 設ᄒᆞ야 人民의 隨意遊賞을 許ᄒᆞᄂᆞ니 此가 人民에 對ᄒᆞ야 多端의 裨益이 有ᄒᆞᆫ中、 特히 道德上의 補益이 最大ᄒᆞ니라

春日氣象繁華。令人心神駘蕩。不若秋日。雲白風淸。蘭芳桂馥。水天一色。上下空明。使人神骨俱淸也。

【讀】　春日은 氣象이 繁華ㅎ야人으로ㅎ야곰心神이 駘蕩케ㅎㄴ니秋日의
雲白風淸ㅎ고蘭芳桂馥ㅎ며水天一色에上下空明ㅎ야人으로ㅎ야곰神骨
이俱淸케ㅎ야만若지못ㅎ니라

【講】　物境의人에對ㅎ感觸은其現象의變異를隨ㅎ야人의感想을變ㅎㄴ
ㄴ百花爛熳鳥語蝶舞의春日氣象은繁榮華麗ㅎ야人으로ㅎ야곰心神을駘
蕩케ㅎ고秋節이至ㅎ면山雲은白色을映ㅎ고天風은淸穎을送ㅎ고蘭草눈
芳香을發ㅎ고桂樹눈氣馥을傳ㅎ며鏡水晴天은一色을成ㅎ야上下가空明
ㅎㄴ人이如此호景象을對ㅎ면自然히精神과骨格이兩俱淸爽ㅎ지라春
日의駘蕩이엇지秋日의淸爽에及ㅎ리오故로嬌戀蕩情의人은春日을懷ㅎ
고氣節操行의士눈秋日을愛ㅎㄴ니라

機動的。弓影疑爲蛇蝎。寢石視爲伏虎。此中渾是殺氣。

念息的。石虎可作海鷗。蛙聲可當鼓吹。觸處俱見眞機。

【讀】　機가動ᄒᆞᄂᆞᆫ的은弓影도疑ᄒᆞ야蛇蝎을爲ᄒᆞ고寢石도視ᄒᆞ야伏虎를

爲ᄒᆞᄂᆞ니此中에ᄂᆞᆫ渾是殺氣오念이息ᄒᆞᄂᆞᆫ的은石虎도可히海鷗를作ᄒᆞ고

蛙聲도可히皷吹를當ᄒᆞᄂᆞ니觸處에俱是眞機니라

【講】　人心의妄機가亂動ᄒᆞ야疑心을起ᄒᆞ면白日의下에도暗鬼를生ᄒᆞᄂᆞᆫ

지라弓影도蛇蝎로疑ᄒᆞ고寢石도伏虎로視ᄒᆞᄂᆞ니此ᄂᆞᆫ心魔가亂動ᄒᆞ야自

伐自害ᄒᆞᄂᆞᆫ殺氣를成ᄒᆞᆷ이라弓影을蛇蝎로疑ᄒᆞᆷ은「晉書」에云ᄒᆞ되「晉

人樂廣이河南令으로在京時에官衙에서親友를會ᄒᆞ야飮宴ᄒᆞᆫ事ㅣ有ᄒᆞ더

니其後에飮宴ᄒᆞ던親友一人이久阻不來어ᄂᆞᆯ其故를問ᄒᆞᆫ되答ᄒᆞ되前日飮

宴의時에盃中에蛇가有ᄒᆞᆷ을見ᄒᆞ고因ᄒᆞ야病을成ᄒᆞ얏다ᄒᆞ니是ᄂᆞᆫ其衙壁

上에掛置ᄒᆞᆫ角弓의影이盃中에映ᄒᆞ야蛇로疑ᄒᆞᆷ이라樂廣

이是를知ᄒᆞ고更히故處에酒宴을開ᄒᆞ고其病友를請ᄒᆞ야飮ᄒᆞᆯᄉᆡ初와如히

其盃中에弓影이映ᄒᆞ야蛇와如ᄒᆞᆫ지라樂廣이壁上의角弓을指ᄒᆞ야前日의

誤認ᄒᆞᆫ盃中의蛇가角弓의影이믈言明ᄒᆞ니病友가豁然히意解ᄒᆞ야積年의

病이忽然히全快ᄒᆞ얏다」ᄒᆞ고寢石을伏虎로視ᄒᆞᆷ은「王充論衡」에云ᄒᆞ

되 「楚의 雄渠子 라ᄒᆞᆫ 人이 或時에 山에 行ᄒᆞ다가 寢石을 見ᄒᆞ고 伏在ᄒᆞᆫ 虎로 思ᄒᆞ고 射ᄒᆞ니 矢가 石에 入ᄒᆞ얏다」ᄒᆞ고 又 「漢書」에 云ᄒᆞ되 「漢人 李廣이 或時에 出獵ᄒᆞ야서 草中의 石을 見ᄒᆞ고 虎로 思ᄒᆞ야 射ᄒᆞ니 矢가 石中에 沒ᄒᆞ얏다」ᄒᆞ니 是ᄂᆞᆫ ᄯᅡ 心機가 妄動ᄒᆞ야 殺機를 作ᄒᆞ미라만일 是에 反ᄒᆞ야 心念이 頓息ᄒᆞ면 石虎도 可히 海鷗를 作ᄒᆞ고 蛙聲도 可히 鼓吹를 當ᄒᆞᄂᆞ니 何處에 觸ᄒᆞ던지 一毫의 殺氣가 無ᄒᆞ면 天眞의 妙機를 成ᄒᆞᆯ지라 石虎로 海鷗를 作ᄒᆞᆫ다ᄒᆞᆷ믄 「世說」에 云ᄒᆞ되 「晉人 石勒은 當時에 非常ᄒᆞᆫ 權威가 有ᄒᆞ야 世人이 其一族을 虎狼과 如히 恐ᄒᆞ나 然ᄒᆞ나 高僧 佛圖澄은 石勒에게 非常ᄒᆞᆫ 尊敬을 受ᄒᆞᆫ지라 石勒의 從子 石虎의 字ᄂᆞᆫ 季龍이라ᄒᆞᆫ 人과 石勒의 一族이 共遊ᄒᆞ서 其人이다 佛圖澄의 高德을 服ᄒᆞ니 林公이라ᄒᆞᆫ 人이 云ᄒᆞ되 佛圖澄은 石虎로써 海鷗를 爲ᄒᆞ다」ᄒᆞ미니 是ᄂᆞᆫ 佛圖澄의 高德이 一切의 善惡에 對ᄒᆞ야 心念이 不動ᄒᆞ눈 故로 暴威를 振ᄒᆞᄂᆞᆫ 石虎도 其感化를 受ᄒᆞ야 無心ᄒᆞᆫ 海上의 白鷗와 如ᄒᆞ믈 謂ᄒᆞ미오 蛙聲이 可히 鼓吹를 當ᄒᆞᆫ다ᄒᆞᆷ믄 「南史」에 云ᄒᆞ되 「孔稚珪」가 齊의 明帝의 時에 南郡太守로 在ᄒᆞ서 其邸內에 盛히 山水를

營ᄒᆞ고 几를 憑ᄒᆞ야 獨酌ᄒᆞ며 庭內를 掃除치 아니ᄒᆞ야 蛙의 鳴聲이 喧聒ᄒᆞᄂᆞᆫ지라 或人이 云ᄒᆞ되 君은 陳蕃의 掃除치 아니ᄒᆞᆫ가 答ᄒᆞ되 不然ᄒᆞ다 吾ᄂᆞᆫ 此의 蛙의 鳴聲으로써 兩部의 皷吹를 當ᄒᆞ미오 陳蕃과 眞似코져ᄒᆞ미 아니라」ᄒᆞ니 皷吹ᄂᆞᆫ 音樂이오 兩部ᄂᆞᆫ 樂에 坐部 立部가 有ᄒᆞ믈 謂ᄒᆞ미라 心念이 頓息ᄒᆞ야 妄動치 아니ᄒᆞ면 徒眛의 蛙聲도 可히 音樂을 當ᄒᆞᆫ다 ᄒᆞ미니 心機가 妄動ᄒᆞ면 何物도 我에게 敵意를 加치 아니ᄒᆞ미 無ᄒᆞ고 心念이 頓息ᄒᆞ면 何物도 我에게 同情을 表치 아니ᄒᆞ미 無ᄒᆞ니라

欲其中者。波沸寒潭。山林不見其寂。虛其中者。涼生酷暑。朝市不知其喧。

【說】 其中을 欲ᄒᆞᄂᆞᆫ 者ᄂᆞᆫ 波가 寒潭에 沸ᄒᆞ미라 山林에도 其寂을 見치 못ᄒᆞ고 其中을 虛ᄒᆞᄂᆞᆫ 者ᄂᆞᆫ 凉이 酷暑에 生ᄒᆞ미라 朝市에도 其喧을 知치 못ᄒᆞᄂᆞ라

【講】 人이 其胷中에 貪欲이 有ᄒᆞᆫ 者ᄂᆞᆫ 其欲念이 恒常 火와 如히 熾盛ᄒᆞ야 水

波가 寒潭에셔 沸騰ᄒᆞᆷ과 如히 淸靜ᄒᆞᆫ 境에 在ᄒᆞ야도 欲念이 勃興ᄒᆞ야 胸中에 恒常 煩滿ᄒᆞ고 熱惱를 覺ᄒᆞᆯ지니 幽靜ᄒᆞᆫ 山林의 中에 居ᄒᆞᆫ되도 少毫도 其 寂靜을 感得지 못ᄒᆞᆯ지오 其心中을 虛ᄒᆞ야 一點의 欲念이 無ᄒᆞᆫ者는 酷暑의 中에 涼風이 生ᄒᆞ고 如히 熱鬧ᄒᆞᆫ 朝市의 中에 處ᄒᆞ되 恒常 冷靜ᄒᆞ야 喧囂를 知치 못ᄒᆞᄂᆞ니 是도 由ᄒᆞ야 觀ᄒᆞ면 炎涼喧寂은 隔越ᄒᆞᆫ 異境이아니라다만 自心에 由ᄒᆞ야 同中의 別을 生ᄒᆞᆯᄯᅩ而已로다

花居盆內。終乏生機。鳥入籠中。便減天趣。不若山間花鳥錯集成文。翶翔自若。自是悠然會心。

【讀】　花가 盆內에 居ᄒᆞ면 마침내 生機를乏ᄒᆞ고鳥가籠中에 入ᄒᆞ면른득天趣를減ᄒᆞᄂᆞ니 山間의 花鳥가 錯集ᄒᆞ야 文을 成ᄒᆞ고 翶翔自若ᄒᆞ야 自是、悠然히 心에 會ᄒᆞᆷ만若 치못ᄒᆞ니라

【講】　花가 盆內에 居ᄒᆞ야人의 栽培를受ᄒᆞ미其自然의生機를失ᄒᆞ고鳥가籠中에 入ᄒᆞ야人의 飼養을受ᄒᆞ미其天然의 趣味를減ᄒᆞᄂᆞ니人이花를盆內

에栽培ᄒᆞ믄花의色香을取ᄒᆞ미오鳥를籠中에飼養ᄒᆞ믄鳥의聲態를愛ᄒᆞ라然ᄒᆞ나是ᄂ反히其自由를束縛ᄒᆞ야生機와天趣를失케ᄒᆞ미니花鳥의自然ᄒᆞ機趣를賞ᄒᆞ기不能ᄒᆞ지라故로高人達士ᄂ往往히動、植物園을觀覽ᄒᆞ미其不自然無自由의動、植物을爲ᄒᆞ야크게無生機不天趣의苦況을覺ᄒᆞᄂ니엇지山間의花鳥가生成을自任ᄒᆞ야花ᄂ其色이錯集ᄒᆞ야燦爛ᄒᆞ文彩를成ᄒᆞ고鳥ᄂ溪山蒼翠의間에翶翔自若ᄒᆞ야其花鳥의自然ᄒᆞ妙趣가悠然히心에感會ᄒᆞ만如ᄒᆞ리오花鳥도其自由를束縛ᄒᆞ면其機趣를失ᄒᆞᄂ니ᄒᆞ물며人이리오「不自由無寧死」

林間松韻。石上泉聲。靜裡聽來。識天地自然鳴佩。草際烟光。水心雲影。閒中觀去。見乾坤最上文章。

【讀】林間의松韻과石上의泉聲은靜裡에聽來ᄒᆞ미天地의自然鳴佩를識ᄒᆞ고草際의烟光과水心의雲影은閒中에觀去ᄒᆞ미乾坤의最上文章을見ᄒᆞ지니라

精選講義菜根譚 （槪論）

二六四

【講】 琴瑟笙簧는 人造의 樂器라 如何히 妙音을 發ᄒᆞ야도 是는 人力을 待ᄒᆞᄂᆞ니 林間에 出ᄒᆞᄂᆞᆫ 松風의 韻과 石上에 響ᄒᆞᄂᆞᆫ 泉流의 聲은 人力을 不待ᄒᆞᄂᆞᆫ 自然音樂이라 寂靜ᄒᆞᆫ 裡에서 此를 聽ᄒᆞ미 天地의 自然鳴佩（鳴佩는 環佩의 鳴聲이니 卽音樂의 意）를 識ᄒᆞ고 筆墨으로 紙上에 書寫ᄒᆞᆫ 書는 人爲的 文章이라 如何히 善美를 極ᄒᆞ나 반ᄃᆞ시 軒輊이 有ᄒᆞ되 萬物의 天然形色은 自然大文章을 成ᄒᆞᄂᆞᆫ 故로 芳草의 連際에 鎖籠ᄒᆞᄂᆞᆫ 烟光과 明水의 中心에 照映ᄒᆞᄂᆞᆫ 雲影은 實로 乾坤의 最上文章을 成ᄒᆞᄂᆞᆫ지라 人은 반ᄃᆞ시 琴瑟笙簧와 殘編短簡에 拘泥치 말고 音樂을 自然에 聽ᄒᆞ며 文章을 天眞에 觀ᄒᆞ면 自然히 高尙ᄒᆞᆫ 人格을 成ᄒᆞᄂᆞ니라

【讀】 羈鎖於物欲。覺吾生之可哀。夷猶於性眞。覺吾生之可樂。知其可哀。則塵情立破。知其可樂。則聖境自臻。

【譯】 物欲에 羈鎖ᄒᆞ면 吾生의 可哀를 覺ᄒᆞ고 性眞에 夷猶ᄒᆞ면 吾生의 可樂을 覺ᄒᆞ지니 其可哀를 知ᄒᆞ면 곳 塵情이 立破ᄒᆞ고 其可樂을 知ᄒᆞ면 곳 聖境이

自臻ᄒᄂ니라

【講】　外物을 貪ᄒᄂᆫ 欲心에 羈鎖ᄒ야 煩惱를 不勝ᄒ야 終히 苦勞ᄒ면 吾生의 哀悶을 覺ᄒ고 是에 反ᄒ야 本性의 眞理를 知ᄒ야 夷猶自得ᄒ면 吾生의 樂趣를 覺홀지니 物欲에 羈鎖ᄒ미 可哀호 事로 知ᄒ면 物을 貪ᄒᄂᆫ 塵情이 立地即破ᄒ고 性眞에 夷猶ᄒ미 可樂의 道되믈 知ᄒ면 本性을 悟ᄒᄂᆫ 聖境이 自然到來ᄒᄂ니 聖人凡夫의 別은 다만 物欲과 本性의 差에 在ᄒ니라

樹木至歸根而後。知華蔓枝葉之徒榮。人事至盖棺而後。
知子女玉帛之無益。

【讀】　樹木은 根에 歸ᄒ매 至ᄒ後에 華蔓枝葉의 徒榮을 知ᄒ고 人事는 棺을 盖ᄒ매 至ᄒ後에 子女玉帛의 益이 無ᄒ믈 知ᄒᄂ니라

【講】　樹木은 春夏의 間에 花蔓枝葉이 甚히 盛茂ᄒ야 其繁榮을 炫耀ᄒ다가 一朝에 秋霜을 逢ᄒ야 花葉이 凋落ᄒ고 發榮의 力이 潛藏ᄒ야 根本에 歸ᄒ매 其榮茂ᄒ던 花蔓枝葉은 形跡도 無ᄒ야 徒然無實의 幻境에 歸ᄒ믈 知홀지오

人은生存홀時에는子女玉帛을貪愛하야種種의羈絆을受하나忽然히死亡
하야棺에入하고蓋를加한後에는萬綠이都絶하야貪愛하던子女玉帛이다
無益에歸하나니라

萬籟寂寥中。忽聞一鳥弄聲。便喚起許多幽趣。萬卉摧剝
後。忽見一枝擢秀。便觸動無限生機。可見性天未常枯
槁。機神最宜觸發。

【讀】 萬籟가寂寥한中에忽、一鳥의弄聲을聞하면분득許多한幽趣를喚
起하고萬卉가摧剝한後에忽、一枝의擢秀를見하면분득限이無한生機를
觸動하나니可히性天은늘枯槁치아니하고機神은가장觸發에宜하믈見홀
지니라

【講】 空山深畫에萬籟가寂寥하야宇宙萬有가沉默이나未生이나홀만큼
寂靜을極하는中에忽然히一鳥의弄聲을聞하면心境이惺惺하야許多한幽
趣를喚起하고大野秋風에萬卉가摧剝하야蕭條慘澹한後에忽然히晚松秋

菊과 如호 一枝의 擢秀를 見호미 眼界가 驚新호야 無限호 生機를 觸動호나니

是난 一直 枯槁호 中에난 幽趣가 無호미라 故로 人의 天性은 恒常, 枯 호미

不可호고 機神은 가쟝 觸發호미 適宜호나라

理寂。則事寂。遣事執理者。似去影留形。心空。則境空。去

境存心者。如聚羶却蚋。

【讀】理가 寂호면 곳 事가 寂호나니 事를 遣호고 理를 執호는 者난 影을 去호
며 形을 留호고 似호고 心이 空호면 곳 境이 空호나니 境을 去호고 心을 存호난
者난 羶을 聚호고 蚋를 却호과 如호나라

【講】理난 事의 母라 故로 理가 寂靜호면 事난 自然히 寂靜호나니 만일 皮相
의 事實을 遣호고 內容의 理想을 執着호면 是난 形을 留호고 影을 去호과 如호
야 마침내 可得지 못호고 境은 心의 所造라 故로 心이 空虛호면 境은 自然히 空
虛호나니 만일 外境만 去호고 內心을 存호면 羶을 聚호고 蠅蚋를 驅却
호과 如호야 其效를 奏치 못호지라 宋의 程明道가 其弟 伊川과 共히 宴會에 赴

ᄒ야 飮宴ᄒᆞᆯ서 伊川이 明道의 妓樂을 戲ᄒᆞᆯ을 見ᄒᆞ고 意에 不協ᄒᆞ더니 本家에

歸ᄒᆞᆫ後、 翌日에 其兄을 畫齋에 見ᄒᆞ고 昨日 宴席에 妓樂을 戲ᄒᆞᆷ의 不可ᄒᆞᆯ을

告ᄒᆞᆫ대 明道가 云ᄒᆞ되 「昨日 宴席에 我의 心中에ᄂᆞᆫ 妓가 無ᄒᆞ더니 今日 畫齋

에 汝의 心中에ᄂᆞᆫ 妓가 有ᄒᆞ다」ᄒᆞ니 是ᄂᆞᆫ 明道의 心空境空과 伊川의 去境存

心의 異ᄂᆞ라

遇病而後。思强之爲寶。處亂而後。思平之爲福。非蚤智

也。倖福而知其爲禍之本。貪生而先知其爲死之因。其卓

見乎。

【讀】　病을 遇ᄒᆞᆫ後에 强의 寶되믈 思ᄒᆞ고 乱에 處ᄒᆞᆫ後에 平의 福되믈 思ᄒᆞᆷ은

蚤智가 아니라 福을 倖ᄒᆞ메 其禍의 本되믈 知ᄒᆞ고 生을 貪ᄒᆞ메 먼저 其死의 因

되믈 知ᄒᆞᆷ 其卓見인져

【講】　人이 康健ᄒᆞᆫ時엔 衛生을 愼치 아니ᄒᆞ고 疾病을 遇ᄒᆞ야 苦痛을 感ᄒᆞᆫ後

에 비로소 强健無病의 寶되믈 知ᄒᆞ며 昇平ᄒᆞᆫ日엔 危難을 慮치 아니ᄒᆞ고 乱世

에處ᄒ야困難을當ᄒ後에비로소太平無事의福되을知ᄒ면是는早覺의智

慧가아니라만일禍福이相轉ᄒ고生死ᅵ相續ᄒ야禍의後를隨ᄒ고生

이有ᄒ미반ᄃ시死가有ᄒ을覺ᄒ야幸福을倖求ᄒ時에其福이禍의根本되

를知ᄒ고生命을貪ᄒ時에其生이死의原因되를知ᄒ면是는卓異ᄒ識見이

니라

心曠。則萬鍾如瓦缶。心隘。則一髮似車輪。

【讀】 心이曠ᄒ면곳萬鍾도瓦缶와如ᄒ고心이隘ᄒ면곳一髮도車輪과似

ᄒ니라

【講】 心이曠達ᄒ야利祿을求치아니ᄒ면萬鍾 (鍾은六解四斗) 의大祿

도瓦缶와如히思ᄒ고心이狹隘ᄒ야小利에碍滯ᄒ면一髮과如ᄒ微物도大

車輪과如히視ᄒ야반ᄃ시貪念을生ᄒᄂ니一世의利害榮辱은一念의間에

在ᄒ고而已로다

人生太閒。則別念竊生。太忙。則眞性不現。故士君子不可不抱身心之憂。亦不可不耽風月之趣。

【讀】　人生이 太閒ᄒ면 別念이 竊生ᄒ고 太忙ᄒ면 眞性이 現치안ᄂᆞ니故
로士君子는可히身心의憂로抱치아니치못ᄒ며ᄯ한風月의趣를耽치아니
치못ᄒ지니라

【講】　人이녀 安閒ᄒ야 所爲가 無ᄒ면 種種의 別念 卽 妄想이 竊生ᄒ야 淫
邪佚蕩에陷ᄒ기易ᄒ고 너무 紛忙ᄒ야 片時의 餘暇가 無ᄒ면 身心이 疲勞ᄒ
야寂靜한眞性이現發치못ᄒᄂᆞ니 太開太忙이다 偏獘가 有ᄒ지라 故로 道德
을尙ᄒ는士君子는 恒常 身心의 憂를抱ᄒ야 開忙의 間에適中을保ᄒ고ᄯ往
往히澹泊한清風明月의 高趣를 耽賞ᄒ야 塵念을除ᄒ고眞性을養ᄒ지니라

世人爲榮利纏縛。動曰塵世苦海。不知雲白山青。川行石
立。花迎鳥咲。谷荅樵謳。世亦不塵。海亦不苦。彼自塵苦
其心爾。

【讀】　世人은榮利의纏縛이되야 動ᄒ면曰ᄒ되塵世苦海라ᄒᄂᆞ니雲白山

靑川行石立ᄒ며 花는 鳥啼를迎ᄒ고 谷은 樵謳를答ᄒ야 世도 쏘한 塵치아니
ᄒ고 海도 쏘한 苦치아니ᄒ거놀 彼 가스사로 其心을 塵苦ᄒ를 知치못ᄒᄂ
라

【講】 世人은 榮貴利欲에 纏縛ᄒ야 紛忙疲勞를極ᄒ야 悠開ᄒ佳趣가無ᄒ
故로 唇舌을 動ᄒ면 반ᄃ시 塵世苦海라稱ᄒᄂ니 是ᄂ「一切惟心造」의眞
理를覺지못ᄒ미라 此世의間에 雲은白ᄒ고 山은靑ᄒ며 川은悠然히行ᄒ고
石은屹然히立ᄒ며 百花는 鳥啼를迎ᄒ고 谷響은 樵謳를答ᄒ야 形形色色에
天眞이 爛熳ᄒ고 樂趣가 橫溢ᄒ야 世가일직塵世가아니오 海가일직苦海가
아니어눌 世人은 此를 不知ᄒ고 其心을自塵自苦ᄒ며己라엇지可憐치아니
ᄒ리오

花看半開。酒飲微醉。此中大有佳趣。若至爛熳酕醄。便
成惡境矣。履盈滿者宜思之。

【讀】 花는半開를看ᄒ고 酒는微醉케飮ᄒ면此中에크게佳趣가有ᄒ되만

일爛熳酕醄에至ᄒᆞ면足득惡境을成ᄒᆞᄂ니　盈滿을履ᄒᆞᄂᆞᆫ者ᄂᆞᆫ맛당히思ᄒᆞᆯ
지니라

【講】花ᄂᆞᆫ半開의際에看ᄒᆞ고酒ᄅᆞᆯ飮ᄒᆞ야微醉에止ᄒᆞ면半開의花ᄂᆞᆫ未開
의餘香이有ᄒᆞ고微醉의酒ᄂᆞᆫ半酣의初興을發ᄒᆞ야其中에有餘不盡의佳趣
가有ᄒᆞ되만일花ᄂᆞᆫ發ᄒᆞ야爛熳에至ᄒᆞ고酒ᄂᆞᆫ醉ᄒᆞ야면己開의
花ᄂᆞᆫ將萎에濱ᄒᆞ고泥醉의酒ᄂᆞᆫ狂乱에及ᄒᆞ야문득惡境을成ᄒᆞᄂ니事業과
功名에對ᄒᆞ야極度의盈滿을履ᄒᆞᄂᆞᆫ者ᄂᆞᆫ三思深戒ᄒᆞ야損을招치말지니라

非分之福。無故之獲。非造物之釣餌。卽人世之機阱。此
處着眼不高。鮮不隨彼術中矣。

【讀】分이아닌福과故가無ᄒᆞ獲은造物의釣餌가아니면곳人世의機阱이
라此處에眼을着ᄒᆞ미高치못ᄒᆞ면彼의術中에隨치아니ᄒᆞ미鮮ᄒᆞᄂᆞ라

【講】造物은人을禍코저ᄒᆞ미餌로魚ᄅᆞᆯ釣홈과如히먼저其人에게假福을
與ᄒᆞ야其心을驕逸케ᄒᆞ後에大禍에及ᄒᆞ고世人은人을昭코저ᄒᆞ미機阱을

設ᄒᆞ야獸를捕ᄒᆞ과如히면저其人을甘利로誘ᄒᆞ야其志를誘動ᄒᆞ後에酷禍

에駈ᄒᆞᄂᆞ니故로非分의幸福과無故의獲利가忽然히至ᄒᆞ믄是ᄂᆞ造物의人

을禍코져ᄒᆞᄂᆞ釣餌即假禍이아니면반ᄃ시人世의我을陷코져ᄒᆞᄂᆞ機阱即

利誘라如此ᄒᆞ處에當ᄒᆞ미眼光을高着ᄒᆞ야避치아니ᄒᆞ면彼의術中에墮ᄒᆞ

야其苦痛을受치안ᄂᆞᆫ者ㅣ鮮少ᄒᆞ니라

波浪兼天。舟中不知懼。而舟外者寒心。猖狂罵坐。席上

不知驚。而席外者咋舌。故君子身雖在事中。心要超事外

也

【讀】 波浪이天을兼ᄒᆞ미舟中은懼를知치못ᄒᆞ나舟外의者ᄂᆞᆫ心을寒ᄒᆞ고

猖狂이坐를罵ᄒᆞ미席上은驚을知치못ᄒᆞ나席外의者ᄂᆞᆫ舌을咋ᄒᆞᄂᆞ니故로

君子ᄂᆞ身은비록事中에在ᄒᆞ나心은事外에超ᄒᆞ믈要ᄒᆞ지니라

【講】 海中의波浪이奔騰ᄒᆞ야天을拍ᄒᆞ과如ᄒᆞ미其波浪을衝行ᄒᆞᄂᆞ舟中

의人은別로危懼ᄒᆞ믈知치못ᄒᆞ나舟의外即岸上에在ᄒᆞ人이見ᄒᆞ면其舟가

곳波浪中에沈沒ㅎ과如ㅎ야心膽이逼塞ㅎ고衆人의會席에셔猖狂호者가一坐를罵倒ㅎ야喧嚇을極ㅎ미其席上에叅在호人은過大호騷驚이를知치못ㅎ나席外의傍觀者가見ㅎ면忽然히驚愕ㅎ야吾을咋호지니是눈當局者의迷가局外者의明에不及ㅎ미라故로君子눈身을비록事中에置ㅎ야其事를行ㅎ지나心은事外에超出ㅎ야當局의迷를免호지나라

天運之寒暑易避。人世之炎涼難除。人世之炎涼易除。吾
心之氷炭難去。去得此中之氷炭。則滿腔皆和氣。自隨地
有春風矣。

【讀】　天運의寒暑눈避ㅎ기易ㅎ되人世의炎涼은除ㅎ기難ㅎ고人世의炎涼은除ㅎ기易ㅎ되吾心의氷炭은去ㅎ기難ㅎ니此中의氷炭을去得ㅎ면곳腔에滿ㅎ미다和氣라스사로地를隨ㅎ야春風이有ㅎ리라

【講】　天氣의運行을從ㅎ야生ㅎ눈冬寒夏暑눈人爲의功을加ㅎ야避ㅎ기容易ㅎ되人世의勢態를從ㅎ야生ㅎ눈甘進苦退의趨勢的炎涼은人情의變

遷인故로除호기稍難호고人世의炎凉은他人의情態에在호者라我의心中
에染着이無호면오히려除호기稍易호되吾心에셔生호는氷炭은더욱除去
호기難호니吾心의氷炭어라호믄自心의本體를迷호야淸靜을保치못호고
種種의妄想이自心의內에互相衝突호야洽然히氷炭의相容치못홈과如호
믈謂호미마만일此心中의氷炭을除去호야心의本體를守던胸中에充滿
호미다和氣오何地에往호던지其地를隨호야渾然호春風이有홀지라人의
宇宙萬有에對호믄客觀的이아니라主觀的이며依賴的이아니라自治的이
며奴隷的이아니라自由的이며惟物的이아니라惟心的이니라

精選
講義
菜根譚 終

님의침묵 100주년 기념도서

精選講義 菜根譚

정선강의 채근담

2025년 12월 28일 인쇄
2025년 12월 31일 발행

저 자 | 편집부
펴낸곳 | 한국학자료원
등 록 | 제12-1999-074호

주 소 | 서울 은평구 연서로 37길 40-1
팩 스 | 02.3159.8051
E-mail | eksung@naver.com

ISBN 979-11-7417-080-4(03810)

정가 33,000원